KB042312

포은 정몽주
한시연구

秋風過了又春風
百歲光陰一夢中
惆悵舊前夜來雨
滿城多少落花紅

포은 정몽주
한시연구

하
정
승

박영사

머리말

가을바람 불고 나니 또다시 봄바람,　　秋風過了又春風,
한평생 세월이 한바탕 꿈이구니.　　　　百歲光陰一夢中.

　위의 인용시는 정몽주의 「모춘暮春」이라는 제목의 시이다.
'늦봄'이라는 시제詩題답게 저무는 봄날의 아쉬움과 애상감을 매우
감각적으로 훌륭하게 표현하고 있다. 포은 정몽주는 고려후기를
대표하는 정치가로 널리 알려져 있는 인물이다. 특히 고려왕조의
마지막 임금인 공양왕 대에는 문하시중을 맡아 정계의 중심에 서
서 끝까지 왕조를 지키기 위해 온갖 노력을 다하였고, 결국 혁명
을 추진하던 반대파에 의해 선죽교 위에서 죽임을 당함으로써 충
절의 대명사처럼 일컫게 되었다. 또한 포은의 학문을 야은冶隱 길
재吉再가 계승하고, 야은의 학문을 김종직金宗直, 조광조趙光祖 등이

계승하여 훗날 이른바 "한국 성리학의 조종祖宗"이라는 영광스런 이름까지 얻게 되었다.

하지만 바로 이 같은 이유 때문에 시인으로서의 포은은 주목을 받지 못했던 것이 사실이다. 필자는 박사학위 논문을 준비하면서 그의 문학을 본격적으로 공부하게 되었고, 그 후 십 년이 훨씬 넘는 세월 동안 포은의 시를 여러 가지 각도에서 고찰해보고 틈틈이 글을 써 왔는데, 이 작은 책은 그 결과물이라 할 수 있다.

포은은 뛰어난 시인이다. 그의 문집인 『포은집』에 전해지는 시는 252제 정도로 비록 많은 분량은 아니지만 매우 다양한 면모를 보여주며, 특히 감수성이 뛰어난 작품들이 많아 시인으로서의 포은을 살피는 데에 있어서 충분하다고 생각된다. 이를 좀 더 구체적으로 살펴보면 성리학자로서의 특징이 드러난 철리시哲理詩, 중국과 일본의 사행의 경험을 바탕으로 한 사행시使行詩를 비롯하여 당풍唐風의 면모를 보여주는 시, 정치 현실에서 상처를 입고 유배 중에 쓴 시, 벗들과 선·후배 동료들의 죽음을 다룬 만시挽詩 등이 주를 이룬다.

본서는 모두 6장으로 구성되어 있다. 제1장은 <포은시와 성리학>으로 포은 사상의 배경과 특징을 유교경전에 대한 깊은 조예와 실천궁행의 강조, 호방한 기질과 호연지기의 배양, 춘추대의의 의리론 등으로 나누어서 살펴보았다. 특히 사상적 측면에서 볼 때, 실천궁행과 의리론은 포은 사상의 핵심이라 할 수 있다. 그는 성리학 분야에서 당대當代 최고의 학자 중 한 명이었지만, 이론이나 논리보다는 학문의 실천에 더 큰 관심을 기울였다. 포은이 평생을 종군從軍과 사행使行으로 활동하고, 정치와 교육의 현장을 떠나지 않았던 것도 기실 실천을 중요하게 여겼던 그의 학문적 태도에 기인한다. 제2장은 <포은시와 귀거래>로 평생 귀거래를 꿈꾸었지만 동시에 한 번도 정계를 떠나지 않았던 포은의 삶과 내적 갈등을 살펴보았다. 필자는 포은시에 나타나는 이 같은 두 가지의 상반된 양상을 참여와 실천의 경국의지經國意志와 고독과 그리움의 상처로 명명하여 보았다.

제3장과 4장은 포은시에 나타나는 미적 특질, 즉 미학적 측면을 다루었다. 3장은 <포은시와 심미의식>으로 포은시의 표현양식을 주로 의상意象의 운용과 객창감客窓感의 표출양상이라는 측면에서 살펴보았다. 객창감은 포은시의 핵심 주제라고 생각된다. 시인이 자신의 존재를 '나그네'로 규정하고 살아갈 때, 세계에 대한 인식이나 삶의 태도는 그에 걸맞은 지향을 가질 수밖에 없다. 사실 사행과 종군의 현장에서 쓴 시들에 이러한 모습이 많이 나타나기는 하지만, 포은시를 좀 더 깊이 들여다보면, 객창감 또는 나그네 의식은 단순히 집을 떠나 있는 물리적 공간과 관련된 것만은 아니며, 포은의 세계관 또는 인생관과 맞닿아 있음을 알 수 있다. 4장은 <포은시와 당풍>으로 필자는 고려후기 한시사에서 포은을 정포, 김구용, 이숭인 등과 더불어 중요한 당시풍唐詩風 작가 중 한 명으로 규정하였다. 포은시에 나타난 당풍적 면모와 표현기

법으로는 애상감哀傷感과 비개미悲慨美, 섬세한 감성과 감각미의 발현, 변방과 전장의 쓸쓸함과 애수哀愁, 사랑과 염정艶情의 시화詩化, 시의 음악성 등을 거론하였다. 독자들은 이 같은 시들을 통해 포은이 시인으로서 뛰어난 자질과 문학성을 갖추었음을 알 수 있게 될 것이다.

제5장은 <포은시와 만시>로 『포은집』에 보이는 죽음을 형상화한 만시挽詩를 살펴보았다. 주지하다시피 만시는 죽은 이를 추억하고 생과 사의 갈림을 아파하는 시이다. 따라서 완성도가 높은 만시의 경우, 그 어떤 시보다도 애절하고 시인의 상심이 잘 드러나기 마련이다. 포은은 이색, 김구용, 이숭인과 더불어 14세기 만시 작가군을 형성하는 시인 중 한 명이다. 아마도 죽음에 대한 포은의 관심은 여진이나 왜와의 긴박했던 전쟁터, 중국으로 사행 갔다가 돌아오는 길에 거센 풍랑을 만나 거의 죽을 뻔했던 경험 등이 바탕이 되었던 것으로 보인다. 이 같은 만시 역시 포은시를 구성하는 주요한 한 축이자 포은시의 문학성을 대변하는 장르라 할 수 있겠다. 제6장 <포은시와 시화비평>은 역대 시화집에 거론된 포은시에 대한 제가諸家의 평을 중심으로 포은시의 품격을 살펴본 것이다. 필자는 포은시의 주된 품격을 호방豪放, 공치工緻, 표일飄逸, 아건雅健으로 규정하였다. 호방은 포은의 원대한 기상氣象 또는 기질과 관련되어 있고, 공치는 섬세한 감각미가 발현된 시이며, 표일과 아건은 탈속脫俗의 경지와 굳센 정신을 바탕으로 한 시들에서 보이는 품격이다.

포은 문학을 공부하고 처음으로 글을 쓴 지도 어느덧 십수 년이 흘렀다. 그동안 필자는 포은이라는 거대한 인물과 동고동락 하며 때로는 감동을, 때로는 안타까운 탄식을 하였고, 그저 학문 의 대상으로서가 아니라 내 삶의 모습을 비춰보는 거울로 여기는 경우도 종종 있었다. 포은을 공부하고 여러 편의 글을 발표하기도 했지만, 나의 어쭙잖은 공부가 얼마나 포은의 문학과 사상, 그의 인간됨을 제대로 밝혀내었는지 도무지 자신할 수 없다. 그럼에도 불구하고 이 책을 내는 것은 포은과 포은 문학을 제대로 알려야 한다는 일종의 작은 소명감 때문이며, 또 앞으로 더욱 열심히 공 부하겠다는 필자 스스로의 채찍이기도 하다. 아무쪼록 동학同學들 의 많은 질정叱正을 바란다. 본서에 인용된 시들 중 간혹 동일한 시가 앞뒤로 나오는 경우가 있다. 한 번만 인용하고 반복되는 부 분은 생략할 것도 고려해 보았지만, 인용된 그 장의 주제에 맞게 분석과 해설이 된 경우에는 인용시는 같아도 내용 설명이 다르 므로 그대로 두었음을 밝힌다. 끝으로 어려운 여건 속에서도 책 을 출판해주신 박영사의 안종만 대표와 매번 성실하고 꼼꼼하게 글을 읽고 편집과 교정을 도맡아준 문선미 과장, 책의 출간을 주 선하고 기획해준 송병민 과장께도 아울러 깊은 감사의 말씀을 전한다.

2017년 겨울, 춘천 연구실에서
하 정 승

차례

1장

포은시圃隱詩와 성리학性理學

포은시圖隱詩와 성리학性理學

포은圖隱 정몽주鄭夢周(1337–1392)는 고려말 성리학 수용기에서, 위로는 익재益齋 이제현李齊賢과 목은牧隱 이색李穡을 계승하고 아래로는 야은冶隱 길재吉再로 이어지는 사상사적 위치를 차지하고 있는 것으로 잘 알려져 있다. 조선조에 들어와 야은 길재의 학통을 김숙자金叔滋가 계승하고 이는 또 김종직金宗直 → 김굉필金宏弼 → 조광조趙光祖로 이어졌기에, 목은이 포은을 두고 얘기했던 "동방東方 이학理學의 조祖"라는 말이 조선조에도 그대로 수용되었으며 중종中宗 때에는 문묘文廟에 종사從祀되기에 이르렀던 것이다. 그 뒤 퇴계退溪 이황李滉을 거쳐 우암尤庵 송시열宋時烈에 이르러서 포은에 대한 평가는 거의 절대적인 경지에 오르게 된다.1

---

1 퇴계는 "圖翁의 교화가 우리나라에 떨쳐/ 사당도 학궁도 우람하고 그윽하네/ 학문을 닦는 여러 선비들에게 말하노니/ 淵源과 節義 둘 다 祖宗이라네"(『圖隱集』속록 권3, 「臨皐書院」)라고 함으로써, 우리나라 성리학의 道統 연원과 절의 두 가지 측면에서 모두 포은을 조종으로 평가했다. 尤庵 역시 "본조의

하지만 한편으로 남명南冥 조식曺植을 비롯한 일군의 학자들은 포은의 출처出處에 대해 의심을 갖고 문제를 제기하기도 했으며, 율곡栗谷 이이李珥는 포은의 출처 자체보다는 성리학자로서의 포은의 위상에 대해 이견을 제시했으니, 즉 포은을 우리나라 성리학의 조종祖宗이라는 학자적 측면보다는 고려왕조와 운명을 같이한 충신으로서의 측면을 강조하였다.2 그렇다면 포은의 참모습은

諸儒들이 그 근본을 미루고 연역해서 도학의 연원과 典章文物을 洛建으로 거슬러 올라가고 殷周로까지 점점 줄을 댈 수 있었던 것은 모두 선생에게서 시작된 것이다. 정치를 해서 나라를 보전하고 충성을 다해 成仁한 것은 실로 선생의 餘事라 말할 수밖에 없다."(『宋子大全』권154, 「圃隱鄭先生神道碑銘幷序」)라고 하여 학문[道統]과 정치적 충성[節義]의 두 가지 측면에서 포은의 업적을 기리고 있다.

2 포은의 출처에 대해 의심을 갖고 문제를 제기한 대표적인 학자로 南冥 曺植, 寒岡 鄭逑, 谿谷 張維를 들 수 있다. 가령 남명은 "우왕과 창왕이 신씨인지 왕씨인지는 굳이 변설을 필요로 하지 않지만, 그때 辛旽이 조정을 더럽히고 어지럽혔으며 崔瑩이 上國[明을 의미]을 침범하는 등 군자가 벼슬할 때가 아니었는데도 오히려 떠나지 않았으니 이것이 심히 의심스러운 것이다."라고 하였다. (『南冥先生別集』권2, 「言行總錄」참조) 한강 역시 "(포은이) 공민왕조에서 대신을 30년간이나 지냈는데 이는 不可하면 벼슬을 그만둔다는 도리에 부끄러운 일입니다. 또 辛禑父子를 섬겼으니 그들을 왕씨 출생이라 본 것인데 뒤에 추방에 참여한 것은 무슨 이유입니까? 10년을 신하로서 섬기다 一朝에 추방하고 죽였으니 이것이 가한 일입니까?"라고 퇴계에게 물었다.(『退溪集』권39, 「答鄭道可逑問目」참조) 계곡도 "포은은 능히 죽음으로써 몸을 바쳤으나 우왕과 창왕이 폐위되고 죽을 때에 능히 절의를 수립하지 못하고 九功臣의 반열에 이르렀으니 이것이 첫째로 의심스러운 것이다."(『谿谷集』, 「谿谷漫筆」권2 참조)라고 하였다.

한편 栗谷은 "정포은을 理學之祖라고 부르는데 내가 보기에는 사직을 편안

과연 어떤 것일까? 본고에서는 포은의 학문 및 사상적 특징과 그

케 한 신하이지 儒者는 아니다."(『栗谷全書』 권31, 「語錄」상 참조)라고 하거나 또 "고려말에 정몽주가 약간의 유자의 기상은 있었지만 능히 그 학문을 성취하지 못하였고 그 행한 일을 살펴보면 충신에 불과할 따름이다."(『栗谷全書』 권15, 「東湖問答」 참조)라고 하여 포은에 대해 우리나라 성리학의 조종이라는 일반적 평가를 부정하고 고려왕조와 운명을 같이 한 충신으로서의 측면을 강조하였다. 이상과 같은 포은에 대한 비판적 또는 회의적 의견을 정리해 보면 다음과 같다.

첫째, 『논어』에도 나오는 바와 같이 도가 베풀어질 만한 상황이 아닌데도 떠나지 않고 계속 벼슬한 것은 선비의 도리가 아니다. 둘째, 포은이 왕씨가 아닌 신씨인 우왕과 창왕을 섬긴 것은 고려왕조에 대한 충성이 아니다. 셋째, 우왕, 창왕이 비록 왕씨라고 하더라도 그들을 10여 년간 섬기다가 그들이 폐위될 때 막지 못하고 다음 왕인 공양왕을 섬긴 것은 잘못이다. 넷째 포은이 충신인 것은 의심할 바 없는 사실이나 그를 동방이학의 조라고 학문적 道統으로 높게 평가하는 것은 잘못이다. 이 같은 포은에 대한 회의적 견해들은 물론 보는 시각에 따라 공감할 수 있는 면이 있는 것도 사실이다.

그러나 율곡의 문인 沙溪 金長生도 "우리 동방은 기자 이래로 仁義忠臣과 禮樂衣冠으로써 중국으로부터 '君子之國'이라는 칭호를 받았으나 性理를 연구한 선비는 적막하여 알려지지 않았었다. 고려말에 이르러 鄭文忠公이 비로소 도학을 제창하여 이름난 선비들이 잇달아 나오게 되었으며 우리 조선에서 더욱 성대하게 되었다."(『栗谷全書』 권35, 「行狀」 참조)라고 밝힘으로써 성리학의 宗으로서의 포은의 공로를 인정하고 있다. 사계는 율곡의 수제자이고 또 이 글이 율곡의 행장임을 감안할 때, 사계의 견해는 율곡의 평소 생각을 반영한 것이라 보여지는바 율곡도 포은의 학문에 대해 부정적인 입장만 가졌던 것은 아니라고 본다.

필자의 단견으로는 포은의 일생의 행적을 살펴봤을 때, 수많은 위험이나 어려움을 마다하지 않고 從軍과 使行을 거듭했으며 기울어가는 왕조임을 인식하고서도 끝까지 몸을 던져 희생했던 태도는 충신의 귀감이 되기에 충분하다고 생각한다. 그런 점에서 한강의 의문에 답한 퇴계의 다음 말은 포은의 충성을 명확하게 지적한 것이라 아니할 수 없다. "왕위를 계승한 사람이 비

구체적 실천양상을 그의 시문詩文을 중심으로 고찰해 봄으로써, 고려말 성리학 수용기에서 차지하는 그의 위치와 그 의미를 점검해 보고자 한다.

포은의 저술은 상당한 분량이었을 것으로 추정되나 그의 비참한 죽음과 함께 거의 산실되어 현재 전하는 문집은 그 일부에 지나지 않으니, 포은의 학문과 사상을 총체적으로 고찰하는 데에 있어서 자료의 한계가 있을 수밖에 없다. 위에서 언급한 포은에 대한 율곡의 평가도 포은의 저작물이 온전하게 전해지지 못한 상

록 신씨라 하더라도 당시 왕씨의 종묘사직은 아직 망하지 않은 상태였다. 그러므로 포은은 오히려 그 宗社를 섬긴 것이다."(『退溪集』권39, 「答鄭道可述問目」참조) 서애 유성룡 역시 "선생께서 난세에 주선하고 빨리 은퇴하지 않으신 것을 의심하는 사람이 혹 있으나, 맹자가 '사직을 편안하게 하는 신하가 있어서 사직을 편안하게 하는 것을 기쁨으로 여긴다.'라고 하였는데, 선생께서 바로 이러한 분인 것이다. 그렇기 때문에 진퇴출처하는 常例에 얽매어 주저하지 않았고, 혼란한 세상에서 벼슬하는 것을 운명에 맡기어 고심하고 노력하였다. 나라가 있으면 함께 있고, 나라가 망하면 함께 망하셨으니, 충성이 왕성하였다."(『圃隱集』권4, 「圃隱先生集跋」참조)라고 하여 퇴계와 같은 의견을 보이고 있다. 이는 포은의 충성이 한 명의 임금을 섬기는 데에 그친 것이 아니라 종묘사직, 즉 한 왕조의 역사와 국가를 위한 것이었음을 말하는 것이다.

포은을 동방이학의 조로서 보다는 충신으로서 평가한 율곡의 견해에 반해 우암 송시열은 "지금 사람들은 포은이 綱常을 붙들어 세운 것만 알고 儒學을 밝힌 공에 대해 모르는 자가 있는데, 이는 箕子가 周나라의 신하가 되지 않은 것만 알고 洪範九疇를 베풀어 만세 도통의 근원이 된 것을 모르는 것과 같다."라고 하면서 포은을 한국성리학의 종으로서 확실히 자리매김하고 있다.(『圃隱集』권수, 「圃隱先生集重刊序」참조)

황과 관계가 있을 것이라 여겨진다. 『포은집圃隱集』은 1439년(세종 21)에 초간본이 나온 이후 10여 차례에 걸쳐 보완 간행되었다. 현재 전하는 포은시는 약 300여 수로 적은 분량이라 할 수는 없지만, 문文이 많이 남아있지 않아서 성리학에 대한 심도있는 학설과 정치·역사의식 및 중국·일본과의 외교정책, 각종 목민정책, 불교관·문학관 등을 온전히 알 수 없는 것이 아쉽다. 하지만 『고려사高麗史』·『고려사절요高麗史節要』를 비롯한 사서史書와 포은과 교유했던 여러 문인들의 문집 및 후대 학자들의 여러 기록 등을 참고로 고구考究해 본다면 포은의 사상과 문학도 어느 정도 그 실체가 드러나리라 본다.

그동안 보고된 포은에 대한 연구는 크게 문학과 철학, 그리고 사학(정치·경제 포함) 분야로 나눠볼 수 있다. 먼저 문학 분야에 대한 연구는 대체로 포은의 생애 또는 사상과 관련시켜 그의 문학관이나 문학사상을 고찰한 것, 사행시使行詩에 대한 고찰, 성리학적 세계관을 담아낸 염락풍濂洛風 시에 대한 고찰, 시의 품격에 대한 논의 등 크게 네 가지 정도로 분류할 수 있다.3 철학 분야에서는

---

3 포은 문학과 관련된 대표적인 연구 논문을 정리해 보면 다음과 같다.
이병혁, 「포은의 시문학과 삼은에 대한 시고」, 『부산공전 논문집』15, 1975; 이병혁, 「여말한문학의 주자학적인 경향에 대하여」, 『석당논총』10, 동아대 석당전통문화연구원, 1985; 김주한, 「정포은 문학관의 배경과 경개」, 『인문연구』7집 4호, 영남대 인문과학연구소, 1985; 이연재, 「정포은의 사상과 시세계」, 『한국학논집』8, 한양대 한국학연구소, 1985; 임종욱, 「포은 정몽주의 시문학에 나타난 중국 체험과 성리학적 세계관」, 『한국문학연구』12, 동국대

도통道統과 관련 한국 성리학의 조祖로서의 포은의 사상사적 위치, 성리학과 관계된 포은의 의리정신 또는 충忠사상, 불교관 등을 다룬 것들로 정리할 수 있다.4 사학 분야에서는 포은의 대명對明 · 대일본對日本 외교활동, 이성계李成桂 · 정도전鄭道傳 세력과의 결합과 대립양상, 정몽주 동조세력의 형성과 갈등, 포은의 정치 · 행정 ·

한국문학연구소, 1989; 엄경흠, 「정몽주의 명사행시에 관한 고찰」, 『석당논총』 17, 동아대 석당전통문화연구원, 1991; 송재소, 「포은의 시세계」, 『포은사상연구논총』 1, 포은사상연구원, 1992; 변종현, 「포은 정몽주 한시의 풍속과 제재」, 『한국한문학연구』 15, 한국한문학회, 1992; 이동환, 「포은시에 있어서 호방의 풍격에 대하여」, 포은사상연구원 발표논문, 1993; 하정승, 「포은 정몽주 시의 품격 연구」, 『한문교육연구』 16, 한국한문교육학회, 2001; 하정승, 「포은시에 나타난 경국의지와 귀향의식」, 『한문학보』 10집, 우리한문학회, 2004; 유호진, 「포은시에 표출된 우수와 호쾌의 정감에 대하여」, 『한국문학연구』 4호, 고려대 한국문학연구소, 2003.

4 포은 철학 또는 사상과 관계된 몇 가지 논문들을 소개하면 다음과 같다. 곽신환, 「포은 철학사상의 탐색」, 『육사논문집』 21집, 육군사관학교, 1981; 김충열, 「포은의 의리정신과 경세사공」, 『포은사상연구논총』 1, 포은사상연구원, 1992; 안병주, 「포은순절과 조선조 정치이념의 정립」, 『포은사상연구논총』 1, 포은사상연구원, 1992; 문경현 외, 「여말 절의파의 연구」, 『한국의 철학』 12, 경북대 퇴계연구소, 1984; 이연재, 「포은 정몽주의 사상적 갈등」, 『건국어문학』 9 · 10집, 건국대 국문학연구회, 1985; 이희덕, 「고려시대 유교의 실천윤리 — 효윤리를 중심으로」, 『한국사연구』 10집, 한국사연구회, 1974; 최근덕, 「한국성리학의 도통과 정포은」, 『포은사상연구논총』 1, 포은사상연구원, 1992; 한종만, 「여말 성리학의 배불과 포은의 불교관」, 『포은사상연구논총』 1, 포은사상연구원, 1992; 조남국, 「여말선초 유불교섭에 관한 연구 — 포은과 삼봉의 유불관을 중심으로」, 『강원대논문집』 15집, 강원대, 1981; 정성식, 『포은과 삼봉의 철학사상』, 심산, 2003.

국방책, 전제개혁과 사전私田에 대한 문제, 성균관을 중심으로 한 유교 교육에 대한 것, 포은의 연보年譜를 중심으로 생애를 고찰하거나 이를 바탕으로 한 평전적評傳的 성격의 소설 등이다.5

필자는 이미 포은시의 품격 및 미적 특징을 비롯, 경국經國에 대한 의지와 귀향의식歸鄕意識 같은 포은시에 나타난 내용적 특징 등도 주마간산走馬看山으로 살펴본 바 있다. 본고에서는 성리학자 또는 정치·행정가로서의 포은의 모습에 초점을 맞추고 논지를 전개해 나갈 것임을 밝혀둔다.

---

5 이와 관계된 대표적인 논문들은 다음과 같은 것들이 있다. 이재호, 「여선 교체기에 정포은이 남긴 사공」, 『포은사상연구논총』 1, 포은사상연구원, 1992; 박성봉, 「고려후기 정몽주의 정치외교활동 일고」, 『포은사상연구논총』 1, 포은사상연구원, 1992; 강상운, 「위화도회군 이후의 정치외교사 연구」, 『한국정치학회보』 1집, 한국정치학회, 1959; 김당택, 「고려 우왕대 이성계와 정몽주·정도전의 정치적 결합」, 『역사학보』 158, 역사학회, 1998; 유경아, 「정몽주의 정치활동 연구」, 이화여대 박사학위논문, 1996; 유경아, 「고려말 정몽주 동조세력의 형성과 갈등」, 『이화사학연구』 25·26집, 이화사학연구소, 1999; 이형우, 「정몽주의 정치활동에 대한 일고찰-공양왕대를 중심으로」, 『사학연구』 41, 한국사학회, 1990; 이경식, 「고려말의 사전구폐책과 과전법」, 『동방학지』 42집, 연세대, 1984; 민현구, 「고려 공민왕의 반원적 개혁정치에 대한 고찰」, 『진단학보』 68집, 진단학회, 1990; 민병하, 「고려시대 성균관의 성립과 발전」, 『대동문화연구』 6·7집, 성대 대동문화연구원, 1970; 유동준, 「포은 정몽주 선생 연보」, 『포은사상연구논총』 1, 포은사상연구원, 1992; 이병주, 『포은 정몽주』, 서당, 1989.

1. 포은사상의 배경과 특징

1) 유교경전에 대한 깊은 조예와 실천궁행實踐躬行의 강조

포은은 1367년(공민왕 16)에 예조정랑禮曹正郎으로 성균박사成均博士를 겸직하고 있었다. 그러나 당시에는 이미 5년 전에 있었던 홍건적紅巾賊의 침입으로 학교가 황폐한 상태였는데, 이에 공민왕恭愍王이 성균관成均館을 새롭게 세우려고 목은 이색을 대사성大司成으로 임명하고 포은을 비롯 김구용金九容 · 박상충朴尙衷 · 박의중朴宜中 · 이숭인李崇仁 같은 학자들을 학관學官으로 제수하여 학생들을 가르치게 하였다. 다음 글은 포은이 유교경전과 성리학에 얼마나 조예가 깊었는지를 잘 보여준다.

당시 우리나라에 있던 경서經書는 오로지 『주자집주朱子集註』뿐이었는데 공의 강설講說은 뛰어나 여타 사람들의 생각을 벗어났으므로 듣는 사람들이 자못 의심하였으나 뒤에 운봉雲峯 호씨胡氏(호병문胡炳文 – 필자주)의 『사서통四書通』을 보게 되니 공이 하던 강론講論과 꼭 들어맞았다. 이에 여러 선비들이 탄복하였으며 목은은 자주 이것을 칭찬하여 "달가達可의 논리는 여러 횡설수설이 이치에 맞지 않는 것이 없으니 동방이학東方理學의 조조로 추대할 만하다."라고 하였다.6

포은이 성균관에서 유생들에게 강학講學할 당시에 이미 주자朱子의 『사서집주四書集註』가 들어와 있었는데,[7] 아무도 그 뜻을 아는 사람이 없었다. 오직 포은만이 그것을 정미하게 분석하여 해설하자 많은 유생들이 의심하였으나 뒤에 호병문胡炳文의 『사서통四書通』이 전해져서 살펴보니 포은의 강설과 맞아 떨어졌다는 것이다. 호병문은 원대元代의 학자인데, 송말宋末의 쌍봉雙峰 요노饒魯라

---

6 咸傅霖, 『圃隱集』 권4, 「行狀」. "時經書至東方者, 唯朱子集註, 而公講說發越超出人意, 聞者頗疑, 及得雲峯胡氏四書通, 與公所論, 靡不脗合. 諸儒尤加歎服, 牧隱亟稱之曰, '達可論理, 橫說竪說, 無非當理, 推爲東方理學之祖.'"

7 朱子의 『四書集註』가 유입된 정확한 연도는 알 수 없으나, 대체로 忠烈王 이후에는 여러 경로를 통해 반입되지 않았나 싶다. 이와 관련 徐居正의 『東人詩話』에 "충렬왕 이후 程朱의 집주가 비로소 전해지고 나서야 배우는 자들이 차츰 성리의 영역에 들어가게 되었다."라는 말이 보인다. 또 이를 뒷받침할 만한 내용이 『增補文獻備考』에도 보이는데, 南宋이 망하고 元이 들어서자 고려조정은 宋나라의 秘閣에 소장되었던 수많은 장서들을 사들여 왔고, 또 원나라 정부도 고려에 많은 책들을 선물로 주었던 것으로 보인다. 이 같은 송나라 서적의 대량유입은 忠肅王 원년 이전에 이미 이루어졌으니, "충숙왕 원년 6월에 찬성사 權溥가 李瑱·權漢功 등과 더불어 성균관에 모여 새로 구입한 서적을 考閱하고 經學을 시험하였다. 이보다 전에 成均提擧司에서 博士 柳衍과 學諭 兪迪을 강남에 보내어 서적을 구입하게 하였는데, 判典校寺事 洪瀹이 太子府參軍으로 南京에 있으면서 유연에게 寶鈔[중국 지폐의 이름] 150錠을 주어 經籍 1만 8백권을 사서 돌아오게 하였다. 이후 원에서 사신을 보내와 왕에게 서적 4천 71책을 주었는데 이는 모두 송나라 비각에 소장되어 있던 것들이었다."라고 기록되어 있다.(『增補文獻備考』 권202, 「學校考」 1 참조) 이로 볼 때 『사서집주』를 비롯한 程朱學 관련서적들은 충렬왕 이후, 최소한 충숙왕 이전에 이미 고려에 유입되었고, 당시 고려의 학자들에게 읽혀졌던 것으로 짐작된다.

는 이가 행한 사서에 대한 주석이 주자의 것과 어긋남이 많자 이를 바로잡고자 하는 의도에서 지어진 책이 그의 『사서통』이다. 호병문의 『사서통』으로 말미암아 주자의 학설이 세상에 크게 밝혀지게 되었다.8

목은이 "동방이학의 조"라고 포은을 추대한 뜻에 대해 김충열 교수는, "이 말은 포은에 의해 성리학이 처음으로 들어왔다는 의미가 아니라 다음 두 가지로 해석할 수 있는데, 첫째 정주程朱의 학설을 고구하여 성리학의 이론과 의리를 깨우치고 교수敎授한 첫 번째 학자가 포은이라는 말이며, 둘째 이제현이나 이색처럼 중국에 유학을 가서 그곳의 학자들로부터 직접 전수받은 것이 아니라 순수하게 국내에서 책을 통해 자득한 첫 번째 학자라는 의미이다."라고 설명하였다.9

일반적으로 포은은 특별한 사승관계 없이 자득自得한 것으로 되어 있는데, 24세 때인 1360년(공민왕 9)에 정당문학政堂文學 김득배金得培가 주시主試한 과거에서 등과했기 때문에 좌주座主와 문생門生이라는 당시의 관례로 보아 김득배를 스승처럼 섬겼으리라 여겨진다. 이것은 후에 김득배가 억울한 죽음을 당했을 때, 포은 스

---

8 이에 대한 사항은 曺好益이 쓴 「圃隱先生集重刊跋」중 "竊嘗聞之, 朱子四書集註, 行于東方, 無有知其義者, 獨先生剖析精微, 爲之訓解. 及雲峯胡氏四書通至, 所論皆合, 時人始服先生之深於道學矣. 夫雲峯深正饒氏之非, 發明未盡之蘊, 使吾朱夫子之說, 得大明于世."을 참조할 것.

9 김충열, 앞의 논문, 32쪽 참조.

스로 김득배의 문생이라 하고 임금에게 청하여 버려진 시신을 거두어 장사지냈다는 기록10으로도 확인할 수 있다. 그러나 김득배는 포은이 등과한 뒤 바로 2년 뒤에 죽었기 때문에 정치적·학문적으로 포은에게 큰 영향을 끼치지는 못했던 것 같다. 오히려 포은은 정치적으로나 학문적으로 목은에게 큰 영향을 받았고, 평생을 목은과 긴밀한 관계를 유지하며 살았기 때문에 일반적으로 목은계牧隱系 인사로 알려져 있다.11

포은은 사서오경에 두루 능통할 정도로 유학儒學에 대한 공부가 깊었는데, 특히 『대학大學』과 『중용中庸』을 더욱 중시하여 인간의 심신과 본성을 다룬 책으로 인식하고 이를 통해 도道를 밝히고 도를 전하는 뜻을 터득했던 것으로 보인다. 정도전의 다음 글을 보자.

어느 날 여강인驪江人 민자복閔子復(민안인閔安仁의 자字 – 필자 주)이 나에게 말하기를 "내가 정선생 달가를 뵈었더니, 사장詞章은 말단의 학예學藝일 뿐이고 이른바 심신의 학문이 있는데

---

10 이에 대한 사항은 『圃隱集』 권4의 「年譜攷異」 중 "三月, 拜藝文檢閱, 時金得培破紅賊復京城, 還爲金鏞所害, 梟首于尙州. 先生自以得培門生, 請于王收葬其屍."를 참조할 것.

11 『太祖實錄』 권14, 태조 7년 8월 26일자에 보면 정도전을 언급하면서 "처음에 도전이 韓山 李穡을 스승으로 섬기고 烏川 鄭夢周와 星山 李崇仁과 친구가 되어 친밀한 우정이 실제로 깊었는데"라는 말이 나오는바, 삼봉이 처음에는 포은, 도은과 함께 목은계 핵심 인물이었음을 알 수 있다.

그 말이 『대학』과 『중용』 두 책에 갖춰져 있다 하시기에 이제 이순경李順卿(이존오李存吾의 자)과 함께 이 두 책을 가지고 삼각산의 절에 가서 공부하고자 하는데 자네는 이를 아는가?"하였다. 내가 이 말을 듣고 두 책을 구하여 읽고서 비록 깨닫지는 못했지만 자못 스스로 기뻐하였다. 나라에서 빈흥과賓興科를 베풀었을 때에 선생이 삼각산에서 내려와 삼장에서 잇달아 장원을 차지하시고 명성이 자자하였다. 내가 빨리 가서 뵈니 마치 평생 사귄 사이처럼 함께 이야기 하시고 드디어 가르침을 내리시매 날마다 듣지 못했던 말들을 듣게 되었다. …(중략)… 선생은 『대학』의 제강提綱과 『중용』의 회극會極에 있어서 명도明道·전도傳道의 뜻을 얻었고 『논어』·『맹자』의 정미精微인 마음을 지켜 함양하는 요체와 체험하여 확충하는 방도를 터득하였다. 『주역』에서는 선천先天과 후천後天이 서로 체體와 용用이 됨을 알았고 『상서』에서는 정일집중精一執中하는 것이 제왕의 전수심법傳授心法임을 알았다. 『시경』은 민이民彝와 물칙物則의 가르침을 근본 삼고 있음을, 『춘추』는 도의道誼와 공리功利의 구분을 밝혔다는 것을 아셨으니 우리나라 5백 년 동안에 이러한 이치를 깨달은 자가 몇 명이나 되겠는가? (성균관)유생들이 각각 자기의 학식을 고집하고 사람들마다 이설異說을 제기하였으나 묻는 대로 강석講析하되 조금의 착오도 없었다.12

포은이 사서오경의 핵심에 정통하였음을 알 수 있다. 특히 삼봉이 깨닫지 못했던 『대학』·『중용』의 난해처를 강해해 주었는데, 어디서도 들어보지 못한 말이었다는 것은 포은 학문의 깊이를 단적으로 얘기해 주는 것이다. 더구나 한창 학문에 대한 열의를 가지고 공부하던 젊은 유생들의 여러 가지 의문을 조금의 착오 없이 강석하였으니 포은이 유교경전 전반에 걸쳐 조예가 있었음을 알 수 있다. 전술했다시피 당시엔 이미 사서四書에 대한 『주자집주』가 들어와 있었다. 다만 그것을 온전히 이해하고 풀이하는 데에는 학자들마다 한계가 있었는데, 포은의 강설은 당대 그 어떤 학자도 얘기하지 못했던 참신한 것이었으며, 후에 『사서통』을 비롯한 주해서들이 유입되어 비교해보니 포은의 말이 다 옳은 것이었다.

포은의 경전해석은 『주자집주』에 바탕했던 것으로 보인다. 우암尤庵 송시열宋時烈의 "포은이 경서를 강독하고 이치를 논함에 주자를 주로 했다."13라거나 또 "오직 선생만이 유자儒者의 학문

---

12 鄭道傳, 『三峰集』 권3, 「圃隱奉事稿序」. "一日, 驪江閔子復, 謂道傳曰. 吾見鄭先生達可曰, 詞章末藝耳, 有所謂身心之學, 其說具大學中庸二書. 今與李順卿携二書, 往于三角山僧舍講之, 子知之乎? 余旣聞之, 求二書以讀, 雖未有得, 頗自喜. 屬國家設賓興科, 先生來自三角山, 連冠三場, 名聲藉藉. 余亟往謁, 則與語如平生, 遂賜之敎, 日聞所未聞…(中略)…先生於大學之提綱, 中庸之會極, 得明道傳道之旨, 於論孟之精微, 得操存涵養之要, 體驗充廣之方. 至於易, 知先天後天相爲體用, 於書, 知精一執中爲帝王傳授心法, 詩則本於民彝物則之訓, 春秋則辨其道誼功利之分, 吾東方五百年, 臻斯理者幾何人哉! 諸生各執其業, 人人異說, 隨問講析, 分毫不差."

13 宋時烈, 『宋子大全』 권154, 「圃隱鄭先生神道碑銘 幷序」. "講書談理, 主於朱

을 자기 임무로 삼고 학문하는 방법에 있어서도 반드시 주자를 으뜸으로 삼았다."[14]는 말은 그러한 사실을 뒷받침해준다. 그래서 우암은 포은의 학문을 "선생의 도는 주자학"[15]이라고 천명했던 것이다. 『고려사』의 기자도 "(포은이) 염락濂洛의 도를 부르짖고 불교와 도가의 말을 배척하며 강론이 정심精深하여 깊이 성현의 오묘한 이치를 깨우쳤다."[16]고 함으로써 포은의 학문이 정통 성리학에 근거하고 있음을 말하고 있다.

　현전하는 『포은집』은 포은이 화를 겪고 난 뒤 작품이 망실된 가운데 여기저기 흩어져 있던 작품들을 모아 편찬한 것이기에, 포은의 성리학적 소양이나 유교경전에 대한 인식태도, 더 나아가 성리학의 제반 쟁점에 대한 포은 나름의 자세한 논설 등이 나타나 있는 시문은 그리 많지 않다. 하지만 이런 가운데에서도 포은 성리학의 성격을 알 수 있게 해주는 작품들이 산발적으로 보이기도 한다.

子"참조.

14 宋時烈, 『宋子大全』권154, 「圃隱鄭先生神道碑銘 幷序」. "惟其以儒者之學爲己任, 而其爲學也必以朱子爲宗." 참조

15 宋時烈, 『宋子大全』권154, 「圃隱鄭先生神道碑銘 幷序」. "蓋先生道乃紫陽學" 참조.

16 『高麗史』권117, 「列傳」권30. "倡鳴濂洛之道, 排斥佛老之言, 講論惟精深, 得聖賢之奧." 참조.

애석하도다! 상란喪亂을 겪는 가운데 선생께서 지으신 시문이 거의 모두 유실되어 후대 학자들로 하여금 그 실마리를 찾지 못하게 하였다. 다행히 남아 있는 한 권 속에 수록된「독역讀易」·「관어觀魚」·「동지冬至」·「호연浩然」등은 모두 성리性理를 표현한 작품이다. 예로부터 성인이 도를 전하는 것은 말을 많이 하는 데에 있지 않았으니, (…중략…) 이 몇 편을 통해서도 족히 선생의 학문을 알 수 있다.17

위 글은 경남 거창의 한 선비가 쓴 것으로 기록되어 있다. 글쓴이는 포은이 쓴 염락풍濂洛風의 시로「독역」·「관어」·「동지」·「호연」등을 들고 있다. 물론『포은집』을 주의 깊게 읽어보면 위에서 거명된 네 편의 시 외에도 염락풍의 시를 좀 더 찾을 수 있지만, 어쨌든 여기 거론된 시들은 포은이 쓴 대표적인 염락풍 한시로 많이 알려진 것들이다.

---

17 『圃隱集』부록,「古川一鄕士論」, "惜乎! 喪亂之餘, 所著詩文, 遺失殆盡, 使來學不得尋其緖論. 其幸存一卷集中所錄讀易觀魚冬至浩然等篇, 皆性理之作也. 自古聖賢之傳道, 亦不在多言…(中略)…則於數篇之中, 亦足以見先生之學也."

『주역』을 읽고

① 돌솥에 물이 비로소 끓기 시작하고   石鼎湯初沸
　 풍로風爐엔 불이 진홍빛을 낸다   風爐火發紅
　 감괘坎卦 이괘離卦는 하늘과 땅의 용用이니   坎离天地用
　 여기에 나아가면 무궁한 뜻이 있다네   卽此意無窮

② 내 마음 속으로 건곤乾坤을 포용하면   以我方寸包乾坤
　 삼십육궁의 봄에 넉넉히 노닐 수 있다네   優游三十六宮春
　 그리기 전의 주역을 눈앞에서 인식해보니   眼前認取畫前易
　 돌아보면 복희씨의 자취도 이미 낡은 것일세   回首包義迹已陳18

　　『주역』을 읽고 난 뒤 깨달은 천지자연의 이치와 물物을 바라보는 인식주체로서의 '심心'의 중요성을 강조한 시이다. ①의 시에서 보이는 시인의 첫 번째 행동은 '관물觀物'이다. 시인은 물이 끓는 돌솥과 활활 타오르는 풍로風爐를 바라본다. 물과 불은 서로 대척관계의 물질이다. 물이 위에서 아래로 내려가려는 성질을 가졌다면, 불은 아래에서 위로 오르려는 성질을 지니고 있다. 여기에서 시인은 『주역』의 감괘坎卦와 이괘離卦를 생각한다. 감괘는

---

18 鄭夢周, 『圃隱集』 권2, 「讀易二絶」.

'坎爲水'로 물을, 이괘는 '離爲火'로 불을 의미하기 때문이다. ②의 시에서는 인식의 주체인 '심'이 천지만물을 제어함을 말하고 있다. 특히 제2구인 '優游三十六宮春'은 송宋의 학자 소강절邵康節의 「관물음觀物吟」 중 '天根月窟閑往來 三十六宮都是春'을 따온 것이다. 자신의 마음으로 천지를 포용하자 복희씨가 그었다는 팔괘八卦조차도 이미 진부하고 낡은 것으로 여겨진다. 결국 포은은 『주역』에서 관물을 통한 심의 중요성을 읽고 있는 것이다.

동지음 2수

① 건도乾道는 일찍이 쉬는 일 없고　　　　　　乾道未嘗息
　　곤효坤爻는 순전히 음陰이로다　　　　　　坤爻純是陰
　　하나의 양陽이 처음으로 움직이는 곳에서　一陽初動處
　　하늘의 마음을 볼 수 있도다　　　　　　　可以見天心

② 조화造化는 치우친 기氣가 없지만　　　　　造化無偏氣
　　성인은 그래도 음陰을 눌렀네　　　　　　聖人猶抑陰
　　하나의 양陽이 처음으로 움직이는 곳에서　一陽初動處
　　나의 마음을 증험할 수 있도다　　　　　　可以驗吾心19

19 鄭夢周, 『圃隱集』 권2, 「冬至吟 二首」.

①시는 천도天道는 순환하면서 영원성을 가지는데 그 운행을 타고 만물이 생생불식生生不息함을 말한 것이다. 겨울이 끝나면 봄이 오듯이 음陰이 지극한 속에서도 일양一陽은 소생하는 것이다. ②시는 조화造化는 치우친 기氣가 없지만 그래도 옛 성인이 특히 양陽을 높이고 음陰을 억제한 이유는 사람들로 하여금 사邪를 피하고 정正으로 나아가게 하기 위해서라는 것이다.20 이 시 역시 앞의 「독역이절讀易二絶」과 마찬가지로 '천심天心'과 '오심吾心'을 강조함으로써 『주역』에서 '심'의 중요성을 말하고 있는 것으로 보인다. 『염락풍아濂洛風雅』에 소강절邵康節의 같은 제목의 시가 보이는데, 앞의 「독역讀易」 시에서도 알 수 있듯이 포은은 소강절 시를 충분히 섭렵했던 것으로 보인다. 송대宋代 학문에 대한 포은의 관심과 박학博學의 정도를 짐작할 수 있다.

　　　호수 속의 물고기를 보다

　① 깊은 못에 잠겨있다 혹 뛰어오르기도 하니　　潛在深淵或躍如
　　 자사子思는 무엇을 취하여 경서에다 쓰셨던가　　子思何取著于書
　　 단지 눈동자로 분명히 바라보면　　　　　　　　但將眼孔分明見
　　 사물마다 진실로 팔팔 뛰는 물고기인 것을　　物物眞成潑潑魚

---

20 김충열, 앞의 논문, 57쪽 참조.

② 물고기는 내가 아니고 나도 물고기가 아니니　魚應非我我非魚

　　사물 이치는 들쑥날쑥 본래 같지 않다네　　物理參差本不齊

　　장자莊子 한 권 책의 호상론濠上論이　　　一卷莊生濠上論

　　지금까지 천 년동안 사람들을 혼미케 했네　至今千載使人迷21

　　①시에서는 『시경』「대아大雅」 <한록旱麓>의 "鳶飛戾天, 魚躍于淵"에 대해 자사子思가 『중용』에서 "상하에 이치가 밝게 드러난 것을 말한 것"이라고 평한 것을 제재로 삼았다. 하늘이 만물을 화육化育하는 이치는 천지간에 내재되어 쓰이지 않는 것이 없으니 이를 감춤이 없는 '費[드러남]'라 하고, 그러나 그것은 보고 듣는 것으로 이르를 수 없으니 이를 '隱[숨겨짐]'이라 한다.22 ②시는 『장자』「추수편秋水篇」에 나오는 장자莊子와 혜자惠子가 호상濠上에서 한 논쟁을 시화詩化한 것이다. 장자와 혜자의 논쟁은 인식의 문제를 논한 것으로 유명하다. 도道의 대용大用에서는 하늘에 솟아오른 솔개와 연못 속에서 한가롭게 헤엄치는 물고기처럼 여러 가지로 갈라져 같지 않은 것이지만, 도의 미체微體에서는 일본一本으로 파악하여 '費와 隱', '體와 用', '顯과 微'를 일원一源으로 보는 것이 유가의 기본 입장이다. 그런데 장자의 지락至樂은 만 갈래의 정情을 일본一本의 리理로 극복하려는 절대적 초월세계의 것이니 유

---

21 鄭夢周, 『圃隱集』 권1, 「湖中觀魚 二絶」.

22 정성식, 앞의 책, 104쪽 참조.

가의 입장에서 보면 옳지 못하다.23 그래서 포은은 위 시에서 "장자의 호상론이 천 년동안 사람들을 혼미케 했네"라고 비판하고 있다.

포은의 학문적 특징으로 빼놓을 수 없는 사실이 바로 실천궁행實踐躬行이다. 송시열은 이에 대해 "후세의 학자들로 하여금 모두 경敬을 주主로 하여 그 근본을 세우고, 이치를 궁구하여 아는 것을 지극히 하고, 자신을 돌이켜 그 실지를 밟아가야 함을 알게 해 주셨다. 이 세 가지는 성학聖學의 주체가 되는 요령이니 그 공을 누가 더불어 짝할 수 있겠는가?"24라고 포은의 학문적 공을 기리고 있는데, 특히 "자신을 돌이켜 그 실지를 밟아가게 하였다"는 것은 학문에 있어서 궁행躬行의 중요성을 강조한 말이다. 앎의 실천을 중시했던 포은의 학문적 태도는 여러 학자들의 평가를 통해서도 확인할 수 있다. 다음 글을 보자.

공은 천품이 지극히 고상하고 호매豪邁하기가 어느 사람보다도 뛰어났다. 젊어서부터 큰 뜻을 가졌고 학문을 좋아하여 게으르지 않았으며 여러 책을 널리 보고 날마다 『대학』·『중용』을 외웠다. 이치를 궁구하여 앎을 지극히 했고, 자신을 돌이켜

---

23 곽신환, 앞의 논문, 286쪽 참조.

24 宋時烈, 『宋子大全』권154, 「圃隱鄭先生神道碑銘 幷序」, "使後之學者, 皆知主敬以立其本, 窮理以致其知, 反躬以踐其實. 此三者爲聖學之體要, 則其功孰與之侔幷哉."

실천하여 참된 것이 쌓이고 힘쓴 것이 오래됨에 홀로 염락濂洛
의 전수받지 못한 깊은 뜻까지도 터득했다.25

함부림咸傅霖이 쓴 포은의 행장이다. 포은의 학문을 한마디로
요약하면 "窮理致知, 反躬實踐"이라는 것이다. 또한 권채權採 역시
"(포은의) 학문은 묵지심융黙識心融을 요체로 삼고 몸소 실천하는
것을 근본으로 삼았다."26라고 하였다. 이처럼 '궁행'을 포은학의
중요한 특징으로 보는 것은 그의 학문에 대해 언급했던 거의 모든
사람들의 공통된 의견이라고 보아도 좋을 것이다. 학문에서 궁행
을 강조하는 태도는 다음 포은의 언급을 통해서도 직접 확인할 수
있다.

유자의 도는 모두 일용평상日用平常의 일로 음식과 남녀는 모
든 사람이 함께 하는 것이니, 지극한 이치가 그 가운데 존재
하는 것입니다. 요순堯舜의 도道도 또한 여기에서 벗어나지 않
습니다. 일상의 움직이고 정지하고 말하고 침묵하는 사이에서
그 올바름을 얻는 것이 바로 요순의 도이니, 본래 너무 높아

---

25 咸傅霖, 『圃隱集』 권4, 「行狀」. "公天分至高, 豪邁絶倫. 少有大志, 好學不倦.
博覽群書, 日誦中庸大學, 窮理以致其知, 反躬以踐其實. 眞積力久, 獨得濂洛不
傳之秘."
26 權採, 『圃隱集』 권수, 「圃隱先生詩卷序」. "其爲學也, 以黙識心融爲要, 以踐履
躬行爲本."

실행하기 어려운 것이 아닙니다.[27]

　유자가 지켜야 할 요순의 도는 본래 저 멀리 있는 것이 아니라 우리 일상생활의 말과 행동에 있다는 것이다. 그래서 변계량卞季良도 포은의 이 같은 학문적 특징에 대해 "선생의 학문은 자기의 심신心身·성정性情의 은미한 것과 인륜人倫·일용日用의 현저한 것부터 크게는 천지天地·고금古今의 운행 변화와 작게는 곤충·초목의 명품名品을 관통하지 않은 것이 없었다."[28]라고 지적했던 것이다. 「영당사제문影堂賜祭文」에서도 "위대한 정문충공은 정精하고 맑은 기운을 모아 지닌 채 고려말에 나서서 불교에 빠져있던 풍토를 의연히 한 번 창도하여 손수 거친 물결을 막고 육경에 근본하여 신안新安[주자]을 조술하였다. 음식을 먹고 마시는 일과 예악전장禮樂典章에 대해 들은 바도 없이 마음으로 터득하여 끊어졌던 학문을 빛냈다."[29]라고 하면서 포은 학문의 핵심이 먹고 마시는 일과 예악전장과 같은 일상에서 하는 실용적인 것임을 강조하고 있다.

---

27 鄭夢周, 『圃隱集』 권4, 「本傳」. "儒者之道, 皆日用平常之事, 飲食男女, 人所同也, 至理存焉. 堯舜之道亦不外此, 動靜語默之得其正, 卽是堯舜之道, 初非甚高難行."

28 卞季良, 『圃隱集』 권수, 「圃隱先生詩藁序」. "先生爲學, 自吾身心情性之微, 人倫日用之著, 大而天地古今之運變, 細而昆蟲草木之名品無不貫."

29 『圃隱集』 속록 권2, 「影堂賜祭文」. "偉鄭文忠氣鍾精淑, 生于麗季, 陸沈西竺, 毅然一唱, 手障狂瀾, 淵源六經, 祖述新安. 茶飯菽栗, 禮樂典章, 默契心得, 絶學用光."

대개 도는 천하에 있어서는 존망存亡이 없으나 사람에게 있어서는 밝고 어두움이 있다. 우리 동방이 은사殷師로부터 이제까지 무릇 몇 번이나 밝고 몇 번이나 어두웠던가! 그 밝은 때는 반드시 두 선생(포은과 조광조 – 필자 주) 같은 분이 있어서 인의예지仁義禮智의 성성性을 밝히고 그것을 군신君臣 부자父子 부부夫婦 장유長幼 붕우朋友 사이에서 행하셨는데, 이것은 백성들이 매일같이 생활하는 일상에 불과한 것이니 도가 어찌 알기 어렵겠으며 행하기 어려운 것이겠는가.[30]

이 글을 통해 우리는 포은이 추구했던 도는 인의예지仁義禮智와 삼강오륜三綱五倫의 실천적 도였음을 알 수 있다. 이러한 도의 실천궁행은 포은이 부모의 상을 당했을 때 3년 동안 여묘廬墓한 일을 통해 잘 드러난다. 당시에는 상제喪制가 문란하고 해이하여 사대부들조차도 모두 백 일만에 길복吉服을 입었으나 포은만은 부모의 상을 당하여 여묘廬墓와 애례哀禮를 극진히 하였으므로 임금이 문려門閭에 정표旌表를 하여 치하할 정도였다.[31]

---

30 宋時烈, 『宋子大典』 권145, 「永興府興賢書院記」. "夫道之在天下無存亡, 而其在人也有明晦, 我東自殷師以迄于今, 而凡幾明而幾晦哉? 其明也, 必有如二先生者, 明仁義禮智之性, 行之於君臣父子夫婦長幼朋友之間, 而不出乎民生日用之常, 則道豈難知難行者哉!"

31 이에 대한 사항은 『圃隱集』 권4, 「圃隱先生本傳」 중 "時喪制紊弛, 士大夫皆百日卽吉, 夢周於父母喪, 獨廬墓, 哀禮俱盡, 命旌表其閭."을 참조할 것.

그러고 보면 정치가 · 외교관으로서 한평생 잠시도 쉬지 않았던 포은의 삶은, 기본적으로 유자儒者로서 갖고 있는 경국經國에 대한 의지와 더불어 궁행躬行을 중요시 했던 그의 학문적 태도와 관련이 있는 것으로 생각할 수 있겠다. 요컨대 포은 성리학의 의의는 고려말 신흥사대부들의 개혁적 이념을 실생활에 구체적으로 적용시키는 동인動因이자 사상적 기반이었다는 데 있다고 할 것이다.

실천궁행을 중시했던 포은의 학문적 성향은 이 땅에 성리학[주자학]이 뿌리내리는 데에도 큰 공헌을 하게 된다. 고려말 상제喪祭의 풍속은 불교식이어서 기일忌日에는 재승齋僧하고 시제時祭에는 지전紙錢만을 진설하였는데 포은의 노력으로 주자가례朱子家禮에 의해 사당을 세우고 신주를 만들어 선조의 제사를 받들게 되었다.32 이처럼 포은은 주자학을 형이상학적 탁상공론에 머무르게 하지 않고, 현실생활 속에서 토착화 되도록 애썼던 것이다.

---

32 『圃隱集』 권4, 「年譜攷異」 洪武23年 庚午. "時俗凡喪祭, 專尙桑門法, 忌日齋僧, 時祭只設紙錢, 先生請令士庶倣朱子家禮, 立廟作主, 以奉先祀, 禮俗復興." 참조.

2) 호방豪放한 기질과 호연지기浩然之氣의 배양

포은은 기본적으로 철저한 유자였고 경세제민經世濟民과 보국
광시輔國匡時의 의지가 누구보다도 컸던 사람이다. 더구나 타고난
기질 또한 호방하여 자잘한 일에 얽매이지 않았고, 국가를 위해서
는 자신의 모든 것을 다 바쳐 충성하는 큰 절개가 있었다. 포은의
기질과 성품을 짐작케 하는 다음 글을 보자.

> ① 오직 선생께서는 빼어나게 홀로 풍파風波에 우뚝 서서 나
> 라가 위태로운 때에 확고하게 스스로 나라를 지켰고, 위
> 험하고 불안한 날에도 의리를 용색容色에 나타내었으며,
> 쉽고 어려움에 따라 그 마음을 변하지 않고 그 힘의 지극
> 한 것을 다하셨다. 어쩔 수 없게 되어서는 몸을 바치되 원
> 망하거나 후회하는 것이 없으셨으니, 아마도 이것이 소위
> 그것이 안 되는 것인 줄 알면서도 오히려 한다는 의미일
> 것이다.33

---

33 柳成龍, 『圃隱集』 권4, 「圃隱先生集跋」. "惟先生挺然, 獨立於風波, 蕩覆之際,
確然自守於邦國, 危疑之日, 義形于色, 不以夷險貳其心, 旣竭其力之所至, 不得
則以身殉之無所怨悔, 豈所謂知其不可而猶且爲之者耶."

② 정몽주는 타고난 자질이 지극히 높고 호매豪邁하여 남보다 뛰어났으며 충효의 큰 절개가 있었다. 태조太祖[이성계]가 평소에 포은의 그릇을 크게 여겨 매번 정벌할 때마다 반드시 그를 이끌어 함께 갔으며, 여러 번 천거하여 함께 재상이 되었다. 그때에 국가에 사고가 많고 업무가 번다하였는데, 포은은 큰일을 처리하고 말이 많은 일을 결정하면서도 성색聲色을 움직이지 않고 좌우에 응답함이 모두 적당하였다.[34]

조선중기의 정치가였던 서애西厓 유성룡柳成龍(1542-1607)이 쓴 인용문 ①은 포은의 성품과 능력에 대해 언급하고 있다. 나라가 위태로울 때에 자신의 의리에 따라 그 마음을 변하지 않고 한 몸을 바쳐 국가를 위해 헌신했으며, 특히 왕조가 바뀌는 상황에서 역부족인 줄 알면서도 끝까지 고려의 신하로 절개를 지키되 조금도 원망하거나 후회가 없었다는 것이다. ②는 포은의 타고난 성품이 호매하여 큰 일이나 말이 많은 일을 처리할 때에도 자기의 소신대로 처리했으며, 또 그 일의 결과도 적당했다는 것이다. 포은의 호매豪邁한 성품은 그의 호기豪氣와 관련이 있는 것으로 여겨진

---

34 『高麗史』권117, 「列傳」권30. "夢周, 天分至高, 豪邁絶倫, 有忠孝大節 …(中略) … 太祖素器重, 每分閫, 必引與之偕, 屢加薦擢, 同升爲相, 時國家多故, 機務浩繁, 夢周處大事決大疑, 不動聲色, 左酬右答, 咸適其宜."

다. 다음 시는 『맹자』의 호연지기浩然之氣와 그것을 기르는 방법에
대한 것이다.

호연의 권자

황천皇天이 사람을 만드실 때	皇天降生民
그 기운을 크고도 굳세게 하였지	厥氣大且剛
무릇 사람들이 스스로 살피지 못하여	夫人自不察
곧 심상尋常한 것으로 떨어져 버렸네	乃寓於尋常
이를 기르는 데는 진실로 도가 있으니	養之固有道
호연지기를 누가 감당하리요	浩然誰敢當
맹자의 가르침을 삼가 받들어	恭承孟氏訓
조장하지도 말고 잊지도 말지어다	勿助與勿忘
천고에 이 마음은 같은데	千古同此心
솔개와 물고기의 충만함 오묘하네	鳶魚妙洋洋
이 말을 아는 이가 적어서	斯言知者少
그대 위해 이 글을 쓰노라	爲子著此章35

이 시는 『맹자』의 '호연지기'와 『중용』의 '연비어약鳶飛魚躍'
의 철리哲理를 시로 형상화한 것이다. 포은이 그와 절친했던 둔촌

---

35 鄭夢周, 『圃隱集』 권2, 「浩然卷子」.

遁村 이집李集에게 준 시로, '연비어약'의 전아典雅함과 '호연지기'의 경건勁健함이 잘 나타나 있다. 이집은 『맹자』의 '호연지기'에서 호연을 취하여 자字로 삼을 만큼 호연지기를 중요하게 생각했던 인물이다.[36] 그것은 신돈의 박해에 굴하지 않았던 이집의 삶을 통해 증명된다. 그래서 포은은 그에게 준 또 다른 시에서, "선생은 지난날 원수를 피해/ 기구하게 가시밭길로 쫓겨 갔는데/ 보는 이는 괴롭게 여겼지만/ 선생만은 자득한 듯하였지/ 꺾일수록 기가 더욱 거세지니/ 뜨거운 불이라야 좋은 옥玉 알 수 있도다"[37]라고 이집의 호연지기를 찬양하고 있다.

이 시의 제1구에서 4구까지는 호연지기는 천지의 정기正氣로서 사람이 태어날 때부터 있던 것인데, 사람들이 이 기를 잘 보전하고 기르지 않아서 지대지강至大至剛한 기를 잃게 되었다는 것이다. 제5구에서 8구까지는 호연지기를 기르는 방법에 대한 것이다. 맹자의 가르침을 받들어 방치하여 잊지도 말고 그렇다고 조장助長하지도 말아야 한다. 제9구와 10구는 이처럼 호연지기를 길러서 『중용』에 나오는 바와 같이 '연비어약'하는 천리유행天理流行의 경계에 도달하라는 가르침으로 여겨진다.[38]

---

36 李集에 대한 사항은 하정승, 「둔촌 이집 시의 품격 연구」(『한국한문학연구』 26집, 한국한문학회, 2000)를 참조할 것.

37 鄭夢周, 『圃隱集』 권2, 「遁村巷子詩」. "先生昔避仇, 崎嶇竄荊棘, 觀者爲酸辛, 惟子若自得, 愈挫氣愈厲, 烈火知良玉."

38 곽신환, 앞의 논문, 287쪽 참조.

3) 춘추대의春秋大義의 의리론義理論

포은은 의義로운 사람이었고 또 의를 중요시했다. 포은이 얼마나 의로웠는지는 다음 사건에 잘 나타난다. 김득배가 억울한 죽음을 당하여 상주尚州에서 효시梟示되자 사람들은 눈치를 보며 시신조차 수습을 못하였다. 이때 포은이 나서서 자신이 김득배의 문생이니 시신을 거두어 제사를 지내게 해 달라고 왕에게 상주上奏하여 제문祭文을 쓰고 장사를 지냈다는 것이다. 이 사건에 대해 포은의 연보에서는 "공의 높은 의를 족히 볼 수 있다"하였고,[39] 목은 이색은 "해동에 의인이 났다"라고 했으며 박상충·이존오·정도전 등도 포은의 의를 높게 여겼다고 한다.[40] 이 사건을 통해서 26살의 청년 포은에게 이미 확고한 신념과 의리정신이 뿌리박혀 있었음을 짐작할 수 있다. 이 같은 포은의 의는 포은으로 하여금 '충신불사이군忠臣不事二君'이라는 절의와 충성심을 확고하게 만들어 주었으며, 이것은 나라가 기울어가는 상황에서도 흔들리지 않고 끝까지 고려왕조에게 충성했던 그의 삶으로 나타났던 것이다. 다음 글을 보자.

---

39 『圃隱集』 권말, 「年譜攷異」, "亦足以見公高義" 참조.

40 이에 대한 사항은 유동준, 「포은 정몽주 선생 연보」(『포은사상연구논총』 1, 포은사상연구원, 1992)를 참조할 것.

지극히 쇠퇴하고 꽉 막힌 때를 만나 어찌할 수 없게 되자, 이에 사람들에게 이르기를, "남의 신하가 되어 어찌 감히 두 마음을 품겠는가? 나는 이미 나의 처할 바가 있다."하였다. 대저 한 몸으로 오백년 말운末運을 당하여 한 칼날을 맞는 것을 피하지 않고 늠연히 엄한 서리 뜨거운 태양과 그 빛을 다툴 정도였으니, 바로 이른바 '육척지고六尺之孤'를 부탁할 수 있고 '백리지명百里之命'을 맡길 수 있으며 대절大節에 임하여 뜻을 빼앗을 수 없는 군자인 것이다. 진실로 수양한 것이 평소에 있던 사람이 아니라면 어찌 지키는 것이 이처럼 확고할 수 있겠는가!41

고려말의 암담한 상황에서 대부분의 지식인들은 권력을 쥐고 있는 이성계에게 붙거나 아니면 현실을 피해 자연으로 숨어 버리는 것이 상례常例였다. 특히 포은은 당대當代의 저명한 정치가요 존경받는 학자였고, 더구나 이성계와는 젊은 시절부터 만나 줄곧 우호적인 관계를 유지하고 있었기 때문에 주변의 사람들은 포은에게 역부족인 상황을 인정하고 이성계에게 붙으라고 권유한 것 같다. 그러나 포은은 "남의 신하가 되어 어찌 감히 두 마음을 품

---

41 盧守愼, 『圃隱集』권수, 「圃隱先生詩集序」. "會衰否之極, 莫可如何, 乃論人曰, '受人國豈敢二心, 吾已有所處'. 夫以一身當五百末運, 蹈白刃而不之避, 凜然與嚴霜烈日爭光, 正所謂託六尺之孤, 寄百里之命, 臨大節而不可奪之君子人也. 苟非所養之熟有素, 焉得所守之確如是!"

겠는가? 나는 이미 나의 처할 바가 있다."고 하면서 고려왕조와
운명을 같이 했으니 대절大節을 지닌 군자라는 것이다.

　포은은 당대에 남아있던 몽골의 풍속을 중국식으로 고치는
데에도 앞장섰는데, 그 배경에는 '존화양이尊華攘夷'의 의리론이 깔
려 있다.

　　6월에 공이 하륜河崙·이숭인李崇仁 등과 함께 건의하여 백관
　　의 관복을 정함에 있어 호복胡服을 폐지하고 중국제도를 따르
　　게 하였다. 이때 명나라 사신 서질徐質이 와서 보고 감탄하여
　　"고려가 다시 중국의 관대冠帶를 따르리라고는 생각지도 못했
　　다."라고 하였다.42

　포은이 하륜·이숭인 등과 함께 조정에 건의하여 백관의 관
복을 몽골식에서 중국식으로 바꾸게 했다는 것이다. 우암은 이러
한 포은의 역할에 대해, "북쪽 오랑캐를 거절하고 의주義主에게
귀부하여 춘추의 법이 밝아졌다. …(중략)… 오랑캐인 원元을 배
척하고 황조皇朝에 귀부하여 중국의 제도를 써서 오랑캐 풍속을
바꿨으며, 우리나라로 하여금 중국에 속한 나라가 되게 해서 성
대한 예의禮義의 나라로 만든 것이 선생의 큰 공이 아니겠는

---

42 『圃隱集』 권4, 「年譜攷異」, <洪武二十年, 丁卯>. "六月, 公與河崙李崇仁等建
　　議, 定百官冠服, 革胡服襲華制. 時明使徐質來見之嘆曰, 不圖高麗復襲中國冠帶."

가"43라고 하였다. 우암은 사회 전반에 걸쳐 남아있던 원의 유풍遺風을 중국식으로 바꾸려 했던 포은의 행동이 존화양이尊華攘夷하는 춘추대의春秋大義의 의리론에 기인하고 있음을 말하고 있다.

공민왕대恭愍王代의 외교는 반원친명反元親明이 그 핵심인데 명과의 외교수립에 있어서 주도적인 역할을 했던 사람이 포은이었다.44 우왕대禑王代에는 이인임李仁任이 국정을 맡으면서 북원北元과 명明나라 사이에서 양단외교 정책을 취하였다. 즉 1377년(우왕 3)에 북원에서 사신을 보내오자 명의 연호인 홍무洪武를 버리고 북원의 연호인 선광宣光을 쓰더니, 이듬해 우왕 4년 3월에는 명에 사신을 보내 사은謝恩하고 전왕前王[공민왕]의 시호諡號와 금왕今王[우왕]의 승습承襲을 요청하였고, 이 해 9월에는 연호를 다시 명나라의 홍무로 바꿔 사용하였다. 이와 같이 당시 이인임 정권은 명과 북원 사이에서 양다리를 걸친 채 외교적 혼선을 초래하였고, 이 같은 정책은 결국 명의 의심을 사게 되어 명으로 간 고려의 사신이 입국불허로 돌아오는 등 대명관계가 점차 악화되어 갔다.45

친원파가 득세하는 조정에서 정몽주는 1375년(우왕 1) 북원의

---

43 宋時烈,『宋子大全』권154,「圃隱鄭先生神道碑銘 幷序」."拒北虜歸義主, 而春秋之法明 …(中略)… 其斥胡元歸皇朝, 用華制變胡俗, 使我東土爲中國之屬國, 而蔚然爲禮義之邦者, 是非先生之大功乎!"

44 박성봉, 앞의 논문, 309쪽 참조.

45 이재호, 앞의 논문, 225-226쪽 참조.

사신을 맞이하지 말 것을 박상충·이숭인·김구용·정도전 등 10여 명과 상서上書했다가 언양彦陽으로 유배당하는 일까지 생기게 되었다. 이같이 복잡한 외교정세 속에서 포은이 한결같이 친명배원親明排元 정책을 굽히지 않았던 이유는, 원나라는 망해가고 명나라는 흥해갈 것이라는 대외정세에 대한 인식뿐만 아니라, 춘추대의에 입각한 화이론華夷論의 사상적 배경에 바탕한 것이다. 그렇다면 춘추대의란 무엇인가? 포은에게 있어서 그것은 곧, 도의道義와 공리功利를 분별하고 중화中華와 이적夷狄을 구분하여 도의와 중화를 숭상하고 공리와 이적을 폄하하는 것이다. 이것은 송시열의 글을 통해서도 확인할 수 있다.

내가 생각건대 포은선생은 실로 우리나라 이학理學의 종宗이다. 처음으로 낙건洛建의 여러 책을 중국으로부터 전해와서 가르침으로 삼아, 주周를 높이고 오랑캐를 등지게 하며, 중화의 문화를 써서 오랑캐의 유풍을 바꾸게 하여 우리나라로 하여금 예의의 나라가 되게 하였으니 그 공을 누구와 더불어 다투겠는가?46

---

46 宋時烈, 『宋子大典』권145, 「永興府興賢書院記」. "余惟圃隱先生, 實我東理學之宗也. 始傳洛建諸書於中國以爲敎, 而其尊周背虜, 用夏變夷, 使我箕封得爲禮義之邦者, 功誰與競哉?"

"주周[중국·明]를 높이고 오랑캐[元]를 등지게 하며, 중화의 문화를 써서 오랑캐의 유풍을 바꾸게 하여 우리나라로 하여금 예의의 나라가 되게 한 모든 공"이 포은에게서 비롯되었다는 것이다. 그렇기 때문에 포은을 "우리나라 이학理學의 종宗"이라 할 수 있다고 우암은 말하고 있다. 이러한 춘추대의에 입각한 존화양이의 사상은 포은의 다음 시에서도 확인된다.

양자강

초를 꿰고 오를 삼킨 기상이 씩씩하더니	貫楚吞吳氣象雄
지금 온 세상이 이곳을 조종朝宗하네	如今四海此朝宗
물결을 거슬러 만약 강의 근원을 물어 간다면	泝流若問江源去
곧바로 아미산 제일봉에 닿으리	直到峨眉第一峯47

이 시는 아마도 명나라로 사행 가는 도중에 양자강揚子江을 보고 쓰여진 것으로 생각된다. 포은은 명나라가 기상도 씩씩하게 중국 대륙의 오랑캐를 물리쳤기에 온 사해四海가 이제 명나라를 조종朝宗으로 삼고 있다고 찬양한다. 포은에게 있어서 명이 원을 물리치고 천하의 조종이 된 것은, 마치 저 도도하게 흐르는 양자강이 여러 강물의 조종이 되고 또 양자강을 거슬러 올라가면 그

---

47 鄭夢周, 『圃隱集』 권1, 「楊子江」.

근원이 아미산峨眉山 제일봉인 것처럼 너무나 자연스러운 순리인 것이다. 그런데 포은에게 있어서 화이華夷의 구분은 종족이나 지역에 의해 결정되어지는 것이 아니었다.

겨울밤 『춘추』를 읽고

공자가 필삭筆削한 의리가 정미精微하여	仲尼筆削義精微
눈 오는 밤 등불 아래 자세히 음미할 때	雪夜靑燈細玩時
일찍이 내 몸은 중국에 가 있었건만	早抱吾身進中國
사람늘 알지 못하고 이적夷狄에 있다 하네	傍人不識謂居夷[48]

이 시는 중화와 이적을 구별하는 『춘추』의 본의가 무엇인지를 설명하고 있다. 즉 『춘추』에서 얘기하는 화이의 본질은 지역적 차이가 아니라 '도의'를 숭상하느냐 그렇지 않느냐의 차이라는 것이다. 비록 이적의 땅에 살고 있어도 도의를 숭상하는 문명인이라면 그는 중화인 것이요, 중국 땅에 살고 있어도 도의문명을 저버렸다면 그는 이적이라는 것이다. 요컨대 포은은 진정한 화이의 구분은 지역이나 혈통에 있는 것이 아님을 천명하고, 스스로 문명세계의 일원임을 자부한 것이라 하겠다.[49] 이 같은 생각은 다음

---

48 鄭夢周, 『圃隱集』권2, 「冬夜讀春秋」.
49 정성식, 앞의 책, 99–100쪽 참조.

시에서도 확인된다.

홍무정사봉사일본작

산천과 정읍井邑은 예나 이제나 같은데	山川井邑古今同
땅은 부상扶桑에 가까워 새벽 햇살 붉구나	地近扶桑曉日紅
다만 말하기를 신선이 바다 위에 산다 했지	但道神仙居海上
백성과 사직이 동쪽 끝에도 있을 줄 누가 알았으리	誰知民社在天東
색동옷은 진나라 동자로부터 변화된 것이고	斑衣想自秦童化
치아를 염색함은 월나라 풍속과 통해서겠지	染齒曾將越俗通
돌아보면 삼한이 응당 멀지 않으리니	回首三韓應不遠
천 년된 기자箕子의 유풍이 남아 있으리라	千年箕子有遺風[50]

이 시는 일본에 사행 가서 쓴 연작시 중 일부이다. 포은은 일본과 우리나라를 비교하면서 일본은 오랑캐의 풍속을 쫓고 있지만 우리는 오랜 세월 동안 기자의 유풍을 간직하고 있다는 문화적 우월감을 표시한 것이다. 다시 말해 우리나라는 문화적으로 '중화'지만 일본은 '이적'이라는 의식이 그 밑바탕에 깔려 있는 것이다. 포은이 생각했던 화이華夷의 개념이 지역이나 혈통이 아닌 문화에 바탕하고 있는 것임을 알 수 있다.

---

50 鄭夢周, 『圃隱集』 권1, 「洪武丁巳奉使日本作」.

4) 불교관佛敎觀

고려말의 불교는 계율의 실천을 통한 사회윤리 확립의 역할을 하지 못하고 주로 개인적인 안심입명安心立命을 구하거나 기복불교로의 세속화 현상이 두드러졌다. 특히 사원전寺院田의 비대는 국가의 전제田制를 문란케 하였으며 지나친 불사佛事의 성행은 국가 재정을 낭비시켰고 승도의 탈선은 사회를 혼란시켰다. 결국 이같은 문제를 야기시킴으로써 불교는 당시 '망국패륜교亡國悖倫敎'로 지목되었고 유자들로 하여금 척불斥佛에 이르도록 하는 실마리를 스스로 제공했던 것이다.[51]

사실 불교에 대한 비판은 고려말에 처음 제기된 것은 아니고 이미 전대前代의 최승로崔承老나 김부식金富植의 논설에서도 불교를 경계할 것을 말하고 있다.[52] 하지만 척불의 논의가 유학을 공부한 지식인층을 중심으로 본격적으로 진행된 것은 공민왕대 이후인 고려후기이고, 우왕을 거쳐 이성계 파가 정권을 잡은 창왕·공양왕대로 갈수록 더욱 극렬히 전개되었는데, 그 중심인물로는 정도전鄭道傳·조인옥趙仁沃·조준趙浚·김초金貂·윤소종尹紹宗·성석린成

---

51 한종만, 앞의 논문, 147쪽 참조.
52 이에 대한 사항은 崔承老의 「時務二十八條」와 金富軾의 『三國史記』 권12 「敬順王」조 참조.

石璘 등을 들 수 있다. 이들의 정치적 입지를 고려해 볼 때, 대체로 친이성계파 중에 척불론자가 많았던 것으로 여겨진다. 포은은 극단적인 척불론자는 아니었지만, 자신이 신봉하는 유학이 국가를 경영하고 백성들의 삶을 윤택하게 하는 데에 있어서 불교보다 훨씬 유리하다는 점을 분명하게 자각하고 있었다. 즉 경국과 경세에 대한 책임감과 사명이 포은을 유학[성리학]의 신봉자로 만들었던 것이라 할 수 있겠다.

포은의 불경佛經에 대한 섭렵과 불승佛僧과의 교유는 대체로 20세 무렵부터 시작되었던 것으로 보인다. 포은은 20세 되던 1356년(공민왕 5), 그해 여름에 친우 김중현金仲賢과 함께 원증국사圓證國師(태고보우太古普愚)를 여러 차례 방문하여 불교 경전에 대해 강설을 듣고 교리를 접했다.53 이것을 계기로 포은은 『묘법연화경妙法蓮華經』, 『능엄경楞嚴經』, 『화엄경華嚴經』 등 불교의 여러 경전을 두루 섭렵했으니 불교에 대한 지식이 상당했음을 알 수 있다.54

---

53 鄭夢周, 『圃隱集』 권3, 「題圓證國師語錄」. "憶! 與先友金仲賢挾冊從僧遊, 師一見仲賢愛重之, 余亦因之數往謁焉, 實至正丙申夏也." 참조.
54 포은의 불교 경전에 대한 섭렵은 『圃隱集』 권2의 「送智異山智居寺住持覺岡上人」과 권2의 「讀易寄子安大臨兩先生有感世道故云」 및 정도전이 쓴 『三峯集』 권3의 「上鄭達可書」 등의 글에 잘 드러나 있다.

원조의 권자

둥근 하늘처럼 끝없이 넓고 크며	如天之圓 廣大無邊
비추는 거울처럼 미묘한 데까지도 훤히 미친다는	如鏡之照 了達微妙
이 말은 불가에서 도와 마음을 비유한 것인데	此浮屠之所以喩道與心
우리 유가에서도 이치에 가깝다고 받아들이지만	而吾家亦許之以近理
둥글다고 만사에 응할 수 있겠으며	然其圓也可以應萬事乎
비춘다고 정미한 뜻을 다할 수 있으랴	其照也可以窮精義乎
내가 염산靈山의 모임에서 만났을 때	吾恨不得時遭乎靈山之會
석가에게 한마디 따지지 못한 것이 한스럽네	詰一言於黃面老子55

위 시는 불교의 여러 교리 중에서도 특별히 화엄종華嚴宗에 대한 비판을 다루고 있다. 화엄종 교리의 핵심은 '일심법계一心法界' 및 '이사무애법계理事無碍法界'와 '사사무애법계事事無碍法界'이다. '일심법계'는 모든 것은 마음먹기에 달려있다는 것이고, '이사무애법계'와 '사사무애법계'는 곧 리理[본체]와 사事[현상]는 서로 장애가 되지 않으며, 사事와 사事 역시 서로 원융圓融하다고 보는 것이다. 다시 말해 사사무애의 광대무변廣大無邊과 요달미묘了達微妙를 주장하는 것이니, 즉 전 세계가 원융무애圓融無碍하다는 사상적

---

55 鄭夢周, 『圃隱集』 권3, 「圓照卷子」.

바탕이 깔려 있다. 인용시 제1구와 2구는 이를 말하는 것이다. 도道와 마음을 비유한 이런 논리는 일면 유가와도 상통하는 듯 보이지만, 그러나 원융하다고 해서 그것이 어찌 모든 만물에 적용될 수 있겠으며, 요달미묘하게 비춘다고 해서 그것이 어찌 정미精微한 뜻까지 궁구할 수 있겠는가라고 포은은 비판하고 있다. 즉 일상의 모든 현실과 만사에 적용되기에는 부족한 점을 지적하고 있는 것이다. 다음 시에서는 무부無父·무군無君하는 불교의 비윤리성과 환망幻妄을 비판한다.

환암의 권자

중들이 말하는 것 이와 달라서	浮屠異於此
허공에 걸어 묘한 뜻을 말하니	懸空譚妙旨
모든 것이 환망幻妄한 데로 돌아가므로	一切歸幻妄
임금도 아버지도 제자리를 잃었네	君父失所止
이 때문에 오랜 세월동안	自是千百年
의론이 마침내 벌떼처럼 일어났다네	議論竟蠭起
스님은 마음을 비운 자이니	上人虛心者
원컨대 더불어 바른 것을 찾기 바라오	願與求正是56

---

56 鄭夢周, 『圃隱集』 권2, 「幻庵卷子」.

포은은 불교의 논리가 현실적이지 못하고 마치 허공에 묘한 뜻을 걸어 놓은 것처럼 환망하다고 말하면서, 속세를 떠난 출가승들에게 나타나는 무부·무군의 처사를 비판하고 있다. 이 때문에 오랜 세월 동안 끊임없이 의론이 분분했다는 것이다. 환암幻庵이라는 승려가 구체적으로 어떤 인물인지는 알 수 없으나, 포은이 위에서 불교가 환망하다고 비판한 것은 이 승려의 법명인 '환幻'까지도 염두에 두고 한 말로 보여진다.

스님에게 주다

솔바람 강 달이 중허沖虛에 접할 때가	松風江月接沖虛
바로 산승山僧이 선정禪定에 들어가는 처음이라네	正是山僧入定初
우습구나 어지러이 도를 배우는 자들이여	可笑紛紛學道者
성색聲色의 바깥에서 진여眞如를 찾는구나	色聲之外覓眞如57

'선정禪定'이란 마음을 하나의 대상에 집중하여 전혀 동요가 없는 상태를 가리키는 말로, 불교에서 진리를 체득하는 방법의 하나이다. 포은은 승려들의 선정을 '가소롭다'고 비판한다. 왜냐하면 그들이 고요한 산 속에 들어 앉아 선정을 통해 터득하는 진리라는 것은 "성색聲色의 바깥", 곧 일상을 벗어난 도이기 때문이다.

---

57 鄭夢周, 『圃隱集』 권2, 「贈僧」.

이는 곧 『중용』에서 말한바, "도는 사람에게서 멀리 떨어져 있지 않다"[58]라는 유가사상과도 배치되는 것이다. 그래서 포은은 유자의 도는 일상의 도라고 외치는데, 이는 다음 글에 잘 드러나 있다.

> 유자의 도는 모두 일용평상日用平常의 일로 음식과 남녀는 모든 사람이 함께 하는 것이니, 지극한 이치가 그 가운데 존재하는 것입니다. 요순堯舜의 도道도 또한 여기에서 벗어나지 않습니다. 일상의 움직이고 정지하고 말하고 침묵하는 사이에서 그 올바름을 얻는 것이 바로 요순의 도이니, 본래 너무 높아 실행하기 어려운 것이 아닙니다. 저 불가의 가르침은 그렇지 않아 친척을 물리치고 남녀를 끊고서 암혈巖穴에 홀로 앉아 초의목식草衣木食하며 관공적멸觀空寂滅 하는 것을 숭상하니 이것이 어찌 평상의 도이겠습니까?[59]

이 글은 공양왕恭讓王이 찬영粲英이라는 승려를 스승으로 맞아들이려 하자 포은이 경연經筵에 나아가 임금에게 진언한 것이다. 포은은 여기에서 유학과 불교의 차이점을 대비시켜 불교를 비판

---

58 『中庸』第十三章. "子曰, 道不遠人, 人之爲道而遠人, 不可以爲道." 참조.
59 鄭夢周, 『圃隱集』권4, 「本傳」. "夢周進言曰, 儒者之道, 皆日用平常之事, 飮食男女人所同也, 至理存焉. 堯舜之道亦不外此, 動靜語默之得其正, 卽是堯舜之道, 初非甚高難行. 彼佛氏之敎則不然, 辭親戚絶男女, 獨坐巖穴, 草衣木食, 觀空寂滅爲宗, 是豈平常之道?"

하고 있다. 앞에서도 전술했다시피 유자가 지켜야 할 도는 일상적
인 삶과 관계된 것으로 심지어 요순의 도조차도 그러하다는 것이
다. 그러나 불교에서는 속세의 모든 인연을 끊고 산 속에 홀로 앉
아 도를 닦으니 옳지 않다는 것이다. 이는 곧 일상에서의 실천궁
행을 강조하는 동시에 불교의 비현실성을 비판하는 것이라 할 수
있겠다.

『주역』을 읽고 자안, 대림 두 선생에게 주다. 세도에 느끼는 바가
있어서 쓴다

① 어지러운 사설邪說이 백성을 그르치니　　　　　　紛紛邪說誤生靈
　　어느 누가 먼저 말하여 깨우치게 하려나　　　　首唱何人爲喚醒
　　듣건대 그대 집에 매화가 피려 한다니　　　　　聞道君家梅欲動
　　서로 쫓아 또다시 세심경洗心經을 읽어 볼까나　相從更讀洗心經

② 진실로 이 마음 허령虛靈함을 알고 있어서　　　　固識此心虛且靈
　　씻어내면 이미 온전히 밝아지게 됨을 다시 깨닫네　洗來更覺已全醒
　　자세히 간괘艮卦의 여섯 획을 보는 것이　　　　細看艮卦六畫耳
　　화엄경華嚴經 한 부를 읽는 것보다 낫다네　　　勝讀華嚴一部經60

---

60 鄭夢周, 『圃隱集』 권2, 「讀易寄子安大臨兩先生有感世道故云」.

시제詩題의 자안子安과 대림大臨은 이숭인과 하륜의 자字이다.
『주역』을 읽고 난 뒤 당시의 세도世道에 느끼는 바가 있어서 두
사람에게 써준 시인데, ①시의 제1구 "어지러운 사설邪說"이란 바
로 고려시대를 풍미했던 불교를 지칭하는 것이다. 제3구의 "매화
가 피려 한다"는 것은 겨울이 가려하고 봄이 찾아옴을 의미한다.
제4구의 "세심경洗心經"은 『주역』의 이칭이다. 그런데 왜 하필이
면 포은은 매화가 피려는 때에 『주역』을 읽자고 하는 것일까? 이
에 대한 답은 ②시에 나타나 있다. 제3·4구의 "자세히 간괘艮卦
의 여섯 획을 보는 것이/ 화엄경華嚴經 한 부를 읽는 것보다 낫다"
는 말은 정이천程伊川의 "한 권의 『화엄경』을 보는 것이 『주역』
의 간괘 하나를 보는 것만 못하다"[61]는 말을 인용해온 것으로 보
인다.

　　간괘의 단사彖辭에서는 "간艮은 지止니, 때가 그칠 만하면 그
치고 행할 만하면 행하니 동動할 때나 정靜할 때에 그때를 잃지
않는 것이다. 그 도道가 광명하다."[62]라고 말한다. 즉 간괘는 '동
정불실기시動靜不失其時'라는 '시중時中'과 '지기소止其所'라는 '지어
지선止於至善'을 동시에 말하고 있는데, 간괘에서 말하는 '지止'란
각각의 경우에 따라 가장 알맞게 처리함을 의미한다. 간艮의 종지
終止야말로 다음 동작의 시작이며 새로운 생명의 잉태임을 나타내

61 程頤, 『二程遺書』 권6. "看一部華嚴經不如看一艮卦."
62 『周易』, 「艮卦」, 彖. "艮止也. 時止則止, 時行則行, 動靜不失其時, 其道光明."

는 것이라 할 수 있다. 매화가 피려 하는, 즉 겨울에서 봄으로 계절이 바뀌려는 때에 『주역』의 간괘를 읽고자 하는 것도 바로 그 때문이다. 이렇게 볼 때 포은은 불교[華嚴經]의 무애사상無碍思想보다도 유학儒學[周易]의 시중사상時中思想이 더 옳다고 느낀 것이다.[63] "자세히 간괘의 여섯 획을 보는 것이 『화엄경』한 부를 읽는 것보다 낫다"는 말은 이러한 생각을 바탕으로 나온 말이다.

이처럼 불교에 대한 유학의 우수성을 천명한 포은은 고려를 방문한 일본 승려 영무永茂에게 준 시에서도, "스님이 법계法界에 참득參得함 부럽지 않음은/ 응당 붓끝의 시로써 울려줄 수 있기 때문(不羨上人參法界, 筆端應得以詩鳴)"[64]이라 하여 참선하는 불가의 승려보다 시문詩文을 통해 유학을 공부하고 또 자신의 사상을 밝히는 유자가 더 낫다는 자부심을 나타내고 있다.

2. 포은사상의 실천적 모습

전술했다시피 포은 사상의 핵심은 일상생활의 구체적이고 실천윤리적인 도의 구현에 있었다. 포은은 한평생을 종군從軍과 사행使行, 그리고 조정에서의 정치활동으로 바쁘게 보냈으니, 포은의

---

63 정성식, 앞의 책, 132쪽 참조.
64 鄭夢周, 『圃隱集』권2, 「次牧隱先生詩韻贈日東茂上人」.

평생의 삶은 성리학적 정치사상을 그대로 실천하려는 실천의 장이었던 것이다. 박신朴信은 그러한 포은의 삶을 한마디로 요약하여 "그 빛나는 큰 절의는 백이伯夷의 풍모를 들어서 마음에 터득한 것이며 그 경세제민經世濟民한 공로는 한漢·당唐의 어진 재상 병길丙吉, 위상魏相, 요숭姚崇, 송경宋璟과 나란히 칭하여도 부끄러울 것이 없다."65고 하였다. 정도전은 포은의 사상과 학문 및 문학이 이러한 실천의 행위를 통해 더욱 깊어지고 원숙해져 간 것으로 파악한다.

> 선생의 학문은 날로 진보하고 시도 또한 이와 같았다. 선생이 젊었을 때에는 지기가 바야흐로 날카로워서 곧게 보고 앞은 생각하지 않았으므로 그 말을 하는 것이 생각나는 대로 다하였는데, 여러 일을 겪은 것이 오래되자 거둬들여 쌓은 것이 더하여졌다. 시종侍從이 되어서는 충언忠言을 드리고 가부可否를 논하여 임금의 교화에 빛을 냈으므로 그 말이 전아典雅하여 모범이 되었고, 남방으로 귀양갔을 때에는 우환 중에 처하면서도 의義와 명命의 분수에 편안해 했으므로 그 말이 부드럽고 담담하며 원망하거나 지나친 말이 없었다. 일본으로 사신 가서서는 험한 파도를 넘어 만 리 떨어진 외국에서 낯빛

---

65 朴信, 『圃隱集』 권수, 「圃隱先生詩卷序」, "其耿介大節, 則聞伯夷之風而得於心者也. 其經濟功業, 則漢唐賢相丙魏姚宋, 並稱無愧."

을 바르게 하고 사령辭令을 다듬어 나라의 아름다움을 드날려
서 풍속이 다른 외국사람들로 하여금 우러러 사모하게 하였으
므로 그 말이 명백하고 정대하여 좁고 막히는 기운이 없었다.
명明이 천하를 차지하여 사해四海가 같은 글을 쓰게 되어서는
선생이 세 번 경사京師로 사신을 갔는데 대개 소견이 더욱 넓
어지고 조예가 더욱 깊어져서 언사言辭를 발하는 것이 더욱 고
원高遠해졌다.66

수차례의 종군과 사행은 포은에게 분명 커다란 괴로움과 외
로움을 남기기도 했지만, 한편으로는 전국을 밟고 돌아다닌 종군
의 체험으로 백성들의 어려운 현실을 직접 목도할 수 있는 기회를
갖기도 하였다. 또 중국과 일본의 왕래는 견문을 넓혀줌으로써 포
은의 생각이 더욱 깊어지고 학문이 고원해지는 계기가 되기도 하
였던 것이다. 그러면 이제 포은의 실천적 삶의 모습을 좀 더 구체
적으로 살펴보자.

---

66 鄭道傳, 『三峰集』 권3, 「圃隱奉事稿序」. "先生之學, 日以長進, 詩亦隨之. 當其
少時, 志氣方銳, 直視無前, 故其言肆以達, 更踐旣久, 收斂有加. 其爲侍從也, 獻
納論思, 潤色王化, 故其言典以則, 其見逐南荒也, 處憂患之中, 安義命之分, 故其
言和易平淡, 無怨悱過甚之辭. 其奉使日本也, 涉鯨濤之險, 在萬里外國, 正其顏
色, 修其辭令, 揚于國美, 使殊俗景慕, 故其言明白正大, 無局迫沮挫之氣. 皇明有
天下, 四海同文, 先生三奉使至京師, 蓋其所見益廣, 所造益深, 而所發益以高遠."

1) 종군從軍과 사행使行

포은은 1363년(공민왕 12) 동북면도지휘사東北面都指揮使 한방신韓邦信의 종사관從事官으로 화주和州(지금의 영흥永興)에서 여진女眞을 정벌한 것을 계기로 종군從軍에 참가하기 시작하였는데, 이듬해인 1364년 2월 서북면에서 원병을 이끌고 온 이성계와 첫 만남을 갖게 되었다. 그 뒤 1380년(우왕 6)과 1382년(우왕 8) 이성계를 따라 전라도 운봉雲峰 등지에서 왜구를 격파하기도 하였다. 또한 포은은 명나라에 6차례, 일본에 1차례 사행을 다녀 온 당대를 대표하는 외교가였다.67 그런데 당시의 사행은 결코 순조롭거나 쉬운 사역이 아니었다.

명나라로의 사행은 살얼음을 밟는 듯한 위험이 있었고, 실제

---

67 『圃隱集』의 「年譜攷異」와 「行狀」을 참조하여 포은이 떠났던 사행을 정리해 보면 다음과 같다.
① 1372년(공민왕 21) 3월 서장관으로 明에 갔다 다음 해에 귀국. ② 1377년(우왕 3) 9월 일본에 사신으로 갔다 다음 해에 귀국. ③ 1382년(우왕 8) 4월 명에 사행을 떠났으나 입국이 불허되어 요동에서 돌아옴. ④ 같은 해 11월 請諡使로 명에 갔으나 역시 입국이 불허되어 다음 해인 1383년 1월 요동에서 돌아옴. ⑤ 1384년(우왕 10) 7월 賀聖節使로 명에 갔다 다음해 귀국. ⑥ 1386년(우왕 12) 2월 명에 사행을 감. ⑦ 1387년(우왕 13) 12월 명에 사행을 떠났으나 입국이 불허되어 다음 해 1월 요동에서 돌아옴. 이상 명나라에 모두 6차례, 일본에 1차례 사행을 떠났고, 그중 명나라로의 사행은 3번 입국이 불허되어 요동에서 돌아왔다.

로 포은도 여러 번의 사행 중 요동을 통과하지 못하고 되돌아온 적이 수차례 있었다. 이에 따라 당시 고려 조정의 신하들은 사행을 서로 기피하는 것이 일반적인 상황이었다.[68] 일본으로의 사행 역시 어렵기는 마찬가지였다. 여말에 고려와 일본의 외교문제는 주로 왜구의 침입에 대한 것이었다. 왜구의 잦은 침입에 고려 조정에서는 외교적인 해결을 찾고자 1376년(우왕 2) 나흥유羅興儒를 구주九州의 패가대霸家臺로 보내 화친을 맺으려 했으나, 일본에서는 오히려 나흥유와 여러 장수들을 생포하여 가둬버렸다. 그리고 다음 해인 1377년(우왕 3)에 일본은 왜구의 문제 및 통교通交를 위해 고려에 사신을 파견하였고, 이에 고려조정의 권력을 쥐고 있었던 이인임은 모두가 두려워했던 일본 사행의 임무를 포은에게 맡기게 되었던 것이다.[69]

포은은 모두 꺼리던 사행을 자기의 사명으로 알고 기꺼이 순종하였다. 이로 보면 아무도 가기 꺼려했던 사행과 종군에 평생을 종사했던 포은의 태도는 환로宦路에 대한 개인적인 욕심 때문이

---

68 이런 정황은 1384년(우왕10)의 사행에 잘 드러나 있다. 당시 聖節을 축하하러 명에 사신을 보내야 하는데 사신으로 임명을 받은 陳平仲은 권신 林堅味에게 청탁하여 사행에서 빠져버리고 조정의 신하들은 서로 눈치만 보며 피하고 있었다. 이에 임금이 포은의 뜻을 묻자 "임금의 명은 물불도 피하지 않는 것인데, 하물며 천자를 뵈러 가는 일을 피하겠습니까?"라고 하며 명으로 급히 떠났던 것이다.(『圃隱集』의 「年譜攷異」 홍무 17년조 참조).

69 이에 대한 자세한 사항은 하정승, 「포은시에 나타난 경국의지와 귀향의식」, 『한문학보』 10집, 우리한문학회, 2004, 47-48쪽 참조.

아니라, 나라와 백성을 위한 뜨거운 애국심과 경국제민經國濟民의 의지의 발로였음을 짐작할 수 있다. 사실 포은이 은거하지 않고 현실에 머물렀던 배경에는 유자로서 수양하는 데 있어서 반드시 산림에 묻혀 있을 필요는 없다는 사상에 기인한다. 포은은 여강驪 江에 은거하고 있는 둔촌 이집에게 준 시에서, "시골을 떠나더라 도 능히 색色을 피할 수 있으니/ 반드시 산림 속에 있을 필요 없다 네"70라고 자신의 서울 생활의 정당성을 밝히고 있다. 일찍이 목 은 이색은 포은의 이 같은 성향을 간파하고 「포은재기圃隱齋記」에 서 "지금 달가達可는 채소밭[農圃]에 은거하되 조정에 서서 유도儒 道를 자기 책임으로 삼고, 엄정한 용색容色으로 학자들의 사표師表 가 되고 있으니, 진정으로 은거하는 것이 아님이 분명하다."71라 고 하였다. 포은의 현실참여적 기질을 말한 것이다.

여행 중 자신에게

천지는 우리들을 용납하지만	天地容吾輩
세월은 이 늙은 사내를 저버렸도다	光陰負老夫
잠화簪花는 짧은 머리를 꺼려하지만	簪花羞短髮

---

70 鄭夢周, 『圃隱集』 권2, 「又次遁村韻」. "遁村能避色, 不必在山林".
71 李穡, 『圃隱集』 권4, 「圃隱齋記」. "今達可隱於圃而立于朝, 以斯道自任, 抗顏爲 學者師, 非其眞隱也明矣."

환약丸藥은 쇠약해진 몸 돋구어주네	丸藥養殘軀
비바람에 돌아오는 배 드물고	風雨歸舟小
강호의 나그네 베갯머리 외로워라	江湖客枕孤
결국은 임금님 위해 하는 일이니	終然爲君父
처자식 염려는 할 수가 없지	不得念妻孥72

나라를 위해 평생을 떠돌아다닌 자신의 처지를, 포은은 "세월이 자기를 저버렸다"고 탄식한다. 어느새 세월은 흘러 이제는 머리가 빠져가고 약에 의지하는 신세가 되었다. 그러나 그는 결코 임금과 조정을 원망하지 않는다. 왜냐하면 이렇게 살아가는 것이 나라의 녹을 먹는 신하의 마땅한 도리라고 생각했기 때문이다. 생각이 이에 미치자 자신의 모든 행위가 결국은 임금을 위해 하는 것이니 처자식 염려는 할 수 없다고 다짐하게 된다.

2) 정치政治와 교육敎育

다음 글에는 정치·경제·사회·문화·교육 등 모든 방면에서 탁월한 정치적·행정적 능력을 보여준 포은의 업적이 잘 나타나 있다.

---

72 鄭夢周, 『圃隱集』 권1, 「客中自遣」.

이때 국가에 일이 많아서 기무機務가 번다하였는데, 선생께서 숭상이 되어 성색聲色을 동요하지 않고서 큰 일을 처치하고 큰 의혹을 결단하며 좌우로 수답하는 것이 모두 마땅하셨다. 그때의 풍속은 무릇 상제喪制에 오로지 불법佛法을 숭상하여 기일忌日에는 재승齋僧하고 시제時祭에는 지전紙錢만을 진설하였는데, 선생께서 청하여 백성들로 하여금 주자가례朱子家禮를 본받아 사당을 세우고 신주를 만들어 선조의 제사를 받들게 하시니 예속禮俗이 다시 일어나게 되었다. 또 수령守令을 뽑을 때에 깨끗한 명망이 있는 참상직參上職으로써 하시고 이어 감사監司를 보내어 그 출척黜陟을 엄정하게 하니 피폐하였던 것이 다시 되살아났다. 도평의사사都評議使司에 경력經歷·도사都事를 두어 금곡金穀의 출납出納을 관리하게 하고, 서울에는 오부학당五部學堂을 세우고 외방에는 향교鄕校를 두셨다. 기강을 가다듬어 국체國體를 세우고 한가롭고 쓸데없는 벼슬을 없애고 인재를 등용하며 호복胡服을 폐지하고 중국의 제도를 따르며 의창義倉을 세워 궁핍을 진휼하고 수참水站을 두어 조운漕運을 편리하게 한 것에 이르러서도 모두 선생의 계책이었다.73

---

73 『圃隱集』권4,「年譜攷異」. "時國家多故, 機務浩繁, 先生爲相, 不動聲色, 而處大事決大疑, 左酬右答, 咸適其當. 時俗凡喪祭, 專尙桑門法, 忌日齋僧, 時祭只設紙錢, 先生請令士庶倣朱子家禮, 立廟作主, 以奉先祀, 禮俗復興. 且選擇守令, 以參上有淸望者爲之, 仍遣監司, 嚴其黜陟, 疲瘵復蘇. 置都評議使司, 經歷都事, 籍其金穀出納, 內建五部學堂, 外置鄕校, 至於整紀綱立國體, 汰宂散登俊良, 革胡

위 인용문은 주자가례朱子家禮에 입각한 제사 및 호복胡服의 폐지 등 사회 풍속의 개량을 통한 성리학적 예속禮俗의 실천에 대한 것과 관리 선발의 엄정성, 인재 등용, 금곡金穀의 출납出納, 의창義倉·수참水站을 통한 조운漕運의 개혁 등의 행정적인 측면, 그리고 성균관成均館 및 오부학당五部學堂과 향교鄕校를 통한 교육의 강화 등등으로 구분해 볼 수 있다.

사회 풍속의 개량을 통한 예속禮俗을 실천하는 핵심은 오랜 세월 동안 토착화된 불교와 몽골풍의 민풍을 성리학에 입각하여 바꾸는 것이었다. 당시 고려의 상류층에는 호복胡服과 변발辮髮의 풍속이 있었다. 포은은 이를 중국식으로 바꿀 것을 주장하여 관철시켰다. 또 지전紙錢을 태우는 불교식의 상제喪制를 주자가례에 입각한 유교식으로 바꿨는데, 이러한 모든 것은 전술했다시피 『춘추』의 의리관에 입각한 존화양이尊華攘夷의 의식에 기인한 것이다.

수령守令을 뽑을 때에 참상직參上職[74]에 있는 자들 중에서 명망이 있는 사람을 고르고 또 감사監司를 보내어 그 출척黜陟을 엄정하게 했다는 것은 지방관의 횡포를 방지하고자 하는 의도였을 것이다. 또한 도평의사사都評議使司에 경력經歷·도사都事를 두어 금곡의 출납을 관리하게 한 것은 국가기관의 재무관리를 엄격하게 함으로써 경제적 손실을 막고자 하는 포은의 의도였다. 국가의 발

服襲華制, 立義倉賑窮乏, 設水站便漕運, 皆其畫也."
74 조정 회의에 참여하는 종6품에서 3품까지의 관리.

전을 위해서는 인재를 교육하고 엄격한 선발을 통해 인재를 선발하며, 또 그렇게 뽑힌 관리들이 백성을 위해 일할 수 있도록 그들을 격려하고 감시하는 일이 매우 중요함을 포은은 잘 알고 있었던 것이다. 이 같은 포은의 노력은 국가의 기강을 세워 국체國體를 온전히 보전하고자 하는, 경국제민經國濟民하는 유자로서의 사명과 아울러 고려왕조에 대한 충성심의 발로였을 것이다.

그런데 포은이 정치에서 가장 중요하게 생각했던 것은 첫째, 군주와 백성 간의 믿음이며, 둘째 이러한 믿음을 바탕으로 지공至公 · 지명至明한 공도公道를 실행하는 데에 있었다. 다음 포은의 상소문을 보자.

> 몽주가 동렬同列과 상소하여 말하기를, "신信이란 임금의 큰 보배입니다. 나라는 백성에 의해 보전되고 백성은 믿음에 의해 보전됩니다." …(중략)… 또 상소하기를, "상벌賞罰은 나라의 큰 법전法典입니다. 한 사람을 상을 주어 천만인이 힘쓰게 되기도 하고 한 사람을 벌하여 천만인이 두려워하게도 되는 것이니, 지극히 공평하고 지극히 현명하지 않으면 족히 딱 들어맞아서 한 나라의 인심을 복종시킬 수 없습니다. …(중략)… 옥장獄章이 올라오거든 전하께서는 조정에 앉아 재상과 신료들을 불러 친림親臨하여 기록을 살펴서 억울한 것이 없게 한 뒤에 죄주어 내치거나 풀어주어 용서한다면, 인심이 복종하고 공도公道가 행하여질 것입니다."**75**

앞의 상소문은 고려말 대표적인 척불론자斥佛論者였던 김초金
貂가 왕에게 불교를 강력히 비방하는 글을 올리자 불교에 옹호적
이었던 공양왕이 노하여 사죄死罪로 처벌하려 할 때 이를 막으려
쓴 것이다. 포은은 공양왕이 얼마 전에 했던 하교下敎, 즉 죄를 묻
지 않을 테니 직언을 하라는 말을 떠올리면서, 불가를 배척하는
것은 유자들이 으레 하는 일인데 지금 임금이 전에 했던 하교를
어기고 김초에게 벌을 주면 이는 만백성으로 하여금 임금에 대한
믿음을 잃게 만든다는 것이다. "신信이란 임금의 큰 보배이고, 백
성은 믿음에 의해 보전"되니 임금에 대한 백성들의 믿음이야말로
나라를 보전하는 기반이라는 것이다. 뒤의 상소는 지공·지명한
상벌제도賞罰制度를 통해서 공도公道를 실행할 수 있다는 것과 엄
정한 법집행을 통해 백성들로 하여금 억울한 일을 겪지 않게 할
것을 강조한 것이다. 이는 결국 엄격하고 정확한 법치질서를 통
해 국가의 기강이 바로 설 수 있다는 신념을 드러낸 것으로 생각
된다.
　　포은은 1367년(공민왕 16) 12월부터 1372년(공민왕 21) 3월 명
나라로 사행使行을 떠나기 전까지, 약 4년이 넘는 기간을 성균관

---

75 『圃隱集』 권4, 「本傳」, "夢周與同列上疏曰, 信者人君之大寶也, 國保於民, 民
保於信. …(中略)… 又疏曰, 賞罰國之大典, 賞一人而千萬人勸, 罰一人而千萬
人懼, 非至公至明, 不足以得其中而服一國之人心也. …(中略)… 獄章既上, 殿
下坐朝門, 召宰輔臣僚, 親臨審錄, 使無冤抑, 然後加以罪黜, 施以肆宥, 則人心
服而公道行矣."

에서 근무하였는데, 어쩌면 이 기간이 그의 인생에서 가장 여유롭고 행복하며 평안했던 시기였을지도 모르겠다. 다음 글에는 교수와 학생들이 혼연일체가 되어 학문탐구에 대한 열정으로 가득한 성균관의 모습이 잘 그려져 있다.

또 살피건대 이숭인이 쓴 「이생李生에게 주는 서序」에 "전에 오천烏川 정장鄭丈 달가達可·인산仁山 최장崔丈 언보彦父·밀양密陽 박장朴丈 자허子虛가 성균관에서 교관敎官을 맡았고 나도 외람되이 그 줄에 7·8년 동안 끼어 있었다. 이때에 학도가 날마다 몰려들어 재무齋廡에 거의 들일 수 없을 정도였다. 교관이 새벽에 일어나 관문館門으로 들어와 당堂에 오르면 학도들이 뜰의 동서에 줄지어 서고, 또 손수 경磬을 치고 몸을 굽혀 예를 표한다. 예가 끝나면 각각 공부하는 경서를 가지고 좌우 전후에서 마치 늘어선 담장처럼 나아온다. 교관들 속에서 학도들은 수업을 받고, 수업이 마치면 또 서로 어려운 대목을 내어 절충하는 일이 있은 뒤에야 파하니, 글 읽는 소리가 종일 그치지 않았다. 우리 몇몇 사람이 기쁨을 낯빛에 나타내며 서로 말하기를, '사문斯文이 일어나는구나'라고 하였는데, 중간에 변고가 일어나 나와 달가가 서울을 떠나 고향으로 돌아갔다."라고 하였다. 이것을 보면 그때에 학문을 강론하고 선비를 양성하던 일이 융성하였음을 알 수 있다.[76]

이때 포은은 예조정랑겸 성균박사로 제배되었는데, 당시 성균관 대사성은 목은 이색이었고 학관으로 참여한 자들은 정몽주·박의중·이숭인·김구용·박상충 등이었다. 앞에서도 전술한 바와 같이 당시 성균관은 홍건적의 침입으로 교육기능을 상실하고 있었는데, 다시 성균관을 재건하였으니 배움의 열망으로 가득 찬 학생들의 기쁨은 너무나도 컸을 것이다. 게다가 당대 최고의 학자였던 이색을 수장으로 하여 유능하고 젊은 성리학자들이 교수로 참여했으니 "학도가 날마다 몰려들어 재무齋廡에 거의 들일 수 없을 정도였다"는 말은 결코 과장이 아닐 것이다. 수업이 끝난 뒤에도 학생들은 모여서 어려운 대목을 서로 토론하며 글 읽는 소리가 그치질 않았다니 사문斯文[유학·성리학]이 일어난다고 여러 교수들이 기뻐할만도 했을 것이다. 그리고 아마도 이 같은 성균관 학관활동을 통해서 성리학을 비롯한 포은의 학문세계 역시 깊어졌을 것으로 짐작된다.

포은 정몽주는 1337년에 태어나 24세 되던 1360년(공민왕 9)에 등제하여 환로에 오른 뒤, 1392년 56세로 생을 마치기까지 한

---

76 『圃隱集』권4, 「年譜攷異」. "又按李崇仁贈李生序云, '昔者烏川鄭丈達可, 仁山崔丈彦父, 密陽朴丈子虛爲敎官成均, 予亦猥廁其列七八年. 是時學徒日臻, 齋廡殆不能容. 敎官晨興入館門, 旣升堂, 學徒序立庭東西, 又手磬躬行禮. 記各執所治經, 左右前後如墻進, 而敎官中, 學徒受業, 竟又相發難有所折衷也而後罷, 讀書聲窮日不輟. 予數人喜形於色, 相謂曰, '斯文其興矣乎!', 中罹變故, 予與達可去國歸鄕里云'. 觀此可想當日講學造士之盛."

평생을 정치현장에서 끊임없이 활동했던 실천적 지식인이었다. 그는 학자로서 닦은 깊은 학문적 수양과 정치가로서 겪은 풍부한 현실경험을 통해 일궈낸 나름의 정치이상을 고려왕조를 통해 펼쳐보려고 했으나 결국 그 뜻을 이루지 못하고 고려왕조와 함께 운명하였다.

포은은 고려말 학계와 정계의 중심인물이었다. 특히 고려왕조의 마지막인 공양왕대는 정몽주와 이성계의 정치적 대결장이라 해도 과언이 아닐 정도로 포은은 당시 정계의 핵심이었다. 그는 목은 이색과 함께 정치가로서뿐만 아니라 학자로서도 큰 존경을 받았고, 포은을 따르는 신진학자들도 매우 많았던 것으로 보인다. 심지어 그와는 정반대의 정치노선에 있었던 삼봉 정도전조차도 포은의 학문과 인격을 높게 기리고 있음을 볼 때, 당대 포은이 차지하고 있었던 위상을 짐작할 수 있다.

포은은 다년간의 성균관 학관활동學官活動과 대사성大司成의 직職을 통해서 수많은 젊은 유학자들을 배출해 내었으며, 과거를 주시主試하여 인재를 선발하였고 오부학당과 향교를 세우는 등 다양한 교육활동을 펼친 한 시대의 스승이었다. 뿐만 아니라 고려말의 불교식 상제를 주자가례를 본떠서 가묘家廟를 세우는 유교식으로 전환하게 하였고, 원나라의 유풍인 호복을 중국식으로 바꾸었다. 이러한 점에서 볼 때 고려말 성리학이 도입되어 그 뿌리를 내리는 데에 있어서 포은의 공로는 아무리 강조해도 지나치지 않을 것이다. 게다가 '충신불사이군'의 의리를 끝내 지켜가며 고려왕조와 함께 생을 마감하였으니 어찌보면 이보다 더 극적인 귀감은 역사에서 찾기 힘들 정도이다. 바로 이러한 점에서 서애西厓 유성룡柳成龍은 포은에 대해 평하기를, "위로는 고려 오백년 강상綱常의 무거운 짐을 맡았고, 아래로는 조선조 억만년 절의節義의 가르침을 열어 주었다"라고 간명하면서도 정확하게 지적하였던 것이다.

포은의 시문은 예로부터 '호방豪放'하다는 평가를 받아왔다. 필자는 이것이 그의 호매豪邁한 기질과 '호연지기浩然之氣'를 중시했던 삶의 태도 때문이라고 생각한다. 아울러 포은의 모든 삶의 궤적은 유교경전에 대한 깊은 통찰과 그러한 지식을 실천궁행하려 했던 태도 및 유교적 의리론에 철서했던 유학지로서의 자세에서 기인한다. 즉 그의 호방한 기질이나 성리학자로서의 삶의 태도가, 어려운 현실적 여건 속에서도 고려에 끝까지 충성하려는 '보국輔國'의 자세를 낳게 하였고, '경세제민'하는 유자로서의 덕목을 실천케 하는 원동력이 되었던 것이다.

일찍이 우암 송시열은 "포은 선생이 나신 것은 고려조의 다행이 아니라 조선조의 다행인 것이다. 우리 조선의 문치文治가 이처럼 성대하니 하늘이 이를 열어 주면서 그 조짐이 없을 수 없어 선생을 부득불 고려조에 나게 하신 것이다."라고 하였고 근세의 학자 벽초碧初 홍명희洪命憙 역시 "만약 포은이 없었다면 배극렴裵克廉 등이 이성계를 추대했던 것이 4년 후까지 가지 않았을 것이니, 왕씨종사王氏宗社가 공양조恭讓朝 4년 동안 더 계속된 것은 포은의 힘이었다."고 단언하였다. 고려왕조를 지키기 위해 힘을 다

쏟았던 포은의 노력과 이 땅에 성리학을 뿌리내리고 후세의 수많은 학자들에게 큰 영향을 끼친 포은의 공을 극단적으로 칭송한 말이다.

끝으로 포은보다 500여년 뒤인 19세기의 학자 매산梅山 홍직필洪直弼이 선죽교善竹橋를 방문하고 포은을 그리며 쓴「선죽교기善竹橋記」의 다음 구절을 소개하면서 포은의 절개와 충성심을 다시 한번 생각해 보고자 한다.

> 갑신년甲申年(1824) 맹하孟夏에 내가 노주장인老洲丈人(오희상吳熙常－필자 주)을 따라 송경松京을 유람하였는데 다리(선죽교를 의미－필자 주)에 올랐으나 감히 밟지 못하고 돌의 핏자국을 어루만지며 혀로라도 핥고 싶어졌다. 아아! 이곳을 지나면서 충의忠義의 마음을 일으키지 않는 자는 참으로 사람의 도리가 없는 자이다!77

---

77 洪直弼,『梅山集』권28,「善竹橋記」."甲申孟夏, 余隨老洲丈人, 爲松京遊, 登是橋而不敢踐, 摩挲石血, 欲爲之舌舐. 嗚呼! 過此而不生忠義之心者, 眞無人理者也."

2장

포은시와 귀거래歸去來

포은시와 귀거래歸去來

평생동안 남과 북을 다니느라고	平生南與北
마음먹은 일이 점점 더 어긋난다	心事轉蹉跎
고국은 바다 서쪽 언덕에 있고	故國海西岸
외로운 배 하늘 끝 이쪽에 있네	孤舟天一涯

이 시는 고려말의 정치가이자 시인이었던 포은 정몽주가 일본에 사신으로 가서 고국을 그리며 쓴 시1의 일부이다. 이 시의 표현처럼 포은은 "평생 동안" 종군從軍과 사행使行을 위해 "남과 북"으로 여기저기 돌아다녔고, 때문에 '호기豪氣'에 찬 모습이 그의 시 곳곳에 나타나기도 하지만, 동시에 그러면 그럴수록 견디기 힘든 외로움과 그리움으로 괴로워해야 했다. 그 괴로움을 시인은 "마음먹은 일"이 "점점 더 어긋난다"고 자조自嘲한다. 사실 출처出

---

1 정몽주, 『圃隱先生集』 권1, 「洪武丁巳奉使日本作」.

處의 문제는 비단 고려말엽의 포은에게뿐만 아니라 오랫동안 수많은 지식인들이 겪어 왔던 어려운 과제였고, 또 유자儒者라면 나라와 백성을 위해 자신의 경륜을 펼치고 봉사하는 것은 당연한 일일 것이다. 그럼에도 불구하고 포은시의 곳곳에는 귀거래에 대한 소망이 강하게 드러나 있다. 문제는 그것이 의례적이거나 형식적으로 외치고 있다고 하기엔 너무나 간절하며 빈번하게 나타난다는 것이다. 이 같은 귀환의식은 심지어 사행의 자부심을 토로하며 호기롭게 쓴 시의 이면에도 나타나 있다. 귀거래의 소망 또는 귀환의식은 때로는 고국과 고향에 대한 향수, 벗과 친지에 대한 그리움, 자식에 대한 걱정으로 구체화되는데, 사실 이것은 시인이 겪는 지독한 고독의 내적 독백이라 해도 좋을 것이다.

지금까지 학계에 보고된 포은 문학에 대한 연구는 대체로 포은의 생애 또는 사상과 관련시켜 그의 문학관이나 문학사상을 고찰한 것, 사행시에 대한 고찰, 성리학적 세계관을 담아낸 염락풍濂洛風 시에 대한 고찰, 시의 품격에 대한 논의 등 크게 네 가지 정도로 분류할 수 있다.2 이러한 다양한 연구들을 통해 포은 문학이

---

2 포은 문학과 관련된 대표적인 연구 논문을 정리해 보면 다음과 같다. 이병혁, 「포은의 시문학과 삼은에 대한 시고」, 『부산공전 논문집』 15, 1975; 이병혁, 「여말한문학의 주자학적인 경향에 대하여」, 『석당논총』 10, 동아대 석당전통문화연구원, 1985; 김주한, 「정포은 문학관의 배경과 경개」, 『인문연구』 7집 4호, 영남대 인문과학연구소, 1985; 이연재, 「정포은의 사상과 시세계」, 『한국학논집』 8, 한양대 한국학연구소, 1985; 임종욱, 「포은 정몽주의 시문학에 나타난 중국 체험과 성리학적 세계관」, 『한국문학연구』 12, 동국

갖고 있는 내용과 그 의미가 상당히 풀렸다고 할 수 있다. 그러나 서두에서 말했듯이 그의 시 전반에 걸쳐 한결같이 나타나는 고독과 그리움의 정서에 대한 좀 더 적극적인 검토가 필요하다고 본다. 왜냐하면 그 고독과 그리움이야말로 포은으로 하여금 시를 쓰게 만들었던 동인動因이기 때문이다. 따라서 고독과 그리움 앞에서 있는 포은의 내면 풍경을 살피고, 그 심적 변화 과정과 시적 형상화 수법을 고찰하는 것은 포은시를 깊이 있게 읽어내기 위한 선결과제인 것이다.

1. 포은의 삶과 내적 갈등

환로宦路에 오른 뒤의 포은의 일평생을 한마디로 요약하라면 아마도 '사행使行'일 것이다. 그는 원元·명明이 교체됐던 여말麗末의 격변기에 고려를 대표하는 외교관으로서 모두 6차례에 걸쳐

대 한국문학연구소, 1989; 엄경흠, 「정몽주의 명사행시에 관한 고찰」, 『석당논총』 17, 동아대 석당전통문화연구원, 1991; 송재소, 「포은의 시세계」, 『포은사상연구논총』 1, 포은사상연구원, 1992; 변종현, 「포은 정몽주 한시의 풍속과 제재」, 『한국한문학연구』 15, 한국한문학회, 1992; 이동환, 「포은시에 있어서 호방의 풍격에 대하여」, 포은사상연구원 발표논문, 1993; 하정승, 「포은 정몽주 시의 품격 연구」, 『한문교육연구』 16, 한국한문교육학회, 2001; 유호진, 「포은시에 내포된 우수와 호쾌의 정감에 대하여」, 고려대 민족문화연구원 한국문학연구소 발표논문, 2003.

중국으로 사행을 떠났고, 일본에도 1차례 다녀왔다. 뿐만 아니라 포은은 한방신韓邦信을 따라 종군從軍한 이후로 이성계를 쫓아 종군하는 등, 북쪽으로는 여진과 남쪽으로는 왜구와의 전쟁에 수차례에 걸쳐 참여하여 직접 전쟁의 체험을 경험하였다. 당시에 명나라로의 사행 길은 결코 순조롭거나 편안한 것이 아니었다. 여말의 대명관계는 원활한 상태보다는 오히려 긴장상태가 지속되었고, 더욱이 고려 내부에 있었던 사원향명事元向明의 외교정책의 대립상은 고려의 외교를 더욱 어렵게 하고 있었다. 이런 상황에서 중국으로의 사행은 살얼음을 밟는 듯한 위험이 있었고, 실제로 포은도 여러 번의 사행 중 요동을 통과하지 못하고 되돌아온 적이 수차례 있었다. 이에 따라 당시 고려 조정의 신하들은 사행을 서로 기피하는 것이 일반적인 상황이었다. 일본으로의 사행 역시 어렵기는 마찬가지였다. 여말에 고려와 일본의 외교문제는 주로 왜구의 침입에 대한 것이었다. 일본은 당시 내란으로 인해 쌀과 농민이 부족하였고, 이에 구주九州지방의 해적의 무리들이 이웃인 고려나 중국의 해안을 습격하여 부족한 농민과 쌀을 충원하였다.[3] 왜구의 잦은 침입에 고려 조정에서는 외교적인 해결을 찾고자 1376년(우왕 2) 나흥유羅興儒를 구주의 패가대覇家臺에게 보내 화친을 맺으려 했으나, 일본에서는 오히려 나흥유와 여러 장수들을 생포하여 가

---

3 엄경흠, 「정몽주의 사행시에 대한 연구」, 2003, 포은문화제 전국학술대회 발표논문집 28쪽 참조.

뒤버렸다. 그리고 다음 해인 1377년(우왕 3) 패가대는 왜구의 문제 및 통교通交를 위해 고려에 사신을 파견하였고, 고려 조정은 모두 가 두려워했던 일본 사행의 임무를 포은에게 맡기게 되었다.4 당 시의 고려 조정은 이인임李仁任 · 지윤池奫등 친원세력이 정권을 잡 고 있었는데, 일본 사행의 어려운 임무를 친명파였던 포은에게 맡 김으로써 조정 내의 친명세력을 위축시키려는 의도도 있었다고 보여진다.5 어쨌든 매우 힘들고 위험한 일본사행을 떠난 포은은 뛰어난 외교적 능력을 발휘하여 패가대로 하여금 전과 같은 예로 고려와 외교관계를 계속 맺게 하였고, 또 포로로 잡혀있던 윤명尹 明 · 안우세安遇世 등 수백 명의 사람들을 귀환시키는 등 성공적으 로 사행임무를 완수하였다.6

일본 사행뿐만 아니라 중국 사행의 위험은 그보다 더 심하였 는데, 이는 포은의 첫 번째 사행에서 극명하게 드러났다. 포은은 1372년(공민왕 21) 3월에 지밀직사사知密直司事 홍사범洪師範의 서장

---

4 이에 대한 사항은 『高麗史節要』및 『圃隱先生集』의 「年譜攷異」 참조.
5 고려 조정내의 친원세력과 친명세력간의 갈등은 포은의 일본 사행 전인 1375년(우왕 1)에 이미 벌어졌다. 즉, 당시 북원의 사신이 파견되자 포은은 이숭인, 정도전, 김구용등과 함께 북원 사신이 가져온 조서의 무례함을 이유 로 사신을 돌려보낼 것을 건의하였다. 이에 이인임 등의 친원파 집권세력은 사신의 영접에 반대했던 사람들을 모두 귀양보냈고, 포은도 彦陽으로 유배 갔다가 그 다음해에 풀려나게 되었다. 이에 대한 사항은 『고려사』 권117, 「열전」 권30 및 『포은선생집』 권4, 「행장」과 「본전」참조.
6 『포은선생집』 권4 「행장」 참조.

관書狀官으로 명나라의 서울이었던 남경南京을 방문한다. 이 사행
은 명나라가 촉蜀 땅을 평정한 것을 하례하기 위한 것이었다. 사
행의 임무를 마치고 배를 타고 돌아오는 도중에 허산許山 부근에
서 큰 태풍을 만나 배를 잃고 표류하였다. 이 와중에 홍사범은 익
사하고 포은은 절도絶島에서 말다래를 먹으며 버틴 지 13일 만에
겨우 구조되어 돌아오게 되었다. 이때 살아 돌아온 자는 일행 중
겨우 5분의 1밖에 되지 않았다고 하니7 그 비참함을 짐작할 수
있다. 이렇게 가까스로 살아 돌아온 뒤에 전술한 바와 같이 수차
례에 걸친 포은의 외교관으로서의 행보가 본격적으로 펼쳐졌으니
재미있는 일이다.

　　이와 같이 사행과 종군으로 계속된 포은의 삶은 그의 시 속
에서 대략 두 가지의 모습으로 그려져 있다. 유자로서 국가와 백
성을 위해 자신의 경륜을 다 바쳐 봉사하겠다는 경세제민經世濟民
의 의지와, 한편으로 국가를 위해 사행이나 종군을 하면 할수록
그 속에서 느껴지는 알 수 없는 절대 고독과 애절한 그리움이다.
그것은 마치 동전의 앞뒤처럼 양면성을 지니고 있어서 어느 하나
를 포기한다고 풀려지는 것도 아니고, 또 포기할 수도 없었다.
『포은집』에 실린 260여 수의 시들 중 상당수의 시들은 하나의 고
리로 꿰어질 수 있는데, 그것은 곧 포은시에 내포된 이중성이다.
다음 글을 보자.

---

7 『포은선생집』 권4, 「본전」 참조.

7월 21일에 문득 가장佳章을 받아 몇 번이고 읽어보니 세속 밖에서 초연한 이는 그 나오는 말도 능히 산뜻하여, 속된 사람이 미칠 수 있는 바가 아니라는 것을 알았습니다. 여강驪江은 내가 즐기는 곳이라는 것을 선생도 아는 바인데, 선생이 나보다 먼저 가서 자리잡게 될 줄 예상치 못하였으니 남쪽을 바라보매 저도 모르는 사이에 서글퍼집니다. 더구나 세간의 새로운 일들이 해마다 달라지고 달마다 같지 않음에 있어서이겠습니까.[8]

이 글은 포은이 그의 절친한 벗이었던 둔촌遁村 이집李集(1327 - 1387)으로부터 편지를 받고 답으로 보낸 편지 중 일부이다. 포은이 둔촌에게 보낸 편지는 모두 네 개인데 위 글은 그 첫 번째 편지이다. 이집은 1368년(공민왕 17)에 신돈辛旽을 논죄한 일로 화를 입게 되자 부친을 모시고 경상도 영천永川으로 피신하였다가 3년 뒤에 신돈이 쫓겨나자 개성으로 돌아와 용수산龍首山 아래에 기거하였다. 10여 년 뒤인 1380년경에는 고향인 경기도 광주廣州 천녕현川寧縣에 은거하면서 여강驪江을 벗삼아 평생토록 시주詩酒를 즐기다가 1387년에 61세로 작고한 인물이다.[9]

---

8 정몽주, 『圃隱先生集』 권3, 「答遁村書」, "七月二十一日, 忽奉佳章, 讀之再三, 乃知超然於物外者, 其出語亦能洒然, 非俗人之所可及也. 驪江吾所樂也, 亦先生之所知, 不圖先生之先吾着鞭也. 南望不覺爲之悵然, 況世間新事歲異, 而月不同矣."

9 하정승, 『고려조 한시의 품격 연구』, 다운샘, 194 - 195쪽 참조.

위의 편지는 1380년 둔촌이 여강에 은거하고 있을 때 포은이 보낸 편지이다.10 필자가 주목하는 곳은 이 편지의 뒷부분이다. 이 글을 쓴 현재 둔촌은 여강에 은거하고 있고, 포은은 밀직제학이라는 높은 관직에 제수되었다. 여강은 포은이 일찍부터 은거하고자 꿈꿔왔던 곳인데, 자신보다 둔촌이 먼저 그곳에 은거하리라고는 생각지도 못했다는 것이다. 은거에 대한 포은의 동경과 소망은 가식적이거나 형식적인 말이 아니다. 이는 8월 5일에 둔촌에게 두 번째로 보낸 편지의 "벼슬살이하는 뜻은 내가 즐거워하는 것이 아니니, 매번 가을이 올 때마다 산수의 흥취를 더욱 마음속에서 느끼게 되는데, 선생은 어떤 사람이기에 능히 홀로 이를 갖추어 남을 낙심시키고 못 견디게 하는 것입니까?"11라는 표현에 잘 나타나있다. 포은은 진정 벼슬살이보다는 가을이 든 산수의 흥취에 푹 빠지고 싶었으나, 그러지 못하기에 낙심하고 못 견뎌 하는 것이다.

이러한 생각은 관직 생활에 대한 두려움으로 연결되는데, 11월 24일 보낸 세 번째 편지에서 포은은 "저는 이 달 19일 왕명으

---

10 포은이 둔촌에게 보낸 세 번째 편지를 보면 "제가 이 달(11월) 19일 왕명으로 특별히 밀직제학에 제수되었는데"라는 구절이 보이는데, 포은의 연보에 의하면 포은이 밀직제학에 임명된 것은 그의 나이 44세 되던 해인 1380년 (우왕 6)이다.

11 정몽주, 같은 글. "宦情非余樂也, 每逢秋至, 山水之興, 尤有感於中心. 先生何人, 能獨辦此, 人回不勝惘惘."

로 특별히 밀직제학에 제수되었으니, 높은 지위가 매우 두려워서 밤낮으로 불안하기만 합니다. 선생만은 이 뜻을 알 것입니다."[12] 라고 고백하고 있다. 포은이 밀직제학에 제수받은 1380년은 우왕 6년으로 이인임이 집권하고 있던 시기였다. 이인임·지윤 등의 친원파와 포은을 비롯한 정도전·이숭인 등의 친명파 사이의 갈등은 전술한 바 있다. 이 같은 정치상황에서 포은이 어떻게 밀직제학에 제수될 수 있었는지는 자세히 알 수 없으나, 아마도 전술한 1377년의 일본 사행을 성공적으로 마치고 귀국한 것과도 관계가 있지 않을까 싶다. 따라서 "높은 지위가 매우 두려워서 밤낮으로 불안하기만" 하다는 포은의 고백은 과장된 것이 아닐 것이다. 이같이 살얼음판 같았던 정치현실을 감안해 본다면, 위 첫 번째 편지의 마지막 인용구절인 "남쪽을 바라보매 저도 모르는 사이에 서글퍼집니다. 더구나 세간의 새로운 일들이 해마다 달라지고 달마다 같지 않음에 있어서이겠습니까."라는 포은의 심경을 이해할 수 있다. 이처럼 포은은 매일매일이 긴장의 연속일 수밖에 없는 고단한 정치현실 속에서 영혼의 자유와 안식을 꿈꿨던 것이다. 그러나 그는 벼슬길에서 계속해서 머뭇거리며 여전히 고향으로 돌아가지 못하고 있다. 다음 시에는 환로와 귀향의 양자 사이에서 갈등하고 고민하는 포은의 모습이 잘 나타나 있다.

---

12 정몽주, 같은 글. "及僕於今月十九日, 超拜密直提學, 深懼盈滿, 日夜不安, 惟先生想垂此意."

앞 편의 이공봉의 운을 써서 짓다 2수

① 아름다운 사람은 남방에 있어　　　　　美人在南方

　　길이 멀어 소식이 끊어졌도다　　　　　路遠音塵絶

　　거기 가서 쫓아 놀고자 해도　　　　　欲往從之遊

　　나쁜 바람은 사나운 눈을 날리네　　　饕風吹虐雪

　　건수謇脩는 지금 어느 곳에 있을까　　　謇脩今安在

　　난패蘭佩의 향내만이 몹시 나누나　　　蘭佩謾香烈

　　아미蛾眉가 즐겨 나를 돌아볼는지　　　蛾眉肯我顧

　　나라의 호걸들이 이미 있거늘　　　　　已有邦之傑

　　기다려서 맹세를 맺는다 해도　　　　　延佇結桂枝

　　슬프게도 정은 이미 다하였으니　　　　忉忉情已竭

　　돌아가는 글귀나 지어서 두고　　　　　不如賦歸來

　　물러가 못난 평생 지키는 게 나을 텐데　退保平生拙

　　어찌하여 아직도 머뭇거리며　　　　　胡奈尚遲疑

　　구구하게 아첨함을 배우는 건가　　　　區區學容悅

② 곽군은 동문인 사람으로서　　　　　　郭君同門人

　　이제 또 다행히 동렬이 되어　　　　　今幸又同列

　　상주고 벌주는 붓 손에 잡고서　　　　手操褒誅筆

　　높은 절조 꺾을 수 없더니만　　　　　高節不可折

어제는 남방에서 돌아왔다가	昨自南方來
오늘은 또다시 다른 곳 가네	今還改車轍
세모에는 외로이 머물러 있어서	歲暮獨淹留
서로 쫓아 잠시의 만남을 한탄하였지	相從嗟一瞥
낮의 해는 처참하여 빛나지 않고	白日慘不暉
검은 구름 덮여서 틈도 없었네	陰雲擁無缺
어느 때 봄바람 부는 마당에서	何時春風場
이별 없는 만남을 갖고	會合無離別
나란히 수레 타고 먼 길 가면서	並駕同長途
속마음을 함께 이야기하나	胸中共君說
그대 돌아가 쓸만한 일이 있거든	君歸有可書
철하지 말고 적어 보내오	持書無緘縅13

  두 수의 연작시인데 동문同門이었던 곽군에게 준 것이다. 곽
군이 누구인지 정확히 알 수는 없지만, 시의 내용으로 보아 짐작
컨대 포은과는 젊었을 때부터 매우 절친했던 인물이었던 것으로
보인다. 첫째 수의 1~4구로 보아 곽군은 멀리 남쪽 지방에 살고
있었기 때문에 그동안 포은과는 소식이 끊어졌던 것 같다. 그러다
가 둘째 수의 1~4구에 나온 것처럼, 남쪽 지방에 있던 곽군은 서
울로 올라와 사필史筆을 담당하는 관원이 되어 포은과 함께 생활

---

13 정몽주, 『圃隱先生集』 권2, 「用首篇李供奉韻二首」.

하게 되었다. 그러나 재회의 기쁨도 잠시, 곽군은 다시 고향으로 떠나게 되어 또다시 이별의 슬픔을 맛보게 된다. 곽군이 관직을 그만두고 떠나게 된 이유는 구체적 언급이 없어 알 수는 없지만, 아마도 두 번째 시의 "상주고 벌주는 붓 손에 잡고서/ 높은 절조 꺾을 수 없었더니만"이라는 말로 보아 그의 강직한 성격이 서울의 관직 생활과는 괴리가 있었음을 짐작할 수 있다. 포은은 벗을 떠나 보내는 슬픔을 "낮의 해는 처참하여 빛나지 않고/ 검은 구름 덮여서 틈도 없었네/ 어느 때 봄바람 부는 마당에서/ 이별 없는 만남을 갖고/ 나란히 수레 타고 먼 길 가면서/ 속마음을 함께 이야기 하나"라고 애통해 하고 있다.

　　그러나 포은의 슬픔은 친구를 이별하는 슬픔만은 아닌 것 같다. 그의 슬픔은 "돌아가는 글귀나 지어서 두고/ 물러가 못난 평생 지키는 게 나을텐데/ 어찌하여 아직도 머뭇거리며/ 구구하게 아첨함을 배우는 건가"라는 자조에서 알 수 있다시피, 곽군처럼 모든 것을 버리고 고향으로 돌아가지 못하는 자신에 대한 연민과 슬픔인 것이다. 여기에 포은의 숙명적 갈등과 괴로움이 있다. 어쩌면 포은은 그 갈등이 영원히 해결되지 못할 것이라는 것을 알고 있었는지도 모르겠다. 실제로 포은은 비참한 죽음을 맞이할 때까지 그의 귀향의 꿈을 이루지 못했다. 고려말의 숨가빴던 정치현실은 포은으로 하여금 한가롭게 자연에 은거하도록 놔두지 않았으며, 포은 또한 경세제민의 유자로서의 삶을 포기하기에는 경국에 대한 그 자신의 의지가 너무 컸던 것이다. 따라서 자연과 고향으로 돌아가고자 하는 포은의 꿈은, 포은의 가슴 속에서 풀리지 않는 숙제로 남아 고독과 그리움의 상처로 시적 형상화된 것이다.

2. 포은시의 두 가지 양상

경국에 대한 의지와 귀거래의 동경 사이에서 방황하고 절망하던 포은이 취할 수 있었던 유일한 해결책은 양자의 갈등을 스스로 받아들이고 그 속에서 방법을 찾아내는 것이었다. 즉 사행이나 종군을 비롯한 여러 가지 관직생활로 인해 자연으로 돌아갈 수는 없었지만, 환로 중에 만나는 자연을 통해 근심과 고통을 씻고 위안을 받는 것이었다. 이것은 물론 근본적인 해결 방법은 될 수 없었지만, 어쨌든 포은은 이를 통해 스스로를 위로하고 버텨갔던 것으로 보인다. 다음 시를 보자.

서쪽 이웃에 사는 이부령을 맞아 함께 달을 구경하다

수십일 늦더위에 시달렸으니	連旬困秋熱
오늘밤의 흥취가 어떠하겠나	今夜興何如
그림자 마주하고 밝은 달을 맞으니	對影邀明月
맑은 마음이 태허太虛를 향하네	澄心向太虛
달빛은 맑아서 주울 만하니	光輝清可挹

근심 걱정 남김없이 씻어 내리라   憂患洗無餘

게다가 기쁘게도 서쪽 숲의 손님이   更喜西林客

누추한 집 찾아와 주었음에라   相尋到草廬14

    수십일 동안 무더위에 지쳐있다가 하늘에 떠있는 밝은 달을 구경하는 기쁨을 묘사한 시이다. 경련의 "달빛은 맑아서 주울 만하니/ 근심 걱정 남김없이 씻어 내리라"라고 한 데에서 알 수 있듯이, 시인에게 있어서 달은 단순한 자연물이 아닌, 잠시나마 마음 속의 근심 걱정을 씻을 수 있는 심적 평화의 휴식처이다. 특히 제4구의 "맑은 마음이 태허太虛를 향하네"는 자연을 통해 현실의 고통과 근심을 이겨내 보려는 포은의 태도가 심성수양이나 인격수양의 문제와 결부되어 있음을 보여준다.15 다음 시 역시 자연을 통해 현실을 잊어보려는 시인의 태도가 잘 나타나 있다.

    목은 선생의 시의 운을 차운하여 칠석에 안화사에서 놀다

답답한 회포를 무엇으로 넓혀보리   悶悶中懷何以寬

술병 차고 차가운 벽계수碧溪水로 달려왔노라   携壺走踏碧溪寒

---

14 정몽주, 『圃隱先生集』 권2, 「邀西隣李副令翫月」.

15 유호진, 「포은시에 내포된 우수와 호쾌의 정감에 대하여」, 고려대 민족문화연구원 한국문학연구소 발표논문, 2003, 12쪽 참조.

마음만 이야기하고 시사는 말하지 마오	論心且莫論時事
시구를 얻는 것은 진실로 좋은 벼슬과도 같다네	得句眞同得美官
자동紫洞은 아득한데 저녁 놀 일어나며	紫洞蒼茫生暮靄
은하銀河 물결 넘실대는 바람 잔 여울	銀河激灩絕風湍
오작교烏鵲橋 놓여지는 좋은 시절 다가오니	鵲橋此日佳期迫
하늘의 신선神仙이 옥 안장 닦으리라	天上神仙拂玉鞍16

환로에서 생긴 답답한 심정을 풀기 위해 시인은 목은과 더불어 술병 하나 차고 자하동紫霞洞 안화사安和寺의 벽계碧溪를 찾아간다. 그러기에 "마음만 이야기하고 시사는 논하지 말자"고 했다. 저녁노을 낀 바람 잔 여울 속에서 시를 쓰는 것은 좋은 벼슬을 얻는 것과도 같다고 한 시인의 고백은, 현실정치에 참여하며 귀거래를 하지 못하고 있는 포은에게 있어서, 자연에서 잠시 누리는 휴식과 시쓰기의 행위야말로 오늘의 고통을 이기고 다시 살아갈 수 있는 힘을 제공하는 원천임을 알 수 있게 해준다.

또한 환로宦路와 귀향歸鄕이라는 대립된 양자 사이에서 나름대로 그 갈등을 극복해 나갈 수 있었던 바탕에는 조화와 중용의 철학이 있다. 산승山僧에게 준 다음 시를 통해 조화와 중용을 중시하는 포은사상의 일면을 엿볼 수 있다.

---

16 정몽주, 『圃隱先生集』 권2, 「次牧隱先生詩韻七夕遊安和寺」.

성性은 변함이 없다

고요함으로 백년을 속박한다면	靜爲百年縛
움직임으로 일호一毫의 차이가 생겨나리라	動向一毫差
산승이 잘 힘을 쓴다면	山僧善用力
활발하기가 용사龍蛇와 같아지리라	活潑如龍蛇17

　산 속에 있는 선승禪僧이라 해서 평생을 '고요함[靜]'으로만 수도한다면, 조그만 '움직임[動]'으로도 일호一毫의 차이가 생겨나기 시작할 것이다. '정중동靜中動' 또는 '동중정動中靜'의 철학, 즉 '정靜'과 '동動'의 조화를 통해 깨달음을 얻어야 용사龍蛇처럼 활발해질 수 있고, 결국 그와 같은 상태가 성性은 어떠한 변동도 없다는 '성무동性無動'의 경지임을 말하고 있다. 조화와 중용의 철학은 '붓글씨 쓰기'를 묘사한 다음 시에도 나타나 있다.

글자를 쓰다

오직 예쁘게만 쓰려하면 되레 미혹되고	心專妍好翻成惑
마구 기운 부리면 또한 비뚤어지니	氣欲縱橫更入邪

---

17 정몽주, 『圃隱先生集』 권2, 「性無動」.

한쪽으로 안 기울고 묘결妙訣을 전하여야   不落兩邊傳妙訣

살아있는 용과 뱀을 붓끝에서 써 내리리라   毫端寫出活龍蛇18

글씨 쓰기를 묘사한 시이다. 글씨를 쓸 때에는 너무 예쁘게만 쓰려고 재주를 부리면 도리어 미혹되어지고 또 마구 기운을 부리며 힘차게만 써도 비뚤어지니, 힘과 기술의 조화를 이루어야 용사비등龍蛇飛騰할 수 있게 된다는 것이다. 이러한 조화와 중용을 중시하는 사고는 경국의지와 귀향의식 사이의 갈등을 완충시키는 일정한 역할을 담당했던 것으로 보인다.

(1) 참여와 실천의 경국의지經國意志

포은은 기본적으로 철저한 유자儒者였고 경세제민經世濟民과 보국광시輔國匡時의 의지가 누구보다도 컸던 사람이다. 더구나 타고난 기질 또한 호방豪放하여 자잘한 일에 얽매이지 않았고, 국가를 위해서는 자신의 모든 것을 다 바쳐 충성하는 큰 절개가 있었다. 포은의 기질과 성품, 그리고 정치가로서의 능력에 대해 언급하고 있는 다음 글을 살펴보자.

① 오직 선생께서는 빼어나게 홀로 풍파에 우뚝 서서 나라가

---

18 정몽주, 『圃隱先生集』 권2, 「寫字」.

위태로운 날에 확고하게 스스로 지키며, 의리를 용색容色에 나타내어 쉽고 어려움에 따라 그 마음을 변하지 않고 그 힘의 지극한 것을 다하셨다. 어쩔 수 없게 되어서는 몸을 바치되 원망하고 후회하는 것이 없으셨으니, 이른바 그것이 안 되는 것인 줄 알면서도 한다는 것일 것이다.[19]

② 타고난 자질이 지극히 높고 호매豪邁하여 남보다 뛰어났으며 충효의 큰 절개가 있었다. 태조(이성계 – 필자 주)가 평소에 포은의 그릇을 크게 여겨 매번 정벌할 때마다 반드시 그와 같이 갔으며, 여러 번 천거하여 함께 재상이 되었다. 그때에 국가에 사고가 많고 업무가 번잡하였는데, 포은은 큰 일을 처리하고 말이 많은 일을 결정하면서도 성색聲色을 움직이지 않고 좌우에 응답함이 모두 그 적당함을 얻었다.[20]

조선중기의 정치가였던 서애西厓 유성룡柳成龍(1542 – 1607)이 쓴 위 인용문 ①은 포은의 성품과 능력에 대해 언급하고 있다. 나

---

19 柳成龍, 『圃隱先生集』 권4, 「圃隱先生集跋」. "惟先生挺然, 獨立於風波, 蕩覆之際, 確然自守於邦國, 危疑之日, 義形于色, 不以夷險貳其心, 旣竭其力之所至, 不得則以身殉之無所怨悔, 豈所謂知其不可而猶且爲之者耶."

20 『高麗史』 권117, 「列傳」 권30. "夢周, 天分至高, 豪邁絶倫, 有忠孝大節…(中略)…太祖素器重, 每分閫, 必引與之偕, 屢加薦擢, 同升爲相, 時國家多故, 機務浩繁, 夢周處大事決大疑, 不動聲色, 左酬右答, 咸適其宜."

라가 위태로울 때에 자신의 의리에 따라 그 마음을 변하지 않고 한 몸을 바쳐 국가를 위해 헌신했으며, 특히 왕조가 바뀌는 상황에서 역부족인 줄 알면서도 끝까지 고려의 신하로 절개를 지키되 조금도 원망하거나 후회가 없었다는 것이다.

②는 포은의 타고난 성품이 호매豪邁하고 큰 절개가 있었기 때문에 불의를 보면 참지 못하고, 모든 일을 자기의 소신대로 처리했음을 말해주고 있다. 일찍이 이성계는 포은의 능력을 알고 싸움터에 나갈 때마다 반드시 포은과 함께 했다고 했다. 전술했듯이 포은은 1363년(공민왕 12) 동북면도지휘사東北面都指揮使 한방신韓邦信의 종사관從事官으로 화주和州[지금의 영흥永興]에서 여진女眞을 정벌한 이후로 종군從軍에 참가하기 시작하였는데, 이듬해인 1364년 2월 서북면에서 원병을 이끌고 온 이성계와 첫 만남을 갖게 되었다. 그 뒤 1380년(우왕 6)과 1382년(우왕 8) 이성계를 따라 전라도 운봉雲峯 등지에서 왜구를 격파하였다.

인용문의 뒷부분은 정치가 또는 행정가로서의 포은의 능력을 설명하고 있는데, 말많고 껄끄러운 일을 처리함에 있어서 조금의 동요 없이 모두가 수긍할만한 결정을 내렸다는 것이다. 이와 유사한 기록은 본전本傳을 비롯하여 후대 사람들의 많은 글에서도 보이는바, 과연 포은은 그의 확고한 경국의지에 걸맞게 뛰어난 정치적·행정적 능력까지 겸비했음을 알 수 있다. 인용문의 서두에 언급하고 있는 호매한 성품은 그의 호기豪氣와 관련이 있는데, 이는 포은시의 곳곳에서 나타나고 있다.

다경루에서 계담에게 주다

평생의 호연지기 펴려거든   欲展平生氣浩然
감로사 다경루 앞에 서봐야 하리   須來甘露寺樓前
옹성甕城의 화각소리 석양 속에 울리고   甕城畫角斜陽裏
과포瓜浦로 돌아오는 배 가랑비 맞고 있네   瓜浦歸帆細雨邊
옛 가마솥엔 아직도 양梁의 세월이 남아있고   古鑊尚留梁歲月
높은 대는 초楚의 산천 누르고 있네   高軒直壓楚山川
누대에 올라 반나절 스님 만나 이야기하다   登臨半日逢僧話
우리나라 팔천리 길 그만 잊어버렸네   忘却東韓路八千21

이 시는 포은이 중국 조정에 사신으로 갔다가 다경루多景樓에
올라 지은 시이다. 선초鮮初의 문인 춘정春亭 변계량卞季良(1369–
1430)은 이 시를 두고 "호매준장豪邁峻壯하여 거리낌 없는 걸출한
기상이 있다"22고 평하였다. 다경루는 중국 강소성江蘇省 북고산北
固山 감로사甘露寺 내에 있는 누대이다. 이곳은 그 이름답게 주변
풍광이 매우 아름다워서 일찍이 소동파蘇東坡를 비롯한 많은 시인

---

21 정몽주, 『圃隱先生集』 권1, 「多景樓贈季潭」.
22 徐居正, 『東人詩話』 卷下. "春亭卞先生嘗曰, '圃老豪邁峻壯, 橫放傑出氣象, 槩
於是詩見之.'"

들이 그 절경을 노래하였고,23 포은보다 앞서 익재益齋 이제현李齊賢도 다경루를 방문하고 지은 시가 두 수 전한다.24 함련은 다경루에 높이 올라가서 바라본 원경遠景인데, 탁트인 시계視界가 가슴이 후련할 정도로 일망무제一望無際하여 시인의 말처럼 호연지기가 느껴진다. 포은시에는 호기豪氣, 호걸豪傑, 호웅豪雄, 호인豪人, 호준豪俊, 호협豪俠 등의 '호豪'자계 시어가 18수에서 보일 정도로 중요한 용자用字로 쓰이고 있음을 알 수 있다.25 포은시에서 이와 같이 호기가 나타나는 시들은 대체로 호방한 품격에 속한 시들인데,26 이는 주로 사행이나 종군 등 경국經國의 현장에서 쓴 시들이 많다. 위 인용시는 창작배경으로 보면 사행시요, 미의식이나 의경의 측면에서 보면 호방한 품격의 시에 속한다고 할 수 있겠다.

포은시에 자주 등장하는 호기는 포은시를 이해하기 위한 중요한 열쇠 중 하나인데, 그의 호기는 포은으로 하여금 '보국광시'하는 유자로서의 삶의 태도를 가지게 하였고, 이 때문에 그는 평생을 사행과 종군 등으로 나그네 신세가 되어야 했다.27 결국 포

---

23 蘇東坡의 「潤州甘露寺彈箏」이란 시가 있다.

24 多景樓의 雪景을 읊은 「多景樓雪後」와 「多景樓陪權一齋用古人韻同賦」가 『益齋集』에 보인다. 특히 「多景樓雪後」 시는 본고에서 인용한 圃隱詩와 마찬가지로 浩然之氣가 나타나 있다.

25 홍순석, 「포은 한시의 시어와 그 쓰임새」, 『포은학연구』 1집, 포은학회, 2007, 212쪽.

26 이에 대해서는 하정승, 앞의 책, 133–157쪽 참조.

27 송재소, 「포은의 시세계」, 『포은사상연구논총』 1, 포은사상연구원, 1992,

은이 평생 동안 수많은 어려움과 심적 고통 속에서도 포기할 수
없었던 경세제민의 의지를 이루는 바탕에는 그의 유자로서의 책
임감과 더불어 호매한 성품과 호기가 자리잡고 있음을 알 수 있다.
다음 글은 길고 긴 환로에서 그렇게도 고향으로 돌아가기를 진심
으로 바라고 꿈꿨지만, 끝내 돌아가지 않았던, 아니 돌아갈 수 없
었던 포은의 태도에 대해 좀 더 직접적으로 설명해 주고 있다.

> 선생께서 난세에 주선하고 빨리 은퇴하지 않으신 것을 의심
> 하는 사람이 혹 있으나, 맹자가 "사직을 편안하게 하는 신하
> 가 있어서 사직을 편안하게 하는 것을 기쁨으로 여긴다."라
> 고 하였는데, 선생께서 바로 이러한 분인 것이다. 그렇기 때
> 문에 진퇴출처하는 상례에 얽매어 주저하지 않았고, 혼란한
> 세상에서 벼슬하는 것을 운명에 맡기어 고심하고 노력하였
> 다. 나라가 있으면 함께 있고, 나라가 망하면 함께 망하셨으니,
> 충성이 왕성하였다. 앞으로는 고려 오백년 강상綱常의 무거운
> 짐을 맡고, 뒤로는 조선 억만년 절의節義의 가르침을 열어 주었
> 으니 선생의 공로가 위대하다. 선생께서 승상이 되었을 때는
> 고려 말기를 당한 때이기에, 경륜經綸의 사업을 다할 수 없었으
> 되 그러나 큰 강목綱目은 이미 거의 행하셨던 것이다.28

387쪽 참조.

28 柳成龍, 앞의 글. "或有以先生周旋亂世不早潔身爲疑者, 孟子曰有安社稷臣者,

고려말의 시대상황을 난세亂世로 보는 사람들은 일찍이 공자가 말했던 "천하에 도가 있으면 나타나고 도가 없으면 숨어야 한다. 나라에 도가 있으면 가난하고 천한 것이 부끄러움이 되고 나라에 도가 없으면 부하고 귀한 것이 부끄러움이 된다."[29]를 근거로 포은이 빨리 귀거래하지 않고 계속 환로에 있는 것을 비난하였다. 이에 대해 유성룡은 맹자의 "사직을 편안하게 하는 신하가 있어서 사직을 편안하게 하는 것을 기쁨으로 여긴다."라는 말을 근거로 포은이 진퇴출처進退出處하는 상례常例에 얽매어 주저하지 않았고, 혼란한 세상에서 벼슬하는 것을 자신의 운명으로 여겼다고 말하고 있다. 포은은 풍선등화 같은 나라의 위기 때문에 늘 고신하였고 국가와 백성을 위해 자신의 모든 것을 다 바쳐 노력하였다. 포은은 결국 고려와 함께 존재하였고 고려와 함께 망하였으니, 그 충성은 성대하다고 서애西厓는 밝히고 있다.

이로 보면 당시 모두가 꺼렸던 사행과 종군으로 평생을 종사했던 포은의 태도는 환로에 대한 개인적인 욕심 때문이 아니라, 나라와 백성을 위한 뜨거운 애국심과 경국제민의 의지의 발로였

以安社稷, 爲悅先生有焉. 由其如是, 故不屑屑於進退出處之常, 以委身處命於昏亂之世, 盡瘁宣力, 國存與存, 國亡與亡, 其忠盛矣. 任高麗五百年綱常之重於前, 啓朝鮮億萬載節義之敎於後, 先生之功大矣. 先生爲相, 雖値衰季, 不能盡展經綸之業, 而宏綱大目皆已略擧."

29 『論語』, 「泰伯」. "子曰, 天下有道則見, 無道則隱. 邦有道, 貧且賤焉, 恥也, 邦無道, 富且貴焉, 恥也."

음을 짐작할 수 있다. 국가와 백성을 향한 포은의 사랑은 말로만 떠드는 구호가 아니라 구체적 관심과 정책으로 나타난다. 왜구의 침입이 빈번했던 김해의 옛 산성을 넓히고 높여서 증축한 뒤 이를 기념하여 쓴 기문을 보자.

> 박후朴侯는 오히려 근심스러운 빛을 보이며, "이것을 어찌 바로잡혔다고 할 수 있겠는가? 얼마 전 함몰되었을 때에 지아비로서 처자를 잃어 통곡하고, 자식으로서 부모를 잃어 통곡하는 자의 소리가 잇달았거니와 지금 기회를 잃고 하지 않으면 후에도 다시 그러할 것이니 이것이 내가 마음 아파하는 것이다." …(중략)… 장차 김해의 백성으로 하여금 평소에 무사할 때에는 산에서 내려와 농사를 짓게 하고, 봉수烽燧를 보면 처자를 거두어 성안으로 들어가게 한다면, 베개를 높이고 누울 수 있을 것이다. 누가 요해要害를 설치하여 스스로 굳게 지키는 것을 졸렬한 계책이라 하겠는가? 내가 장차 고가야古伽倻의 옛터를 찾으면 새 성 위에서 술잔을 들고 박후가 이룬 업적을 축하하리라.30

---

30 정몽주, 『圃隱先生集』권3, 「金海山城記」. "侯猶慊然, 憂形於色曰, 是奚足爲政, 近日之陷, 夫而哭妻子, 而哭父母者, 聲相續也. 失今不圖, 後當復然, 此余之痛心也. …(中略)…將使金海之民平居無事, 則下山而田, 入海而漁, 及見烽燧收妻孥而入城, 則可以高枕而臥矣. 孰謂設險自固爲拙策也? 余將訪古伽倻之墟, 當擧酒於新城之上, 以賀朴侯政績之有成也."

1376년(우왕 2)에 왜구가 김해 지방을 침입하여 많은 백성들이 처자식과 부모를 잃는 화를 입게 되었는데, 그때 박위朴蔵가 김해부사가 되어 산성을 이전보다 훨씬 높고 크게 증축하니 백성의 근심이 사라지게 되었다는 것이다. 산성을 쌓은 박위의 업적을 기리는 글 속에 백성들을 향한 포은의 따뜻한 애정이 담겨있고, 목민관牧民官으로서의 포은의 자세를 엿볼 수 있다. 다음 시에는 경세제민과 보국광시하는 정치가로서의 포은의 의식이 그려져 있다.

다시 지어 최·곽 두 선생에게 주다

스님이 호계가로 돌아갔으니	上人歸去虎溪頭
응당 풍류 아는 두 노인과 함께 놀리라	應共風流二老遊
부귀는 과연 헌 신 버리듯 하였고	富貴果能同弊屣
생애는 빈 배를 띄운 듯하네	生涯還似泛虛舟
북강北江이 바다로 흘러가니 흰 무지개 뻗치고	北江朝海白虹走
동악東岳이 구름 속으로 들어가니 나는 새 슬퍼하네	東岳入雲飛鳥愁
삼가 머무르며 산수만 사랑하지 마시오	愼莫淹留愛山水
임금께선 누대에서 정사에 힘쓰시고 계신다오	君王勤政御高樓31

수련의 내용으로 보아 시제의 최崔·곽郭 두 선생이 누구인지

---

31 정몽주, 『圃隱先生集』 권2, 「再賦因寄崔郭兩先生」.

는 알 수 없으나, 옛날 진晉나라때 여산廬山의 동림사東林寺에 은거했던 혜원법사慧遠法師처럼 자연에 묻혀 사는 인물인 듯하다. 이 시의 핵심은 마지막 미련에 있다. 자연과 벗삼아 지내는 것도 나쁘지는 않지만, 시인은 "자연에 머무르며 산수만 사랑하지 말라"고 충고한다. 왜냐하면 지금 임금은 나라와 백성을 위해 온 힘을 다해 수고하고 있는데, 선비로서 개인의 평안과 기쁨을 위해 홀로 즐기기만 한다면 그것은 유자의 태도가 아니기 때문이다. 포은이 적극적으로 현실정치에 참여한 바탕에는 이와 같은 인식이 자리 잡고 있었던 것이다. 사실 포은이 은거하지 않고 현실에 머물렀던 배경에는 유자로서 수양하는 데 있어서 반드시 산림에 묻혀 있을 필요는 없다는 사상에 기인한다. 포은은 여강에 은거하고 있는 둔촌에게 준 시에서, "시골을 떠나더라도 능히 색色을 피할 수 있으니/반드시 산림 속에 있을 필요 없다네"[32]라고 자신의 서울 생활의 정당성을 밝히고 있다. 요컨대 거주하는 곳이 도시냐 산림이냐에 관계없이 선비가 색을 피하는 것은 마음먹기에 달려 있다는 것이다. 이 같은 관점에서 보면 도시에서의 은거도 가능하게 된다. 다음 시에는 사행의 임무를 맡은 사신으로서의 포부와 소망이 나타나 있다.

---

[32] 정몽주, 『圃隱先生集』 권2, 「又次遁村韻」. "遁村能避色/不必在山林".

동양역 벽에 매와 곰이 그려져 있는 것을 보고 진교유의 운을 써서
노래하다

물결은 용 오르듯 하늘에 닿을 듯하고　　　　　波濤龍騰凌碧虛

회수淮水 넘은 붉은 깃발 바람에 펄럭이네　　　紅旌渡淮風卷舒

사람들이 말하기를 절월節鉞 받은 대장은　　　人言大將受節鉞

나라에 몸바쳐서 다시는 제 몸 생각 않는다 하네　許國不復思全軀

… (중략) …　　　　　　　　　　　　　　… (中略) …

그대는 보지 못했나 새 중에 매가 있어　　　　君不見鳥中有鷹兮

뭇 새들이 높이 날아도 미칠 수 없다는 것을　　衆鳥翶翔莫能及

또 보지 못했는가 짐승 중에 곰이 있어　　　　又不見獸中有熊兮

온갖 짐승 두려워서 감히 서지 못함을　　　　百獸慴伏不敢立

… (중략) …　　　　　　　　　　　　　　… (中略) …

매여 곰이여　　　　　　　　　　　　　　鷹兮熊兮

그림 밖의 세상에서 마땅히 내가 너를 본받아　我當効汝於丹靑之外兮

용기내어 나의 쇠함을 일으켜 보리라　　　　決吾之勇兮起吾衰

또 어찌하면 너희 둘 같은 빼어난 장사 얻어서

　　　　　　　　　　　　又安得壯士如汝二物之神俊者

죽거나 살거나 끝끝내 어김없이　　　　　　死生終始莫相違

완악하고 교활한 흉노의 목을 베어　　　　　繫頸匈奴之頑黠

연연산燕然山 높은 봉에 비명을 새겨서　　　勒銘燕然之崔巍

공을 세우고 돌아와 천자에게 아뢰고	功成歸來報天子
산 속으로 돌아가 귀거래 한다고 청해 볼까나	乞身試向山中回33

　사행 도중 동양역僮陽驛 벽에 그려진 매와 곰의 그림과 진덕陳
惠의 시를 보고 쓴 것이다. 임금에게 절월節鉞을 받은 장군은 나라
를 위해 자기 한 몸을 돌보지 않는다고 했다. 아마도 포은의 평생
이 그러했을 것이다. 포은은 용맹스런 동물의 상징인 매와 곰과
같이 훌륭한 장사를 얻어서, 옛날 후한後漢의 두헌竇憲이 흉노匈奴
를 정벌하고 비석이 세워진 것처럼, 자기도 큰 공을 세우고 돌아
오고 싶다고 밝히고 있다. 과연 수 차례의 사행 경험이 있는 외교
관다운 포부이다. "산 속으로 돌아가 귀거래 하리라"는 마지막 구
는 사행 임무를 끝내고 귀거래 하겠다는 포은의 소망을 표현한 것
인데, 포은은 이렇게 황제를 알현하는 사행의 현장에서도 내심 귀
향의 꿈을 꾸고 있었다.

(2) 고독과 그리움의 상처

　지금까지 살펴보았듯이 경국經國과 제민濟民에 대한 포은의
의지는 사행이나 종군 등의 행위로 실천에 옮겨졌다. 이 때문에
포은의 평생은 항상 나그네 신세를 면할 수 없었다. 포은시에는

---

33 정몽주, 『圃隱先生集』 권1, 「僮陽驛壁畵鷹熊歌用陳敎諭韻」.

영원히 나그네일 수밖에 없었던 그의 처절한 고독과 가족과 벗들에 대한 간절한 그리움, 귀거래를 포기하고 나라를 위해 떠돌아다녔던 자신의 삶에 대한 회의 또는 후회 등의 심정이 솔직하게 그려져 있다.

홍무정사봉사일본작

① 섬나라에 봄기운이 생동하지만   水國春光動
　하늘가 나그네는 돌아가지 못하네   天涯客未行
　풀빛은 천리나 이어져 푸르느고   草連千里綠
　달빛은 고향과 타향을 함께 비추네   月共兩鄕明
　유세遊說에 황금도 다 바닥나고   遊說黃金盡
　고향 생각에 흰머리 생겨나네   思歸白髮生
　사나이 사방에 뜻을 둔 것은   男兒四方志
　공명만을 위한 것은 아니라네   不獨爲功名

② 적막한 타향살이 수년이 지났는데   僑居寂寞閱年華
　창문에 해 그림자 자꾸 지나가네   苒苒窓櫳日影過
　매번 봄바람 향해 먼 나그네 되고 보니   每向春風爲客遠
　비로소 알겠네 호기가 사람 그르침 많음을   始知豪氣誤人多
　붉은 복사꽃 하얀 오얏꽃은 근심 중에도 아름다워   桃紅李白愁中艶
　땅과 하늘을 향해 취중에 노래 부르네   地下天高醉裏歌

나라 위한 공도 없이 몸은 이미 병들었으니	報國無功身已病
돌아가 자연 속에서 늙어감만 못하구나	不如歸去老煙波

③ 꿈꾸는 건 계림의 우리 옛 집뿐인데	夢繞鷄林舊弊廬
해마다 무슨 일로 돌아가지 못하나	年年何事未歸歟
반평생을 괴로이 부질없는 공명에 묶여	半生苦被浮名縛
또다시 만리 밖, 풍속 다른 나라에 와 있네	萬里還同異俗居
바다가 가까워서 나그네에게도 물고기 대접하지만	海近有魚供旅食
하늘은 멀어서 고향에 소식 전할 기러기 없네	天長無鴈寄鄕書
배 돌아갈 때 매화를 얻어 가서	舟回乞得梅花去
시내 남쪽에 심고 성긴 그림자 보리라	種向溪南看影疏34

①은 포은의 11수의 연작시인 「홍무정사봉사일본작洪武丁巳奉使日本作」중 세 번째 수인데, 김종직은 『청구풍아』에서 이 시를 두고 "뜻과 절개가 크고 우뚝해서[落落] 노중련魯仲連보다 뛰어나다"35라고 평하고 있다. 『청구풍아』의 세주細註에는, "1377년(우왕 3)에 당시의 권력자 이인임李仁任·지윤池奫 등이 포은을 미워하여 일부러 일본에 사신으로 보내려 하자, 포은의 주변 사람들은 모두 위험한 일이라 여겼으나 공은 어려워하는 기색이 없었다. 이

---

34 정몽주, 『圃隱先生集』 권1, 「洪武丁巳奉使日本作」.

35 金宗直, 『青丘風雅』 권3. "志節落落, 可陵魯連."

윽고 일본에 도착하자 주장主將이 공경하고 복종하여 숙소를 준비하고 시중들기를 매우 후하게 하였다. 이때에 시를 지어주기를 요구하는 사람이 있으면 붓을 잡아 곧바로 완성하였는데, 승려들이 모여들어 날마다 견여肩輿를 메고 명승지를 유람할 것을 청하였다."[36] 라는 설명이 달려있다. 포은의 일본사행은 1377년 9월에 출발해서 그 이듬해인 1378년 7월에 돌아왔는데, 윤명尹明·안우세安遇世 등 일본에 포로로 잡혀갔던 수백 명의 사람을 데리고 오는 큰 공을 세웠다.[37] 이 시는 1378년 봄에 쓴 것으로 보여지는데 제1구에서 6구까지는 고국에 대한 간절한 그리움이, 제7-8구에서는 사신으로서의 막중한 책임감과 고국에 대한 충성이 기백 있게 펼쳐져 있다.

②는 「홍무정사봉사일본작」의 두 번째 수이다. 시인은 타향에서 흘러가는 세월의 안타까움을 "창문에 해 그림자 자꾸 지나가네"라고 표현한다. 그러면서 일본에 사신으로 와 있는 자기의 처지를 "타향살이" 또는 "나그네"로 표현하고, 천성적으로 지니고 있는 호기가 자신의 신세를 그르쳤다고 말하고 있다. 마지막 미련에서는 자신의 신세를 좀 더 참담히 표현하고 있는데, 평생 나라를 위해 일한 보람도 없이 먼 이국 땅에서 병만 걸렸으니 차라리

---

36 金宗直, 『靑丘風雅』 권3. "辛禑三年, 李仁任池淵嗛, 前事以公報聘于覇家臺, 請禁賊人, 皆危之, 公略無難色. 及至主將敬服, 館待甚厚, 有求詩者, 援筆立就, 緇徒坌集, 日擔肩輿, 請觀奇勝."
37 『圃隱先生集』 권4, 「年譜攷異」 참조.

돌아가 강호에서 늙는 것이 더 낫겠다는 것이다.

③은 「홍무정사봉사일본작」의 다섯 번째 수이다. 시인은 자신의 삶을 돌아보며 진정 꿈꿨던 것은 고향으로 돌아가는 것이었는데, 무슨 일 때문에 돌아가지 못했는가라고 자문하고 있다. 그리고 그러한 자신의 삶을 "부질없는 공명에 묶인" 삶이었다고 단정한다. 그에게 맛있는 고기는 더 이상 의미가 없었다. 차라리 물고기 대신 기러기가 날아와 고향에 소식을 전해 줬으면 좋겠다고 소망한다. 포은의 고독과 가족에 대한 그리움을 느낄 수 있다. 포은은 고향을 간절히 그리워하면서도 또다시 먼 여행길에 오른다.

태창의 구월

나그네 밤잠을 못 이루는데	幽人夜不寐
가을 기운 삽삽하고 서늘하구나	秋氣颯以涼
새벽이 돼 정원의 나무를 보니	曉來眄庭樹
가지 잎이 반이나 노래졌구나	枝葉半己黃
흰 구름 동쪽으로부터 오니	白雲從東來
아득히 고향을 생각한다	悠然思故鄉
고향은 만 리나 떨어졌으니	故鄉萬餘里
돌아가고 싶어도 그럴 수 없네	思歸不可得
친구의 편지를 손에 잡고서	手把故人書

번뇌 속에 애오라지 읽어 보아도	悶悶聊自讀
근심 생겨 내장에 얽히고 마니	憂來縈中腸
읽기를 마치고 길게 탄식한다	廢書長歎息
인생은 백 년을 넘지 못하며	人生百歲內
세월은 빨리도 지나가는데	光陰如過隙
어찌하여 스스로 안정 못하고	胡爲不自安
머나먼 나그네가 되었나	而作遠游客38

  중국 사행 도중 강소성江蘇省 태창太倉을 지나며 쓴 시이다.
먼 이국땅에서 시인은 잠을 못 이루고 새벽을 맞이한다. 동쪽 하
늘의 흰구름을 보니 고향 생각이 간절하지만, 돌아갈 수 없다. 친
구가 보내 온 편지를 읽어 보아도 근심만 더해질 뿐이다. 이런 상
황에서 시인은 "세월은 빨리도 지나가는데 어찌하여 머나먼 나그
네가 되었나"라고 독백하고 있는 것이다. 나그네로서 느끼는 고독
과 고향 생각은 포은의 사행시의 주된 정서라 할 만큼 곳곳에 나
타나 있다. 포은은 또 다른 시에서 "고향 산은 머나먼 하늘가에
있으니/ 하늘가의 사람 밤낮으로 바라보네/ 돌아갈 배에 앉아서
지는 꽃을 바라보며/ 부질없이 길게 탄식하네 부질없이 길게 탄식
하네"39라고 탄식한다. 꽃이 다 져가는 어느 늦봄에 강남땅에 사

---

38 정몽주, 『圃隱先生集』 권1, 「太倉九月」.
39 정몽주, 『圃隱先生集』 권1, 「江南柳」. "家山遠在天之涯, 天涯之人日夜望, 歸

행 온 포은은 고향 쪽 하늘을 바라보며 부질없이 길게 길게 한숨 쉬고 있는 것이다. 그의 한숨은 이제 "한평생 세월이 한바탕 꿈"이라는 허무로 나타난다.

늦봄

가을바람 불고 나니 또다시 봄바람	秋風過了又春風
한평생 세월이 한바탕 꿈이구나	百歲光陰一夢中
슬프도다 간밤에 처마 밑에 내린 비에	惆悵簷前夜來雨
성 안 가득히 붉은 꽃 수없이 떨어졌네	滿城多少落花紅40

이 시 역시 어느 해 늦봄에 쓴 것이다. 가을이 가니 올해도 어김없이 봄은 오건만 포은의 고단한 삶은 변함이 없다. 한평생이 한바탕 꿈이라는 인식을 하니 밤사이 내린 비에 떨어진 꽃잎이 문득 서글퍼진다. 다음 장편의 시에는 북쪽 변방에서 한가위를 맞아 가족을, 특히 어머니를 간절히 그리는 심정이 애절하게 나타나 있다.

舟坐對落花, 空長歎空長歎."
40 정몽주, 『圃隱先生集』 권2, 「暮春」.

갑진년 중추에 회포가 있어서

지난해에 바닷가에서 말에게 물 먹이고	去年飮馬滄海頭
올해엔 함주咸州 객사客舍에서 한가위를 맞이하네	咸州客舍遇中秋
산천이 아득한 곳 풀과 나무 시들고	山川迢迢草木落
밝은 달은 하늘에 가득하고 맑은 경치 흐르는데	明月滿天淸景流
모랫벌 위의 뭇 장막은 고요히 말 없건만	平沙萬幕寂無語
사방에서 변성邊聲이 일어나 시름짓게 하는구나	邊聲四起令人愁
장군은 털장막 높은 곳에 홀로 누웠고	將軍獨臥氍帳高
장사는 차가운 쇠갑옷 입고 슬피 노래하는데	壯士悲歌鐵衣冷
장막 앞의 서생은 잠도 자지 못하고	帳前書生亦不眠
적막한 깊은 밤에 그림자만 조문하네	寂寞夜深相弔影
쓸쓸히 일어나서 서남쪽을 바라보니	悄然興望望西南
뜬 구름만 하늘을 가로질러 철령鐵嶺에 잇닿았네	浮雲橫空連鐵嶺
봄바람에 돌아갈 계책 또다시 틀렸구나	春風歸來計又非
부소산扶蘇山 앞에는 마른 잎만 날리고	扶蘇山前黃葉飛
오늘밤의 한가위 달은 지난해의 달인데	今夜中秋去年月
지난해의 나그네는 아직도 돌아가지 못하였네	去年客子猶未歸
뜰안은 쓸쓸하여 귀뚜라미 울어대고	庭除蕭索蟋蟀語
부엌은 냉냉하여 아이종 굶주리네	廚竈凄凉童僕飢
어제 아침 아우가 편지 보내 왔는데	前朝舍弟附書至

백발의 노모께서 보고 싶어 하시면서	白髮慈親願見之
부귀와 공명은 너의 일이 아닌데	功名富貴非汝事
해마다 객지살이 언제야 그치겠냐	客路年年有底期
내년에는 또 어디에서 밝은 달을 맞이할는지	明年何處逢明月
남창南窓 가에 홀로 앉아 시를 읊조리도다	獨坐南窓自詠詩41

전술한 바와 같이 포은은 1363년(공민왕 12) 8월에 한방신韓邦信의 종사관從事官으로 화주和州에서 여진女眞을 정벌하는 전쟁에 참여하였다. 다음 해인 1364년 2월에는 한방신·이성계 등과 함께 여진의 삼선三善·삼개三介와 싸워 대승을 거두었다.42 포은은 전년에 이어 올해에도 전장에서 추석을 맞이하는 심정을, "오늘밤의 한가위 달은 지난해의 달인데/ 지난해의 나그네는 아직도 돌아가지 못하였네"라고 읊고 있다. 또 삶과 죽음이 교차되는 전쟁터에서 밝은 보름달을 보며 잠 못 이루는 자신의 모습을 "적막한 깊은 밤에 그림자만 조문弔問하네"라고 하였다. 그야말로 절대 고독의 경지이다. 어젯밤 아우가 보내 온 편지에 백발의 노모가 보고 싶어 한다고 했는데, 그는 돌아갈 수 없는 처지이다. 실제로 포은의 노모는 이로부터 몇 개월 후인 1365년 1월에 세상을 하직하였다. 포은은 자신의 기막힌 신세를 "내년 추석에는 또 어디에서 달

---

41 정몽주, 『圃隱先生集』 권2, 「甲辰中秋有懷」.
42 『圃隱先生集』 권4, 「行狀」 참조.

맞이를 할 것인가"라고 자조하고 시를 읊조릴 뿐이다. 다음 시에는 사행 도중에 집에 있는 두 아이들을 생각하며 쓴 것으로 은근한 부정父情을 느낄 수 있다.

종성과 종본 두 아이를 생각하며

온갖 염려 모두가 사라지면	百念俱灰滅
관심은 단지 두 자식뿐	關心只兩兒
어머니의 보살핌에서 떠나기도 전에	未離慈母養
옛사람의 시를 이미 외웠지	已誦古人詩
나에게 무슨 적선積善이 있으리요	積善吾何有
양명揚名은 너희들 스스로 기약하거라	揚名汝自期
가만히 생각건대 내가 쇠하고 늙는 날	祗思衰老日
그제야 장성한 때를 보겠지	及見長成時[43]

잠시 나라와 백성에 대한 걱정이 사라지면 이제 자식에 대한 염려가 찾아온다. 시인은 3·4구에서 두 아들이 모친의 품을 벗어나기도 전에 이미 옛 시를 줄줄 암송할 정도로 영특하다고 자랑한다. 자식을 걱정하고 또 자랑하는 아버지로서의 포은의 부정이 나타나 있다. 포은도 분명 평범한 한 가정의 아버지일진대, 그는 지금

---

43 정몽주, 『圃隱先生集』 권1, 「憶宗誠宗本兩兒」.

가족을 떠나 먼 타국의 낯선 길을 걸어가고 있는 것이다. 국가의 막중한 임무를 띠고 가는 사신에게는 처자식 걱정도 사치일 수 있다. 다음은 보국광시를 하기에는 너무 늙고 쓸모없게 되어버린 자신의 처지를 한탄하는 시이다.

경지의 운을 차운하여 삼봉에게 주다

보국광시를 하기에는 재주 이미 모자라는데	輔國匡時術已疎
어릴 때 익힌 것도 나이들자 어지러워짐을 한탄한다	自嗟童習白紛如
삼봉에 있는 은자 누가 능히 닮을까	三峰隱者誰能似
처음에 세운 뜻 평생 변치 말기를	不變平生立志初44

　평생을 사행과 종군으로 보국광시輔國匡時했지만, 이제는 어느덧 늙어서 재주가 모자라고 힘에 부친다고 시인은 스스로 한탄한다. 그러면서 현재 삼봉三峰에 은거하고 있는 정도전鄭道傳(?-1398)에게 자신처럼 돌아다니지 말고, 처음에 세운 뜻을 평생 변치 말라고 충고한다.

---

44 정몽주, 『圃隱先生集』 권2, 「次敬之韻贈三峰」.

돌솥에 차를 끓이며

나라에 보답한 것 별 효과 없게 된 늙은 서생은	報國無效老書生
차 마시는 버릇만 들어 세상에 뜻이 없구나	喫茶成癖無世情
그윽한 서재에서 눈보라 치는 밤에 홀로 누워	幽齋獨臥風雪夜
돌솥에서 나는 솔바람 소리를 즐겨 듣노라	愛聽石鼎松風聲45

　이제 시인은 늙어서 보국광시할 힘만 부족하다고 느끼는 것이 아니라, 한걸음 더 나아가 자기가 평생토록 해왔던 보국이 별 효과가 없었다는 처절한 인식에 다다른다. 생각이 여기까지 이르니 "세상에 뜻이 없"어지고 "차 마시는 버릇만" 생기게 된다. 물론 지금까지 살펴 보았듯이 포은의 일생은 그 누구보다 국가와 백성을 위해 헌신하였고, 사행의 공로는 지극히 크다고 할 수 있다. 따라서 위의 한탄은 고려말 복잡했던 정치상황 속에서 정치적 좌절과 절망을 겪은 포은의 심경을 피력한 것이라고 생각해 볼 수 있다. 일평생 국가에 헌신했던 포은의 입장에서 본다면, 나라에 보답한 것이 별 효과가 없게 되었다는 자조는 죽음과도 같은 고통이었을 것이다. 그렇다면 포은은 참으로 한평생을 외롭게 살다간 시인이었다. 그러나 그가 고독과 절망 속에서 자신을 견뎌내며 국

---

45 정몽주, 『圃隱先生集』 권2, 「石鼎煎茶」.

가에 바친 충성과 절개는 지금까지 여러 사람들에게 기억되고 있는 것이다.

포은은 기본적으로 철저한 유자였고, 경세제민의 포부가 컸던 정치가였으며, 그 바탕에는 호방하고 호탕한 기질이 자리잡고 있다. 그러나 동시에 그는 가족과 친구들, 동지들에 대한 사랑과 신뢰가 누구보다도 컸던 따뜻한 심성의 소유자였으며, 무엇보다도 어쩔 수 없는 타고난 시인이었다. 이러한 그가 고려말이라는 질풍노도의 격변기에 활동했으니, 그의 인생 여정이 순탄치 않았던 것은 어쩌면 예견된 운명이었는지도 모를 일이다.

포은은 평생을 사행과 종군에 종사하였으며, 혼란하고 진흙탕 같은 정치 현실을 떠나지 못하였다. 성리학을 바탕으로 한 그의 사상은 기본적으로 실천궁행을 강조하는 데에 큰 특징이 있었다. 현실정치에 적극적으로 참여했던 것도 이러한 실천적 지식인으로서의 태도에 기반하고 있다. 그는 무려 6차례에 걸쳐 명나라로 사행을 떠났으며, 태풍을 맞이하여 죽음 직전의 상황까지 가는 경험도 하였다. 일본에 가서는 국가적으로 어려운 외교적 문제를 해결하고 돌아온 당대 최고의 외교관이었다. 뿐만 아니라 수차례에 걸친 종군의 체험은 그 시대 백성들의 어려운 현실을 목도할 수 있는 기회를 제공하였다. 사행과 종군 등 이러한 다양한 경험들은 포은으로 하여금 더욱더 경세經世와 보국輔國에 대한 의지를 확고하게 하도록 하는 요인이 되었다. 그러나 이같이 평생토록 걸었던 벼슬길은 시종 그의 내면을 어둡게 하였고, 그의 영혼은 쉼과 자유에 대한 갈망으로 가득 차 있었다. 포은은 고단한 정치 현실 속에서 너무 지쳐 있었던 것이다. 그의 육체는 환로를 걷고 있었지만, 그의 영혼은 가족과 지음知音들이 있던 고향과 자연으로 끊임없이 돌아가고자 하였다. 하지만 그의 소박한 꿈은 끝내 이뤄지지 못했다.

포은시를 꼼꼼히 읽어보면 이러한 포은의 근원적인 갈등과 고민이 계속해서 나타나고 있음을 발견할 수 있다. 사행과 종군이라는 경세와 경국의 현장에서 쓴 시 속에서도 그 밑바닥에는 가족과 고향에 대한 그리움이 깔려있다. 평생에 포은의 가장 절친했던 친구 중 한 사람인 둔촌遁村은 일찍이 여강驪江의 자연으로 들어갔고, 그와 가까운 동학들도 하나 둘씩 고향으로 떠나갔지만, 포은은 마음으로 전전긍긍할 뿐 돌아가지 못하였다. 포은시는 이렇게 경세제민의 포부 또는 유자로서의 책임과, 그 속에서 지독하게 고독할 수밖에 없었던 내면의 상처로 인한 산물인 것이다.

3장

포은시와 심미의식審美意識

포은시와 심미의식審美意識

　　포은 정몽주(1337－1392)는 고려 왕조의 마지막을 지킨 충신으로 널리 알려진 인물이다. 그는 정치가, 학자, 문인으로서도 모두 당대 최고의 반열에 오를 정도로 혁혁한 족적을 남겼다. 정치가로서의 포은은 고려말 풍전등화와 같이 위태로웠던 조정을 지켜가면서 복잡하게 얽힌 정계를 이끌었다.[1] 학자로서의 포은은 목은牧隱 이색李穡의 계승자로 고려말 성리학의 확립과 전개에 있어서 커다란 역할을 담당하였다.[2] 문인으로서의 포은은 뛰어난 여러

---

1 정몽주는 공양왕 때 최고의 관직인 문하시중에 올라 이성계 일파를 견제하며 1392년 사망할 때까지 정계의 중추적인 역할을 감당하였다. 뿐만 아니라 그는 평생에 명나라에 6차례(이 중 3차례는 입국이 불허되어 요동에서 돌아왔음), 일본에 1차례 사행을 떠나는 등 고려 조정의 대외 교류에 있어서 핵심적인 역할을 담당한 외교관이기도 하였다. 정몽주의 정치활동에 대한 사항은 박성봉, 「고려후기 정몽주의 정치외교활동 일고」(『포은사상연구논총』1, 포은사상연구원, 1992)을 참조할 것.
2 정몽주는 益齋 李齊賢→牧隱 李穡으로 계승된 고려후기 성리학의 학통을 이

편의 시와 문장을 남겼을 뿐만 아니라, 당대 문단의 핵심적인 인물들과 교유를 나누고 주목할 만한 문학 활동을 하여 한국문학사에서 고려말의 대표적인 시인으로 평가받고 있다.[3]

이처럼 다양한 분야에서 역동적인 활동을 펼친 그의 삶은, 그가 남긴 시에도 그대로 담겨져 있어 매우 흥미롭다. 포은시는 그의 파란만장한 삶의 여정만큼이나 때로는 눈물나게 슬프고 고독하며, 또 때로는 더할나위 없이 호방하고 호탕하기도 하다. 사실 포은시의 핵심적 내용이나 주제에 대한 사항은 그간의 많은 연구들을 통해서 상당부분 밝혀졌다고 본다.[4] 이와 같은 연구성과들을

어받은 큰 학자였다. 그는 목은과 더불어 다년간의 成均館 學官 활동을 통한 강의와 저술 작업으로 많은 유학자를 배출해냈다. 또한 五部學堂과 향교를 세우는 일에 앞장섰으며, 朱子家禮를 본떠서 家廟를 세우는 등 喪制를 불교에서 유교식으로 바꾸는 등 성리학의 보급과 토착화에도 큰 업적을 남겼다. 이에 대한 사항은 하정승, 「정몽주 문학에 나타난 성리학적 사유체계와 그 실천양상」(『한문학보』 13집, 우리한문학회, 2005)을 참조할 것.

3 정몽주는 당대 문단에서도 중심이 되는 인물이었다. 그는 牧隱 李穡, 陶隱 李崇仁, 遁村 李集, 惕若齋 金九容 등 문단의 핵심인사들과 친밀한 유대관계를 갖고 서로 시를 주고받으며 문학활동을 활발히 전개해 나갔다. 이 같은 정몽주 문학에 대한 관심과 평가는 일찍부터 이루어졌으니, 徐居正의 『東人詩話』, 許筠의 『惺叟詩話』, 洪萬宗의 『小華詩評』 등 조선조의 많은 시화집을 통해서 이를 확인할 수 있다. 이에 대한 사항은 하정승, 『고려조 한시의 품격연구』(다운샘, 2002)에서 자세히 다루었으니 이를 참조할 것.

4 문학 분야에서 지금까지 보고된 포은시에 대한 대표적인 연구 성과는 다음과 같다. 이병혁, 「포은의 시문학과 삼은에 대한 시고」, 『부산공전 논문집』 15, 1975; 김주한, 「정포은 문학관의 배경과 경개」, 『인문연구』 7집 4호, 영남대 인문과학연구소, 1985; 임종욱, 「포은 정몽주의 시문학에 나타난 중국 체험

바탕으로 이제는 시어, 표현기법, 품격 등 좀 더 다양한 방법론을 통하여 포은시의 내면풍경을 드러낼 필요가 있다.[5]

　시와 시인을 깊이있게 이해하기 위해서는 시인이 시를 통해

과 성리학적 세계관」, 『한국문학연구』 12, 동국대 한국문학연구소, 1989; 엄경흠, 「정몽주의 明 사행시에 관한 고찰」, 『석당논총』 17, 동아대 석당전통문화연구원, 1991; 송재소, 「포은의 시세계」, 『포은사상연구논총』 1, 포은사상연구원, 1992; 변종현, 「포은 정몽주 한시의 풍속과 제재」, 『한국한문학연구』 15, 한국한문학회, 1992; 이동환, 「포은시에 있어서 호방의 풍격에 대하여」, 포은사상연구원 발표논문, 1993; 하정승, 「포은 정몽주 시의 품격 연구」, 『한문교육연구』 16호, 한국한문교육학회, 2001; 유호진, 「포은시에 표출된 우수와 호쾌의 정감에 대하여」, 『한국문학연구』 4호, 고려대 한국문학연구소, 2003; 하정승, 「포은시에 나타난 경국의지와 귀향의식」, 『한문학보』 10집, 우리한문학회, 2004; 하정승, 「정몽주 문학에 나타난 성리학적 사유체계와 그 실천양상」, 『한문학보』 13집, 우리한문학회, 2005; 김영수, 「포은 정몽주의 절의와 문학적 형상화」, 『포은학연구』 1집, 포은학회, 2007; 홍순석, 「포은 한시의 시어와 그 쓰임새」, 『포은학연구』 1집, 포은학회, 2007; 하정승, 「정몽주 시에 나타난 표현양식과 미적 특질」, 『포은학연구』 2집, 포은학회, 2008; 변종현, 「포은 한시에 나타난 수양과 성찰」, 『포은학연구』 2집, 포은학회, 2008; 임종욱, 「정몽주의 한시에 나타난 유불에 대한 생각과 그 의미」, 『포은학연구』 3집, 포은학회, 2009; 안장리, 「여말선초 사대부의 봉사시에 나타난 세계관 비교」, 『포은학연구』 3집, 포은학회, 2009; 정일남, 「포은 정몽주 시의 의상 연구」, 『포은학연구』 3집, 포은학회, 2009; 김종서, 「포은 정몽주 시의 당풍적 성격」, 『포은학연구』 4집, 포은학회, 2009.

5　詩語를 통해 포은시의 성격을 규명하고자 하는 노력은 최근 홍순석의 「포은 한시의 시어와 그 쓰임새」(『포은학연구』 1집, 포은학회, 2007)를 통해 시도된 바 있다. 품격과 관련한 논의는 하정승, 「圃隱 鄭夢周 詩의 品格 研究」(『한문교육연구』 16호, 한국한문교육학회, 2001)와 최광범, 「圃隱 鄭夢周 詩의 風格」(『한문교육연구』 18호, 한국한문교육학회, 2002)에서 다루었다.

말하고자 했던 의도는 물론, 시인의 심리 상태와 그 시를 읽는 독자의 심리적 충격 또는 동요까지 파악해야 한다. 시는 시인이 자기의 생활공간 속에 들어올 수 있는 모든 것을 상상력으로 재조직한 것이다. 그런 의미에서 시란, 시인이 자기의 삶을 구체적으로 이해하려는 하나의 방법이라고 볼 수도 있다.[6] 이렇게 보자면, 한 편의 시를 이해하는 것은 결코 쉬운 일이 아니다. 시에 대한 온당한 이해는 먼저 그 시를 둘러싼 모든 것을 아우르며 깊이 있게 시를 읽어 나갔을 때 가능한 일이다. 특히 정몽주와 같이 삶의 굴곡이 많았던 시인의 시는 더더욱 그러할 것이다.

이에 본고에서는 포은시에 나타난 표현양식, 그중에서도 특별히 의상意象의 운용을 통해 시인의 미의식이 어떻게 형상화되고 있는지에 초점을 맞추고 논지를 전개해 나가기로 하겠다. 필자가 특별히 의상이나 시의 이미지에 관심을 갖는 이유는 이것이 한시 연구의 좋은 방법론으로 쓰일 수 있기 때문이다.[7] 사실 한 편의 시는 이미지들의 복합체로 구성되어 있으며, 극단적으로 그 자체

---

6 김현, 「마주치지 않고는 시를 읽을 수 없다」, 『시인을 찾아서』(『김현 문학전집』 3 소재), 문학과지성사, 2000, 380쪽 참조.
7 시의 意象을 통해 시를 분석하는 방법론은 이미 중국학계에서는 일반적일 정도로 널리 사용되고 있다. 중국 고전시 연구의 대가들, 가령, 袁行霈라든가 劉若愚, 李澤厚, 吳戰壘 등 많은 이들의 연구서를 통해 이를 확인할 수 있다. 우리나라의 경우에도 중문학계나 한문학계에서 한시 연구의 방법론으로 의상론에 대한 관심이 점점 커져가고 있다. 이미지의 경우 이미 서구의 시와 한국현대시 연구 방법론으로 널리 쓰이고 있는 것은 주지의 사실이다.

가 하나의 이미지일 수도 있다. 이미지는 시 속에서 표현의 구체성을 높여줄 뿐만 아니라, 시인이 의도한 시의 주제와 의미, 시인의 사상 등을 추적할 수 있는 훌륭한 지표나 잣대가 될 수 있다.[8] 한시의 경우, 서구 시학 용어인 이미지 대신에 전통적인 한시 방법론이자 용어인 의상으로 이를 대신할 수 있겠다.

1. 포은시의 몇 가지 경향과 표현양식

현재 전해지는 『포은집』에 실린 시들을 일별해보면 크게 다음 몇 가지로 분류가 된다. 우선 작시作詩의 공간적 배경에 따라 종군시從軍詩, 사행시使行詩, 환로시宦路詩, 유배시流配詩, 산수시山水詩 등으로 나눌 수 있다. 또한 시의 내용이나 주제에 따라 변새시邊塞詩, 귀거래시歸去來詩, 철리시哲理詩, 창화시唱和詩 등으로도 구분이 된다. 종군시는 주로 여진이나 왜구와의 전쟁에 참여하여 전장의 체험을 바탕으로 쓴 것들이다.[9] 이는 시의 내용으로 볼 때 변

---

8 이상에 대한 사항은 조태일, 『시창작을 위한 시론』, 나남출판, 1994, 119–144쪽 참조.

9 정몽주는 문신이었지만 젊은 시절부터 줄곧 전쟁에 참여하였다. 그중 대표적인 몇 가지를 살펴보면, 1363년(공민왕 12) 포은 나이 27세 되던 해에 東北面都指揮使 韓方信의 從事官으로 和州에서 여진과 전투를 벌인 것이 첫 출정이었다. 그 후 1380년(우왕 6) 44세에 助戰元帥의 직책으로 이성계를 따라 전라도 운봉에서 왜구와 전투를 벌여 크게 승리를 거두었다. 이어 1383년(우

새시라고 할 수도 있는데, 중국의 고적高適이나 잠삼岑參의 변새시에서 나타나는 일반적인 경향인 변방의 쓸쓸함과 고즈넉함, 고독감과 처량함 등은 물론이고, 포은시의 대표적인 품격인 호방豪放하고 호탕한 호연지기가 느껴지는 의경意境을 갖고 있는 작품도 많이 눈에 띈다.

사행시는 중국과 일본에 사행을 갔던 수차례의 경험10을 시화詩化한 것인데, 사행의 여정에서 목도한 이국의 사람들과 풍속, 사행지에서 보고 느낀 중국과 일본의 문물과 역사, 사행의 업무, 여행의 괴로움, 여행의 회포, 이방 사람들과의 만남과 친교, 고국과 가족에 대한 그리움 등등이 그 주된 내용이다.

왕 9) 47세 때에는 東北面助戰元帥가 되어 다시 이성계를 따라 여진 정벌전투에 참여하였다. 이상에 대한 사항은 『포은선생집』 권4에 실린 「年譜攷異」를 참조하여 작성한 것임.

10 포은은 중국에 6차례, 일본에 1차례 사행을 하였는데, 중국의 경우에는 3차례나 요동에서 입국이 불허되어 그중 3차례만 중국으로 들어갈 수 있었다. 고려말엽은 중국의 경우도 元・明 교체기였기에 외교적으로 미묘한 문제들과 돌발변수가 워낙 많아서 사신의 직무를 수행하는 것은 여간 어려운 일이 아니었다. 때로는 목숨을 걸고 떠나는 경우도 비일비재했다. 이는 일본의 경우도 마찬가지였다. 따라서 당시 조정의 많은 신하들은 갖가지 핑계를 대고 사신으로 사행을 떠나는 것을 피하였는데, 포은은 사행의 임무가 주어질 때마다 이를 마다하지 않았기에 평생 동안 외교관으로 활동할 수 있었던 것이다. 사실 포은의 경우에도 사행의 도중 죽을 고비를 넘기기도 하였는데, 예컨대 1372년(공민왕 21) 洪師範을 따라 書狀官으로 떠난 사행에서는 귀국 도중에 큰 태풍을 만나 많은 사람이 죽고 포은도 13일 동안이나 표류했던 경험도 있었던 것이다. 이상 중국과 일본의 7차례의 사행은 본서 50쪽 각주 67 참조.

환로시는 관직 생활을 하며 쓴 시들을 말하는데, 이 중에는 목민관으로서의 포부, 경국과 제민에 대한 의지, 나라와 조정에 대한 걱정, 관직에 대한 어려움과 자연인으로 돌아가고픈 심정 등을 다룬 것이 많다. 유배시는 1375년(우왕 1) 경상도 언양彦陽으로 귀양갔을 무렵에 지어진 시들이다.[11] 산수시는 자연의 공간에서 쓰여진 시인데, 포은에게 자연은 관직생활의 고통과 어려움 속에서 심리적 평안을 주었던 치유의 공간이었다.

귀거래시는 오랜 관직생활 속에서 고향과 자연으로 돌아가고 싶은 포은의 심경을 읊은 것인데, 이러한 종류의 시는 56세로 생을 마칠 때까지 포은의 일생 동안 계속해서 지어진다. 이 귀거래시는 앞에서 언급한 환로시와 더불어 포은시의 문학적 성격을 대변하는 두 개의 커다란 맥이라고 해도 좋을 것 같다. 철리시는 유학자로서의 포은의 모습이 발현된 것인데, 이런 시들을 통해 포은의 성리학적 사유체계를 읽어낼 수 있어서 매우 흥미롭다.『주역周易』이나『춘추春秋』와 같은 유가경전은 물론이고, 때로『장자莊子』와 같은 제자백가서를 읽고 난 느낌이나 그 철학적 핵심을 시화詩

---

11 포은이 彦陽에 유배가게 된 사건의 경위는 대강 다음과 같다. 1375년 공민왕이 죽고 우왕이 즉위하였는데 조정에서는 명나라에 國喪을 고하고 시호를 청하였다. 그런데 이때 北元에서도 사신을 보내오자 당시 실권자였던 李仁任이 다시 元을 섬기려 함에 成均大司成으로 있던 포은을 비롯하여 朴尙衷·金九容 등이 이를 저지하다 유배를 당하게 되었던 것이다. 그 뒤 정몽주는 유배된 지 3년 후인 1377년(우왕 3) 3월에 解配되어 서울로 돌아오게 되었다.

化한 것이 많다. 창화시는 포은이 평생을 두고 교유를 나눴던 벗들과 주고받은 시인데, 그 대표적인 인물들로는 둔촌遁村 이집李集, 척약재惕若齋 김구용金九容, 도은陶隱 이숭인李崇仁, 목은 이색 등이 있다.

갑진년 중추에 회포가 있어서

지난해에 바닷가에서 말에게 물 먹이고	去年飮馬滄海頭
올해엔 함주 객사에서 한가위를 맞이하네	咸州客舍遇中秋
산천이 아득한 곳 풀과 나무 시들고	山川迢迢草木落
밝은 달은 하늘에 가득하고 맑은 경치 흐르는데	明月滿天淸景流
모랫벌 위의 뭇 장막은 고요히 말 없건만	平沙萬幕寂無語
사방에서 변성邊聲 일어나 시름짓게 하는구나	邊聲四起令人愁
장군은 털장막 높은 곳에 홀로 누웠고	將軍獨臥氈帳高
장사는 차가운 쇠갑옷 입고 슬피 노래하는데	壯士悲歌鐵衣冷
장막 앞의 서생은 잠도 자지 못하고	帳前書生亦不眠
적막한 깊은 밤에 그림자만 조문하네	寂寞夜深相弔影
쓸쓸히 일어나서 서남쪽을 바라보니	悄然興望望西南
뜬 구름만 하늘을 가로질러 철령에 잇닿았네	浮雲橫空連鐵嶺
봄바람에 돌아갈 계책 또다시 틀렸구나	春風歸來計又非
부소산 앞에는 마른 잎만 날리고	扶蘇山前黃葉飛
오늘밤의 한가위 달은 지난해의 달인데	今夜中秋去年月

지난해의 나그네는 아직도 돌아가지 못하였네	去年客子猶未歸
뜰안은 쓸쓸하여 귀뚜라미 울어대고	庭除蕭索蟋蟀語
부엌은 냉냉하여 아이종 굶주리네	廚竈凄凉童僕飢
어제 아침 아우가 편지 보내 왔는데	前朝舍弟附書至
백발의 노모께서 보고 싶어 하시면서	白髮慈親願見之
부귀와 공명은 너의 일이 아닌데	功名富貴非汝事
해마다 객지살이 언제야 그치겠냐	客路年年有底期
내년에는 또 어디에서 밝은 달을 맞이할는지	明年何處逢明月
남창南窓 가에 홀로 앉아 시를 읊조리도다	獨坐南窓自詠詩12

인용시는 1364년(공민왕 13) 8월 한가위에 함주咸州[지금의 함경
남도 함흥]의 객사客舍에서 보름달을 바라보며 지은 작품이다. 포은
은 그 전년도인 1363년에 한방신韓邦信의 종사관從事官으로 화주和
州에서 여진女眞을 정벌하는 전쟁에 참여하였고, 이 해 2월에는 한
방신·이성계 등과 함께 여진의 삼선三善·삼개三介와 싸워 대승을
거두었다.13 문집의 연보나 행장에는 여진과의 전쟁에서 승리한
이후의 1364년 행적은 자세하지 않으나, 시의 내용으로 보아 포
은은 화주에서 한방신의 종사관으로 있었던 것처럼 함주에서도
어느 장군의 종사관 정도로 참여하고 있었던 듯하다. 함주 역시

---

12 정몽주, 『圃隱集』 권2, 「甲辰中秋有懷」.
13 이상은 『포은집』 권4, 「연보고이」를 참조할 것.

화주와 마찬가지로 여진과 대지하고 있는 변방의 요새이다.

제3구에서 6구까지는 마치 쥐죽은듯이 고요한 전장의 막사幕
舍를 그리고 있다. 풍요롭고 따뜻한 보름달이 천지를 환하게 비추
고 있지만, 막사는 그저 고요롭기만 하다. 가끔씩 들려오는 변방
의 여러 소리들이 무서운 정적을 깨뜨릴 뿐이다. 시인은 자리에
누워 잠을 청해 보지만 잠을 이루지 못한다. 제10구 "적막한 깊은
밤에 그림자만 조문하네"는 늦은 밤까지 홀로 깨어있는 시인의
고독과 자의식을 단적으로 보여주는 말이다. 아무리 애써도 잠들
지 못하자 시인은 자리에서 일어나 서남쪽의 하늘을 바라본다. 서
남쪽의 하늘은 그립고 보고 싶은 가족이 있는 곳이다. 오늘 바라
보는 저 보름달은 분명 작년의 그 달이지만, 시인은 변방의 전장
에 있은 지 1년이 지났는데도 아직도 집으로 돌아가지 못하고 있
다. 서남쪽 하늘에는 구름이 철령까지 잇닿아있다.

제13구 이하로는 연로하신 어머니와 가족에 대한 그리움을
묘사하고 있다. 시인은 아우가 보내온 편지를 읽으면서 사무친 그
리움을 눈물로 달랜다. 그리고 남창 가에 홀로 앉아 시를 읊조리
면서 내년에는 저 달을 고향에서 바라보는 꿈을 꾼다. 이 시는 여
러 편의 포은시 가운데에서도 가장 뛰어난 종군시從軍詩요 변새시
邊塞詩라고 할 수 있다. 변새시에 등장하는 일반적인 의경意境인 전
장의 황량함과 쓸쓸함, 고즈넉함, 처절한 외로움, 알 수 없는 비애
감, 그리움 등이 이 시에서도 그대로 나타나있으니 변새시의 전형
이라고 보아도 좋다. 특히 한가위의 보름달을 서두에서부터 말미

까지 계속해서 등장시켜 시의詩意를 진술하는 매개체로 삼고 있는 솜씨 또한 매우 뛰어나다.

　　둔촌의 운을 차운하여 네 군자에게 드리다

　　소쇄瀟灑한 행장은 마치 시골 늙은이와도 같고　　　瀟灑行裝似野翁
　　비단 같은 새 시가 주머니에 가득 찼네　　　　　　新詩如錦滿囊中
　　한강은 우리 발을 씻을 만한데　　　　　　　　　漢江可以濯吾足
　　어느 날에야 돌아가 그대와 함께할까　　　　　　何日言歸與子同14

　　이 시는 둔촌 이집의 시에 차운하여 도은陶隱 이숭인李崇仁, 척약재惕若齋 김구용金九容, 둔촌遯村 이집李集, 동창東窓15 등 네 명의 벗에게 준 다섯 수의 창화시 중 하나인데, 인용한 시는 그중 둔촌에게 준 네 번째의 작품이다. 내용으로 보아 이 시는 아마도 둔촌이 경기도 광주 천녕川寧의 남한강가에 은거하며 지내고 있을 때16에 보낸 것 같다. 참고로 1380년 7월에 포은이 둔촌에게 보낸

---

14 정몽주, 『圃隱集』 권2, 「次遯村韻呈四君子」.

15 東窓은 누구인지 미상이다. 고려말 조선초엽의 인물로 보이는데, 변계량의 문집인 『春亭集』에 동창과 주고받은 작품이 여러 수가 있는 것으로 보아 변계량과 교유가 깊었던 인물로 추정된다.

16 遯村 李集(1327-1387)은 고려말엽의 저명한 문인이다. 주지하다시피 그는 공민왕 때에 신돈을 논죄한 일로 화를 입게 되자 자기의 부친을 모시고 개성을 떠나 경상도 永川으로 피신하였다. 3년 뒤인 1371년에 신돈이 축출되자

편지글을 살펴보자.

> 7월 21일에 문득 가장佳章을 받아 몇 번이고 읽어보니 세속
> 밖에서 초연한 이는 그 나오는 말도 능히 산뜻하여, 속된 사
> 람이 미칠 수 있는 바가 아니라는 것을 알았습니다. 여강驪江
> 은 내가 즐기는 곳이라는 것을 선생도 아는 바인데, 선생이 나
> 보다 먼저 가서 자리잡게 될 줄 예상치 못하였으니 남쪽을 바
> 라보매 저도 모르는 사이에 서글퍼집니다. 더구나 세간의 새로
> 운 일들이 해마다 달라지고 달마다 같지 않음에 있어서이겠습
> 니까.17

개성으로 돌아와 龍首山 자락에 기거하였다. 그 뒤에는 다시 고향인 경기도
광주 남한강가의 촌락인 川寧縣에서 줄곧 은거하다가 1387년에 61세로 세상
을 떠났다. 포은은 둔촌과 10년의 나이차가 나지만 서로를 존경하며 평생 동
안 아주 가깝게 지냈다. 『포은집』에는 1380년 7월, 8월, 11월에 둔촌과 주
고받은 총 네 편의 편지가 보이는데, 이 글에는 두 사람 사이의 각별한 우정
이 드러나 있다. 본문에서 인용한 시도 편지를 주고받던 이 무렵에 지은 것
이 아닌가 추측해본다. 『포은집』에는 인용한 시뿐만 아니라 둔촌과 창화한
여러 수의 시가 보인다. 둔촌의 생애와 교유에 대한 보다 자세한 논의는 고
혜령의 「둔촌 이집의 생애와 교유」(『사학연구』 88호, 한국사학회, 2007)를
참조하고, 둔촌이 포은과 주고받은 시와 문학활동에 대한 논의는 필자의 「둔
촌 이집 시의 품격 연구」(『한국한문학연구』 26집, 한국한문학회, 2000)를
참조하기 바람.

17 정몽주, 『圃隱集』 권3. 「答遁村書」. "七月二十一日, 忽奉佳章, 讀之再三, 乃知
超然於物外者, 其出語亦能洒然, 非俗人之所可及也. 驪江吾所樂也, 亦先生之所
知, 不圖先生之先吾着鞭也. 南望不覺爲之悵然, 況世間新事歲異, 而月不同矣."

편지의 내용은 위에서 인용한 시의 내용과도 완전히 일치한다. 포은은 둔촌을 "세속 밖에서 초연한 이"라고 부르고, 둔촌이 쓴 시에 대해서도 "속된 사람이 미칠 수 있는 바가 아니다"라고 평하고 있다. 위 시를 보면 둔촌은 시골에 은거한 지 수 년이 되어 이제는 행색이 촌로村老와 다름이 없다. 하지만 그가 은거하며 쓴 시는 이미 주머니를 가득 채울 정도이다. 관료로서의 삶은 버렸지만, 자연과 함께 하는 시인으로서의 삶은 성공했다는 말이다. 포은은 지금 이를 부러워하고 있다. 사실 이 해에 포은은 밀직제학에 제수될 정도로 관료로서의 삶은 성공적이었지만,18 그가 이 무렵 진정으로 원했던 것은 둔촌이 여강驪江에 은거한 것처럼 자연인으로 돌아가 여유로운 마음으로 삶을 누리는 것이었다. 포은이 둔촌을 부러워하고 자연으로 돌아가고 싶다고 한 것은 단순한 빈말이 아니라 진정이었던 것 같다. 위 7월의 편지에 이어 보낸 8월의 편지에서도 "벼슬살이하는 뜻은 내가 즐거워하는 것이 아니다"라고 말하고 있다. 그러면 왜 이렇게 포은은 은거하고 있는 둔촌을 부러워하며 자연으로 돌아가고 싶어 했을까? 물론 귀거래에 대한 소망은 포은이 평생 동안 계속해서 꿈꿔왔던 것이기는 하지만, 특히 위 시와 편지를 쓰던 상황은 다른 때와는 조금 달랐던 것 같다. 이 무렵의 상황은 포은에게 정치적으로 매우 위태롭고도 중요한 시기였던 것 같으니, 11월에 보낸 편지에서는 "높은 지위

---

18 『포은집』 권4, 「연보고이」 참조.

가 매우 두려워서 밤낮으로 불안하기만 합니다."라는 고백이 보인
다. 1380년 당시는 이인임·지윤 등의 친원파가 집권하던 시기라
포은이 정치적으로 처신하기에 매우 힘들었을 것이라 일단 추측
해 볼 수 있다. 그리고 이 같은 추측은 위 인용시 제3구 "漢江可以
濯吾足"이라는 말로 더욱 확신할 수 있다. 즉 포은은 당시의 정계
를, 창랑의 물이 흐리면 발을 씻으면 된다는 「어부사」를 인용하여
매우 더럽고 혼탁한 것으로 파악하고 있음을 알 수 있다. 하지만
「어부사」에 등장하는 어부의 세계관처럼 혼탁하고 더러운 시대적
상황임에도 불구하고, 정계를 떠나지 않고 그 속에서 할 수 있는
역할을 찾아야 한다는 것이 포은의 철학이자 출퇴관出退觀이라는 것
을 이 시를 통해서 확인할 수 있다.

2. 의상意象의 운용과 객창감客窓感의 표출양상

포은시에 나타난 표현기법의 특징 중 하나는 감각적 의상의
운용에 있다. 여기에서 말하는 의상이란 주로 색채감각과 청각적
감각에 의해 형성된 의상을 의미한다.[19] 의상은 한시비평과 창작

---

[19] 본고에서 말하는 감각적 意象이란 시각·청각·후각·촉각 등 주로 감각기관
을 활용한 시의 意象을 뜻한다. 意象이란 중국시학에서 일찍부터 사용해 왔
던 개념으로, 그 의미는 대체로 '意中의 象', 즉 '생각 속의 형상'이란 의미로
쓰이기도 하였고, '예술적 형상'이란 개념으로 사용되기도 하였다. 의상은 서

에 있어서 중국에서 전통적인 방법론으로 널리 사용되어 오던 것이다. 일반적으로 서구 시학詩學에서는 시인의 생각, 꿈, 정서, 상상력, 심리상태를 가장 잘 대변하는 것으로 이미지를 거론한다. 이미지는, 그 개념상 서로 다른 부분이 있어 완전히 일치하지는 않지만, 중국 시학의 경우에 의상이란 용어로 대치할 수 있다고 본다.

포은시 전체를 통해 일관되게 드러나는 주제는 객창감이다. 객창감은 일반적으로 정몽주와 같이 한평생을 떠돌아다니며 드라마처럼 굴곡지게 살다간 시인의 경우에는 더욱 두드러지게 나타난다. 포은시의 객창감은 평생의 종군과 사행, 그리고, 운명 또는 사명과도 같았던 정치활동에 기인한 것이었다. 그는 집을 떠나 전장으로, 그리고 중국과 일본의 사행으로 평생을 떠돌아다녔다. 그리고 그 시절 포은은, 시를 썼다. 이 같은 의미에서 본다면 고독과 그리움의 상처를 대변하는 '객창감'이야말로 포은시의 내면 풍경과 속살을 들춰내는 핵심적인 열쇠인 것이다. 본고에서는 이와 같이 포은시의 심연에 자리한 객창감이 어떻게 옷으로 입혀져

구시학의 개념어인 '이미지'와 그 의미가 상당 부분 겹치기도 하지만, 그러나 의상이 주·객관을 아우르는 '意'와 '象'의 결합이라는 점에서 이미지와는 구별이 된다. 다시 말해 意象이 '意'와 '象'이라면, 이미지는 意象에 비해 주관적 요소가 배제된 '物'의 '象', 즉 '物象'이라고 하는 것이 타당하다. 이상에서 서술한 의상과 이미지에 대한 내용정의 및 그 구체적 實例와 양자 간의 비교 등은 하정승, 「안축 시의 표현 양식과 미적 특질」, 『동방한문학』 34집, 동방한문학회, 2008, 147쪽 및 157쪽을 참조하기 바람.

드러나는지를, 특별히 의상이란 비평의 잣대를 통해 살펴보고자
한다.

여흥루에서 짓다

가랑비는 아득한 강물 위에 어둑어둑 내리고	烟雨空濛渺一江
누대에서 자는 나그네는 한밤에 창문을 여네	樓中宿客夜開窓
내일 아침이면 말을 타고 진흙길을 가겠지	明朝上馬衝泥去
고개 돌려 푸른 물결 돌아보니 백조 한 쌍 날아간다	回首滄波白鳥雙20

　여흥루는 남한강가에 자리한 경기도 여주에 있던 누대인 청
심루淸心樓로 고려시대부터 조선조에 이르기까지 수많은 시인 묵
객들이 머물며 시를 읊조리던 명승지이다.21 시의 내용을 볼 때,
당시 포은의 지우知友인 둔촌 이집이 여주 천녕현川寧縣에 기거하
고 있었기 때문에 인용시 역시 그를 방문하고 지은 것으로 여겨진
다. 시인은 지금 누대 위에 누워 가랑비 내리는 강물을 바라보고
있다. 시인이 한밤중에도 뒤척이며 잠 못 이루는 이유는 제3구를

---

20 정몽주, 『圃隱集』 권2. 「題驪興樓 二絶」.

21 인용한 정몽주의 시는 『신증동국여지승람』 권7 驪州牧 樓館 항목의 "淸心樓"
　　조에도 소개되어 있다. 청심루는 일반적으로 여흥루라고 많이 불렸는데, 『신
　　증동국여지승람』만 보더라도 많은 시인들이 이곳에서 시를 읊고 있음을 알
　　수 있다.

통해 어렵지 않게 짐작할 수 있다. 내일이 되면 다시 이곳을 떠나 서울로 돌아가야 하기 때문이다. 시인은 자기가 돌아가야 할 서울의 정계를 "진흙길[泥]"이라고 말하고 있다. 그곳은 온갖 술수와 암투가 가득하고 마음의 평안과 쉼이 없는 곳이다. 마음 같아서는 이곳에서 평생의 벗과 더불어 아름다운 자연을 바라보며 쉬고 싶지만, 현실은 그것을 용납하지 않는다. 답답한 마음에 고개 돌려 강물을 바라보니 때마침 백조 한 쌍이 유유히 날아가고 있다.

이 시는 명암의 대비를 통한 의상의 활용이 매우 잘 이루어졌다. 제1구에서 3구까지는 어둑어둑하고 아득한 강물, 가랑비, 나그네, 진흙길 등등의 시어들이 조합되어 암울하고 답답한 시인의 의사意思를 대변하는 어두움의 의상을 형성하고 있다. 그리고 이러한 의상은 시에서는 직접적으로 언급되지는 않았지만, 암투와 술수가 가득한 서울의 조정과도 오버랩되는 기능을 담당한다. 이러한 의상은 제4구에서 극적으로 전환되는데, 푸른 물결, 힘차게 비상하는 백조 등 밝고 환한 이미지가 등장하여 희망적이고 역동적이며 긍정적인 의상을 이뤄내고 있다. 사실 이러한 밝고 희망적인 의상은, 앞의 어둡고 부정적인 의상을 더욱 두드러지게 하는 역할을 해주는 보조적인 의상의 기능을 갖고 있다. 이처럼 짧은 한 편의 시이지만, 의상의 대비를 통하여 시적 효과를 극대화시키고 있는 것이다.

정사년 삼월에 비오는 중에 의성 북쪽 누대에 올라

문소 고을은 누각이 아름다운 곳	聞韶郡樓佳處
비를 피해 누각에 오르니 해가 저무네	避雨來登日斜
풀빛은 역말 길에 푸르게 이어졌고	草色靑連驛路
복사꽃은 민가를 따듯이 덮고 있네	桃花暖覆人家
봄 시름은 정말로 술처럼 짙구나	春愁正濃似酒
세상사는 맛은 점점 깁처럼 얇아 가는데	世味漸薄如紗
애끊는 강남의 길 가던 나그네	腸斷江南行客
절뚝거리는 당나귀 타고 또다시 서울로 향하네	蹇驢又向京華22

이 시는 1377년 3월, 경상도 언양彦陽 땅에서의 3년간의 유배 생활을 마치고 서울로 가는 도중에 의성義城의 누대에 올라 지은 것이다. 시인은 해가 막 저물어 가고 있는 즈음에, 때마침 내린 비를 피해서 누대에 올랐다. 의성루에 올라보니 길가에 풀들은 푸르게 이어져 있고, 온 마을은 지천으로 피어있는 복사꽃으로 붉게 물들어 있다. 이렇게 세상은 아름답건만, 시인은 봄날의 시름[春愁]이 술처럼 짙다거나 세상사는 맛이 점점 엷어진다고 고백한다. 이와 같은 시인의 시름 혹은 고독과 슬픔은 마지막 제8구에서 극대화된다.

---

22 정몽주, 『圃隱集』 권2, 「丁巳三月雨中登義城北樓」.

그는 자신을 "강남의 나그네"라고 표현하며, "절뚝거리는 당나귀"를 타고 다시 서울로 가고 있다고 말한다. 물론 실제로 포은이 불구의 나귀를 타지는 않았을 것이다. 그렇다면 "절뚝거리는 당나귀"란 "강남의 나그네" 즉 시인 자신을 지칭하는 말이다. 포은은 왜 자신을 불구의 "절뚝거리는 당나귀"로 말하고 있을까? 아마도 그것은 정치적인 싸움에서 패배하여 자기와 뜻을 같이했던 동료들이 모두 귀양을 가고, 본인도 3년간이나 유배지에 있었던 정치현실을 반영한 말일 것이다.[23] 이때의 유배는 포은이 처음으로 겪었던 유배로 정치적 포부와 야심이 가득했던 포은에게는 적지 않은 충격과 고통이었을 것이다. 3년간의 유배를 마치고 풀려나 다시 서울로 가는 길이었으니 많은 감회와 생각이 있었을 것이다.

정치 현실에 대한 불안감과 실망감, 앞날에 대한 절망감, 그리고 자기 자신의 약함에 대한 두려움, 험난한 정계에서 홀로 싸워야 하는 외로움과 고독감 등등의 복잡한 심정이 유배지에서의 객창감과 맞물려 자신을 "절뚝거리는 당나귀"로 표현하게 된 것이라 짐작해 볼 수 있다. 그리고 매우 역설적이게도, 이러한 시인의 절망감, 고독, 객창감 등은 제2－4구의 황혼, 푸르른 풀빛, 붉게 물든 복사꽃 등 아름다운 봄날의 풍광을 대변하는 의상으로 인해 더욱 깊은 슬픔을 자아내고 있다. 이처럼 포은시에서 때때로 시각적인 감각 위주의 의상들은 시인의 고독과 비애, 객창감 등을

---

23 이때의 정치적 상황과 유배에 대해서는 앞의 주 11에서 자세히 기술하였다.

효과적으로 드러내는 데에 있어서 매우 유용하게 사용되고 있다.24 다음 시에서는 봄날의 객창감이 절정에 다다른다.

늦봄

가을바람 불고 나니 또 다시 봄바람	秋風過了又春風
한평생 세월이 한바탕 꿈이구나	百歲光陰一夢中
슬프도다 간밤에 처마 밑에 내린 비에	惆悵簷前夜來雨
성 안 가득히 붉은 꽃 수없이 떨어졌네	滿城多少落花紅25

---

24 이와 같은 현상들은 위에서 인용한 시 외에 다른 시들에서도 자주 나타난다. 가령, 「次牧隱先生詩韻七夕遊安和寺」(『圃隱集』권2)의 "답답한 회포를 무엇으로 넓혀보리/ 술병 차고 차가운 碧溪水로 달려왔노라/ 마음만 이야기하고 時事는 말하지 마오/ 詩句를 얻는 것은 진실로 좋은 벼슬과도 같다네/ 紫洞은 아득한데 저녁 놀 일어나며/ 銀河 물결 넘실대는 바람 잔 여울/ 烏鵲橋 놓여지는 좋은 시절 다가오니/ 하늘의 神仙이 옥 안장 닦으리라(悶悶中懷何以寬/ 携壺走踏碧溪寒/ 論心且莫論時事/ 得句眞同得美官/ 紫洞蒼茫生暮靄/ 銀河激灩絶風湍/ 鵲橋此日佳期迫/ 天上神仙拂玉鞍)" 제5, 6구라든가 「登全州望景臺」(『圃隱集』권2) 시의 "천길 산마루에 돌길은 비껴 있는데/ 올라서 바라보니 감회가 그지없네/ 청산이 보일 듯 말듯한 扶餘國이요/ 누런 잎 우수수 떨어지는 百濟城이라/ 9월 높은 바람은 나그네 시름에 잠기게 하고/ 평생의 豪氣는 書生의 신세를 그르쳤네/ 하늘가에 해는 져서 뜬 구름과 어울리니/ 슬프도다, 서울을 바라볼 길 없구나(千仞岡頭石徑橫/ 登臨使我不勝情/ 靑山隱約扶餘國/ 黃葉繽紛百濟城/ 九月高風愁客子/ 百年豪氣誤書生/ 天涯日沒浮雲合/ 惆悵無由望玉京) 제4~8구 같은 데에서 이를 확인할 수 있다.

25 정몽주, 『圃隱集』권2, 「暮春」.

봄이 다 끝나가는 모춘暮春의 어느 날에 지은 것이다. 가을바람 불어온 지가 엊그제 같은데 벌써 다시 봄바람이 불어댄다. 생각해보니 우리 인생도 이같이 한바탕의 꿈처럼 허무하게 지나가 버리는 것인지도 모르겠다. 생각이 이에 미치자 시인의 슬픔은 극에 달하게 된다. 그런데 시인은 마지막 3－4구에서 갑자기 시의 화제를 전환하여 간밤에 내린 비에 붉은 꽃잎이 수없이 떨어졌다고 말한다. 난데없이 왜 꽃잎이냐고 할 수도 있겠지만, 사실은 마지막 시구로 인해 이 시의 비극적 아름다움은 완성되고 있다. 생각해보면 봄날은 꽃이 피는 것으로 시작되고, 또 그 꽃이 지는 것으로 끝나가는 것이다. 시인은 간밤에 내린 비에 떨어진 무수한 꽃잎을 통해서 바로 또 하나의 생生의 봄이 지고 있다는 것을 말하고 싶었던 듯하다. 동서고금의 많은 시인들이 봄을 노래했지만, 특히 포은에게 있어서 봄은 많은 시상을 불러일으키는 촉매와도 같은 특별한 의미를 지니고 있다.[26] 지난해에 그러했던 것처럼 올해에도 어김없이 봄날은 간다. 그리고 이러한 생의 쓸쓸한 비극미는, 이 시에서 가을바람, 봄바람, 간밤에 내린 비, 무수히 떨어진 꽃잎 등의 감각적 의상을 불러일으키는 시어들을 통하여 매우 효과적으로 시화詩化되고 있다. 앞의 시들이 주로 시각적인 이미지였다면, 다음 시는 청각적인 이미지의 극대화를 통한 의상의 운용을 보여준다.

---

26 포은시에 나타난 '春'과 관계된 詩語들에 대해서는 홍순석의 앞의 논문, 206－209쪽을 참조할 것.

봄

봄비 가늘어 물방울지지 않더니	春雨細不滴
밤중에야 희미하게 소리가 나네	夜中微有聲
눈이 다 녹은 남쪽 시냇물 불어나겠고	雪盡南溪漲
새싹도 파릇파릇 돋아있겠지	多少草芽生[27]

어느 봄날의 밤에, 시인은 봄의 정령이 들려준 것 같은 봄의 소리를 듣고 있다. 그 봄의 빗소리는 너무나도 작고 세미하여 한낮에는 전혀 들리지 않더니 밤이 되어서야 조금씩 들리기 시작한다. 시인에게 밤은, 세상의 모든 소음을 잠재우고 비로소 의미 있는 소리를 들리게 해주는 시간이다. 또한 시인에게 있어서 봄의 소리를 듣는 행위는 봄의 존재를 지각한다는 것을 의미한다. 봄의 소리를 듣기 전에도 사실 봄은 이미 와 있었지만, 시인은 그 소리를 듣지 못했기에, 시인의 마음에 봄은 없었다. 봄의 소리를 듣는 순간, 봄은 시인에게 왔고, 의미있는 존재가 된 것이다. 제3구에 이르러서는 봄의 소리가 더욱 커지고 있다. 처음에는 조그만 빗소리였던 봄의 소리가 시냇물이 흐르는 소리로 변한 것이다. 마지막 4구에서 봄의 소리는 다시 극도로 잦아들어 봄비를 맞아 새싹이

---

27 정몽주, 『圃隱集』 권2, 「春」.

움트는 소리로 바뀌게 된다. 음악으로 치면 마치 '조금 여리게(메조피아노; *mp*)'에서 '조금 세게(메조포르테; *mf*)'가 되었다가 다시 '매우 여리게(피아니시모; *pp*)'가 된 듯한 느낌이다. 새싹이 움트는 소리를 들을 수 있었던 것은 봄의 빗소리를 들었기에 가능한 것이었다. 청각적인 의상의 매우 섬세한 운용을 통해서 시인이 느끼는 봄날의 정서가 성공적으로 형상화되고 있다.

이른 아침 길을 떠나며

등불 앞에서 꿈을 깬 나그네 마음도 가벼운데	夢覺燈前客意輕
새벽에 여관 떠나 걸음을 재촉해 간다	曉離孤館促鞭行
닭 우는 주막거리 산뽕나무 안개도 촉촉하고	鷄呼野店柘煙濕
나귀 오르는 산골짜기 소나무 이슬이 맑구나	驢跨山蹊松露淸
은하수의 성근 별은 북두성에 남았고	橫漢疏星餘北斗
구름 사이 새벽달은 서쪽 성으로 숨는구나	漏雲殘月隱西城
숲 너머로 개 짖는 소리 어디인지 알겠노라	隔林犬吠知何處
시내 다리 다 건너자 길이 평탄하구나	渡盡溪橋一路平28

인용시는 아침 일찍 걸음을 재촉해 길을 나서는 나그네의 심회와 그가 바라본 새벽 풍광을 그린 것이다. 이제 막 닭이 우는

---

28 정몽주, 『圃隱集』 권2, 「무行」.

신새벽 주막거리에는 아무도 보이지 않고 한산하기만 하다. 새벽 안개는 자욱하게 끼어 있고 산뽕나무는 그 안개에 촉촉이 젖어 있다. 시인은 나귀를 타고 산골짜기를 오르는데, 소나무에 맺힌 이슬이 깨끗하고도 맑다. 고개를 들어 하늘을 바라보니 드문드문 별이 보이고, 서산으로 새벽달은 막 저물어간다. 이때 숲 너머로 어디선가 개 짖는 소리가 들려온다. 이 시는 전체가 매우 감각적인 의상들로 가득차 있다. 제1구의 등불, 3구의 텅 빈 주막거리, 산뽕나무, 안개, 4구의 소나무와 이슬, 5구의 성근 별, 6구의 구름과 달, 8구의 시냇가 다리 등은 시각적 의상을 불러일으킨다. 그리고 3구의 새벽닭 울음소리, 7구의 숲 너머 개 짖는 소리는 청각적 의상을, 3구의 자욱하게 긴 안개는 촉각을, 4구의 소나무 솔향기는 후각적 의상을 만들고 있다. 가히 소리와 그림에 촉감과 향기까지 어우러진, 입체적 감각이 살아있는 새벽녘의 풍경화라 할만하다.

기러기 소리를 듣고

나그네 문득 기러기 소리를 듣고	行旅忽聞鴈
우러러 바라보니 하늘은 맑기만 하네	仰看天宇清
몇 번의 울음소리 지는 달과 어울리고	數聲和月落
비껴 있는 구름으로 한 점이 들어가네	一點入雲橫
머나 먼 북쪽 변방에서 회신이 오니	遠信回燕塞
새로운 시름 서울에 가득하네	新愁滿洛城

| 희미한 등불에 외로운 여관의 밤 | 疏燈孤館夜 |
| 고향 그리운 정 어찌 끝이 있으랴 | 何限故園情29 |

    이 시도 앞의 시와 마찬가지로 객지에서 나그네가 느끼는 외로움, 객창감이 주된 정조이다. 밤새도록 나그네는 잠을 못 이루고 하늘을 바라본다. 그러나 아무리 보아도 보이는 것은 서산에 지는 달과 하늘을 가로지르는 기러기들뿐이다. 시인은 왜 그리도 잠 못 들고 시름에 겨울까? 마지막 8구를 통해 그 답을 알 수 있다. 집을 떠나 타향에서 객지생활을 하고 있는 시인은 고향의 가족을 그리워하고 있는 것이다. 이 시 역시 시각과 청각을 통하여 감각적 의상을 일으킴으로써 시인이 느끼는 객창감을 독자에게 효과적으로 전달하고 있다. 즉 기러기 울음소리, 서산으로 지는 달빛, 구름 낀 하늘, 희미한 등불 등은 모두 시각과 청각을 활용한 의상들로서, 이러한 의상들이 어우러져 외롭고 처량한 나그네 시인의 신세를 그려내는 도구로 사용되고 있는 것이다.

    정몽주 시의 가장 큰 특징 중 하나는 떠돎의 시학, 또는 방랑의 시학이라는 점이다. 그는 평생을 종군과 사행으로 집을 떠나 있었고, 이때의 체험이 시로 옮겨지게 되었다. 이 때문에 포은시에는 시인이 나그네로서 느끼는 고독과 그리움의 정서, 즉 객창감을 드러낸 작품들이 많은 양을 차지하고 있고, 비단 양적인 측면

---

29 정몽주, 『圃隱集』 권2, 「聞鴈」.

뿐만 아니라 질적인 면에서도 시인으로서 정몽주의 면모를 드리내고 있기도 하다. 이에 본고에서는 객창감이 어떻게 시로써 성공적으로 형상화되었는지를 주로 의상의 측면에서 살펴보았다. 의상론意象論은 전통적인 중국시학의 한 방법론으로, 한시비평에 있어서 시인의 정서와 심리상태, 그리고 시정신을 살피는 데 아주 유용하게 쓰일 수 있다. 포은시의 경우가 특히 그러하다.

　　지금 전해지는 포은시는 최전방이나 전선에서 종군했던 경험을 바탕으로 쓰여진 종군시從軍詩와 사신으로 중국, 일본 등지를 떠돌면서 쓴 사행시使行詩가 주류를 이룬다. 이 중 종군시는 고적高適이나 잠삼岑參 등의 중국 변새시에서 볼 수 있는 의상과 의경意境이 나타나기도 하지만, 이들 시에서는 보기 힘든 의상과 의경도 있어 주목된다. 즉 포은시에는 전장에서 느끼는 두려움, 쓸쓸함, 삭막함, 처량함, 고통 등 변새시의 일반적인 의경도 보이지만, 호방하고 호탕한 호연지기를 읊은 작품도 여러 수 있다. 전통적으로 포은시를 평가하는 일반적인 품격인 '호방豪放'도 대개가 이러한 종류의 작품을 두고 한 말이다.

　　사행시의 경우에는 중국 사행과 일본 사행 시절의 작품 경향이 조금 다르다. 중국 사행의 경우 노정의 견문과 이색적 풍속, 여행의 즐거움과 고달픔 등을 다룬 작품이 많은 반면에, 일본 사행의 경우에는 이역에서 느끼는 고독과 외로움, 고향에 대한 그리움 등의 정서가 시화詩化된 것이 많다. 이와 같은 종군시나 사행시뿐만 아니라 기타 다른 포은시에도 그 근저에는 객창감이 자리잡고 있는 경우가 많다. 서울에서 관직 생활을 하며 쓴 시들에서도 시인의 정신은 항상 집을 향한 그리움으로 가득 차 있었다. 다시 말해 비록 몸은 집에 있을지라도, 서울에서 관직 생활을 하며 자연으로 돌아가지 못했기에 포은은 영원한 나그네요 이방인이었던 것이다. 물론 모두가 포은과 같지는 않겠지만, 적어도 포은의 경우에는 그러했다. 이 같은 의미에서 고독과 그리움의 상처를 대변하는 '객창감'이야말로 포은시의 내면 풍경과 속살을 들춰내는 열쇠라고 할 수 있겠다.

4장

포은시와 당풍唐風

포은시와 당풍唐風

포은은 성리학만 동방의 조종祖宗이 아니라 문장 또한 높은
품격을 지닌 당시唐詩라 하겠다.[1]

　위의 인용문은 17세기의 저명한 비평가인 홍만종洪萬宗이 고
려말의 문인이자 학자인 포은 정몽주의 학문과 문학에 대해 평가
한 대표적인 평이다. 이 짧은 문장은 포은의 위상을 간단하고도
명료하게 압축적으로 보여주고 있다. 학문적으로 포은은 한국 성
리학사에서 고려후기를 대표하는 학자일 뿐만 아니라, 특히 정몽
주 → 길재吉再 → 김숙자金叔滋 → 김종직金宗直 → 김굉필金宏弼 →
조광조趙光祖 → 이언적李彦迪 → 이황李滉으로 이어지는 소위 '영남
학파'의 조종이 된다. 위 인용문에서 필자가 주목하는 부분은 뒷

---

1 홍만종, 『소화시평』 권상. "鄭圃隱奉使南京, 有詩曰, …(中略)…非徒理學爲東
　方之祖, 其文章亦唐詩中高品."

구절의 문학적인 측면을 설명한 부분이다. 정몽주의 문학, 특히 그의 시는 높은 품격을 지닌 당시唐詩라는 것이다. 사실 포은의 시를 당시풍唐詩風으로 규정한 언급은 홍만종의 『소화시평』 외에도 여러 글에서 보인다. 가령 허균은 "정포은은 이학理學과 절의가 일시의 으뜸이었을 뿐 아니라 문장도 호방하고 걸출하였다. 그가 북관北關에서 지은 시에, …(중략)…라고 했으니, 음절이 질탕跌宕하여 성당盛唐의 풍격이 있다. 포은의 시에 …(중략)…라고 했으니, 호탕豪宕한 풍류가 천고에 빛을 내며 시 또한 악부樂府와 흡사하다."[2]라고 하였다. 물론 여기 허균의 평은 포은의 어떤 특정한 시 몇 수에 대한 평어이지만, 『성수시화』의 앞뒤 문맥을 고려해보면 포은시의 주요한 특징으로 당풍唐風을 언급하고 있는 점은 분명해 보인다. 그렇다면 포은시의 어떠한 점이 당시풍이라는 평가를 받게 하였으며, 그리고 당시풍이라는 점은 왜 포은시를 연구하는 데에 있어서 중요한 문제인가?

이 문제에 답하기 위해서는 먼저 중국한시사에서 당시가 차지하는 위상에 대해 살펴보는 것이 필요하다. 주지하다시피 중국문학사에서 한시가 대표성을 갖는 시대는 당나라와 송나라 때이

---

2 허균, 『성수시화』. "鄭圃隱非徒理學節誼冠于一時, 其文章豪放傑出. 在北關作詩曰, '定州重九登高處, 依舊黃花照眼明, 浦溆南連宣德鎭, 峰巒北倚女眞城, 百年戰國興亡事, 萬里征夫慷慨情, 酒罷元戎扶上馬, 淺山斜日照紅旌', 音節跌宕, 有盛唐風格. 圃隱詩, '江南女兒花揷頭, 笑呼伴侶游芳洲, 蕩槳歸來日欲暮, 鴛鴦雙飛無限愁', 風流豪宕, 輝映千古, 而詩亦酷似樂府."

다. 명나라와 청나라 때에는 운문보다는 산문이, 특히 소설과 비평이 성행하던 때였다. 그래서 시를 이야기할 때는 으레 당시와 송시宋詩를 거론한다. 이는 중국문학의 영향을 받을 수밖에 없었던 한국문단에서도 그대로 적용되었다. 고려조에서는 초기에 만당晚唐의 시풍이 주를 이루다 무신란武臣亂 이후에는 당대當代 중국 문단의 영향을 받아 소동파蘇東坡·황정견黃庭堅을 모범으로 하는 송시풍이 유행하게 되었다. 이러한 시풍은 조선조에도 그대로 계승되어 가다가 조선조 중기 이후에는 소위 '삼당시인三唐詩人'들이 등장하여 당시풍의 시작법이 다시 주목받게 되었다. 특히 명나라의 '전·후칠자前·後七子'들이 주장한 소위 '문필진한文必秦漢, 시필성당詩必盛唐'의 이론이 성행하여3 당시, 그중에서도 성당盛唐을 모범으로 하는 창작 경향이 강해지게 되었다. 이처럼 중국이나 한국의 한시사에서는 시대마다, 또는 시인들마다 당시와 송시를 모범으로 하는 것이 문단의 일반적인 흐름이었다.

이는 포은이 활동하던 고려후기도 마찬가지였다. 당시풍과

---

3 주지하다시피 '文必秦漢, 詩必盛唐'의 이론은 전칠자를 대표하는 李夢陽에게서 두드러지게 나타난다. 그는 시의 경우 특히 이백·두보의 시를 이상으로 여기고 시의 격조를 중시했기 때문에 시에 대한 그의 주장을 '格調說'이라고도 부른다. 이몽양 외에도 후칠자 중에서는 李攀龍, 王世貞이 대표적이다. 조선조에서는 尹根壽, 許穆, 申欽, 崔岦 등이 대표적인 擬古論者들인데, 윤근수는 이몽양의 시만을 가려뽑아 『空同集』을 간행하였고, 또 왕세정의 문집인 『弇州山人四部稿』를 수입할 정도로 이몽양, 이반룡, 왕세정의 이론은 조선 중·후기 문단에 큰 영향을 주었다.

송시풍이 공존하던 때였고, 대부분의 시인들은 당풍唐風과 송풍宋風을 넘나들며 시를 지었다. 하지만 어떤 한 명의 시인을 평가할 때에는, 그 시인에게 보이는 두드러진 문학적 특징 및 의의를 두고 말할 수밖에 없다. 포은의 경우에는 전술한 바와 같이 그의 시에 보이는 당시풍적인 요소가 후대 많은 비평가들에게 주목받았던 것이 사실이다. 이에 본고에서는 포은시의 가장 두드러진 특징 가운데 하나인 당시풍의 경향이 어떻게 나타나고 있는지를 표현기법을 중심으로 살펴보고자 한다. 아울러 포은시의 이와 같은 경향이 동시대 다른 시인들과 어떤 영향 관계 아래 있었는지, 그리고 그들과의 유사점과 차이점은 무엇인지도 함께 고찰해 보기로 하겠다. 지금까지 포은 문학, 포은시에 대한 연구는 다양한 관점에서 많이 이뤄져 왔고, 또 그러한 작업을 통해 포은시가 갖고 있는 문학적 의의 및 우수성이 드러나게 된 것이 사실이다.[4] 본고 역시 포은 시

---

4 포은 시문학에 대한 우리 학계의 연구성과는 상당히 축적되었다. 특히 2000년대 중반 포은학회가 성립되고 난 이후에는 포은 연구에 더욱 가속도가 붙었다고 평가할 수 있다. 지금까지 학계에 보고된 포은 연구물 중 문학 분야로 국한하여 살펴보면 다음과 같다. 2007년까지의 포은 관련 문학 논문들은 하정승, 「정몽주 시에 나타난 표현양식과 미적 특질」(『포은학연구』 2집, 포은학회, 2008, 163-164쪽)에 상세히 서술되어 있으므로 여기에서는 주로 2008년 이후의 연구물들만 밝히기로 하겠다. 변종현, 「포은 한시에 나타난 수양과 성찰」, 『포은학연구』 2집, 포은학회, 2008; 하정승, 「정몽주 시에 나타난 표현양식과 미적 특질」, 『포은학연구』 2집, 포은학회, 2008; 박현규, 「하평촉사 시기 정몽주의 행적과 작품고」, 『한국한문학연구』 44집, 한국한문학회, 2009; 정일남, 「포은 정몽주 시의 초사 수용 일고」, 『한국한문학연

문학의 종합적이고 체계적인 면모를 밝히는 과정의 하나로 작성되었다. 이 같은 작업들이 축적되었을 때, 포은은 성리학의 조종이라든가 만고의 충신이라는 측면 외에 한국한시사에서 차지하는 시인으로서의 위상 또한 온당하게 자리매김될 수 있을 것이다.

구』 44집, 한국한문학회, 2009; 박영민, 「포은 정몽주 한시의 미적 특질과 그 의미」, 『한국인물사연구』 11호, 2009; 안장리, 「여말선초 사대부의 봉사시에 나타난 세계관 비교」, 『포은학연구』 3집, 포은학회, 2009; 임종욱, 「정몽주의 한시에 나타난 불교에 대한 생각과 그 의미」, 『포은학연구』 3집, 포은학회, 2009; 정일남, 「포은 정몽주 시의 의상 연구」, 『포은학연구』 3집, 포은학회, 2009; 김종서, 「포은 정몽주 시의 당풍적 성격」, 『포은학연구』 4집, 포은학회, 2009; 윤인현, 「포은 정몽주의 신미성신」, 『한문학논집』 30집, 근역한문학회, 2010; 한계호, 「정몽주 시의 역학적 해석」, 『열상고전연구』 32집, 열상고전연구회, 2010; 어강석, 「포은 정몽주의 교유와 시적 표현」, 『포은학연구』 5집, 포은학회, 2010; 엄경흠, 「칠점산 시의 양상과 정몽주의 김해 체험시」, 『포은학연구』 5집, 포은학회, 2010; 안장리, 「영호루 차운시에 대하여」, 『포은학연구』 5집, 포은학회, 2010; 신태수, 「포은시에 나타난 고향 인식과 세계 인식」, 『포은학연구』 6집, 포은학회, 2010; 김영수, 「여말의 정세와 포은의 명, 왜 사행시 연구」, 『한문학보』, 24집, 우리한문학회, 2011; 정성식, 「시문에 나타난 정포은의 세계관」, 『포은학연구』 7집, 포은학회, 2011; 하정승, 「역대 시화집에 나타난 정몽주 시에 대한 비평과 그 의미」, 『포은학연구』 7집, 포은학회, 2011; 홍순석, 「포은시에서의 '매화'의 형상」, 『포은학연구』 8집, 포은학회, 2011; 엄경흠, 「포은 정몽주의 중국 사행시에 나타난 자연현상의 의상 변화」, 『포은학연구』 9집, 포은학회, 2012; 하정승, 「정몽주 시에 나타난 죽음의 형상화와 미적 특질」, 『포은학연구』 10집, 포은학회, 2012; 박영주, 「포은 정몽주 시에 투영된 의상과 의경」, 『포은학연구』 10집, 포은학회, 2012; 홍순석, 「여말선초 봉명사신의 행적과 시」, 『포은학연구』 10집, 포은학회, 2012; 강지희, 「조선시대 통신사들의 포은 정몽주 인식」, 『포은학연구』 11집, 포은학회, 2013.

1. 고려후기 한시의 당풍唐風 수용과 전개양상

한국 한시사에서 무신란 이후의 고려후기는 매우 중요한 의미를 갖고 있다. 우선 문학사적으로 중요한 의미를 갖는 시인들이 많이 배출되었다. 가령 위로는 이규보李奎報, 이인로李仁老를 필두로 오세재吳世才, 임춘林椿 같은 죽림고회竹林高會의 시인들부터 유승단兪升旦, 진화陳澕, 최자崔滋, 이제현李齊賢, 이승휴李承休, 홍간洪侃, 안축安軸, 최해崔瀣, 민사평閔思平, 이곡李穀, 정포鄭誧, 이집李集, 이색李穡, 정추鄭樞, 정몽주鄭夢周, 김구용金九容, 이존오李存吾, 이첨李詹, 이숭인李崇仁, 정도전鄭道傳, 원천석元天錫, 길재吉再에 이르기까지 한국문학사의 한 장을 차지하는 기라성 같은 문인들이 나왔다는 점이다. 둘째는 이 같은 많은 문인들에 의해 시가 활발히 창작되면서 자연스럽게 정치적·사상적·학문적·문학적으로 비슷한 경향을 보이는 사람들끼리 유대관계를 맺고 집단적인 문학활동을 하는 움직임이 있었다는 점이다. 이러한 움직임은 본격적인 시파詩派나 문학적 동인활동同人活動으로까지 나아간 것은 아니지만, 거의 그에 준하는 단계까지는 이르렀던 것으로 필자는 파악한다. 예컨대 위에서 언급한 죽림고회는 차치하고라도 이제현을 중심으로 한 문사들의 모임,5 그리고 그보다 더 밑으로는 이색을 중

---

5 이제현이 중심이 되어 모인 문사들로는 우선 그가 과거의 知貢擧가 되어 뽑

심으로 활발하게 전개된 문학 활동6을 그 예로 들 수 있다. 여기서 언급한 이제현이나 이색의 공통점은 한 시대의 학문적 구심점 역할을 했다는 점이다. 즉 어떤 영향력 있는 인물을 중심으로 그의 제자들과 또는 후배들이 모여서 문학 활동을 했다는 특징이 있다. 또한 이들은 성격상 단순히 문학적인 모임만 가진 것이 아니고, 정치적으로도 같은 노선을 취하고 서로 도와주었던, 말하자면 정치적 운명공동체였던 셈이다.

어떤 시대에 특징적인 문풍文風이나 시풍詩風이 존재하려면 바로 이 같은 문학적 배경을 갖춰야 하는데, 고려후기는 성리학이라는 학문적 배경과 위에서 언급한 많은 문사들의 출현으로 시풍이라고 언급할 수 있는 하나의 문학적 흐름 또는 유행이 존재할

은 사람들과 직접적인 座主와 門生의 관계는 아니지만 益齋 밑에서 학문을 수학한 사람들, 그리고 제자는 아니지만 학계와 문단의 동료, 선·후배로서 모인 사람들 기타 그룹들이 있다. 이곡, 정추, 이색 등은 익재의 직접적인 제자들이고, 안축, 최해, 민사평, 정포 등은 동료 또는 선후배로서 익재와 긴밀한 교유를 나눴던 사람들이다.

6 목은 이색을 중심으로 모인 문사로는 정추, 이집, 정몽주, 김구용, 이숭인, 정도전, 길재 등을 들 수 있다. 이들 중 牧隱의 직접적인 제자는 이숭인, 정도전, 길재 등이고, 나머지 정추, 이집, 정몽주, 김구용은 학계와 문단의 선·후배 관계로 모인 사람들이다. 특히 정몽주, 김구용, 이숭인은 목은이 1367년 成均館 大司成으로 있을 때에 學官으로 참여한 것이 계기가 되어 평생토록 밀접한 교유를 맺었다. 이들은 친밀한 인간관계를 바탕으로 문학적으로도 자주 접촉을 하며 시를 수창하는 등 일종의 동인 활동을 활발하게 했다는 특징이 있다. 이에 대한 사항은 하정승, 『고려조 한시의 품격 연구』(다운샘, 2002)를 참조할 것.

수 있었다. 사실 고려후기의 당시풍은 이미 고려전기에 유행했던 만당풍을 계승한 측면이 있다. 하지만 고려전기와 달리 만당풍적인 요소에 이백李白·두보杜甫·백거이白居易·왕유王維·맹호연孟浩然 등과 같은 성당盛唐과 중당中唐의 시인들을 본받아 훨씬 더 다채로운 모습을 보이고 있다. 또한 고려전기의 당시풍이 정지상鄭知常이나 김부식金富軾 같은 특정 시인에게서 개인적으로 나타나는 현상이었다면, 고려후기의 당시풍은 전술한 바와 같이 일군一群의 시인들에게서 집단적으로 나타나고 있다는 점이 가장 큰 차이점이다.

무신란 이후에 주로 활약한 시인들 중에서 가장 먼저 당풍적 시풍을 보여준 인물은 이규보이다. 그는 전대前代의 정지상에게서 나타난 완려婉麗한 만당풍을 벗어나 웅섬雄贍·웅장雄壯한 품격品格을 가진 것으로 평가되었다.7 이 같은 이규보의 시풍은 사실 이백을 모범으로 한 그의 시작법과 관계되어 있다. 이규보는 평생 이백을 추숭하였는데, 특히 '호주好酒'·'모선慕仙'·'방광放曠'등과 같은 면에서 이백을 좋아하였고 또 그를 닮으려 노력했기 때문에 자

---

7 정지상 시의 품격에 대해서는 대체로 婉麗하고 淸新하다는 평가가 지배적이다. 예컨대 고려말의 문인 石澗 趙云仡이 정지상 시를 '완려'하다고 평한 이래 대부분의 시화집에서는 비슷한 의견을 보이고 있는데, 17세기의 문인 南龍翼은 정지상 시를 매우 높게 평가하며 聲律의 淸新함은 정지상이 고려조의 으뜸이라고 하였다. 이에 비해 이규보에 대해서는 조운흘은 雄贍하다고 하였고, 남용익은 氣力의 웅장함은 고려조 최고라고 하였다(조운흘의 평은 홍만종의 『小華詩評』을 참조하고, 남용익의 평은 『壺谷詩話』를 참조할 것).

연스레 시풍 또한 닮아갔던 것으로 보인다. 실제로 작시作詩에서
도 굉사宏肆, 굴강屈强, 표연飄然, 호방豪放 등의 시풍이 이백을 닮
아있는 것으로 평가받고 있다.8 이 시대 이규보와 비슷한 시풍을
보인 대표적인 인물로는 최자, 유승단이 있다. 최자는 이규보를
매우 존경하였고, 특히 문학적인 면에서는 이규보를 당대當代 최
고의 시인으로 평가했음을 그의 시론집 『보한집補閑集』을 통해서
확인할 수 있다. 유승단은 문장의 경우에는 육경六經과 삼사三史,
시의 경우에는 이백 · 두보 · 한유韓愈 · 유종원柳宗元을 배울 것을 주
장하였다. 다음 글을 보자.

> 문안공(유승단의 시호)이 항상 말하기를, "무릇 우리나라 사람
> 이 글을 지을 때는 고사를 인용함에 있어서 문장에는 육경六
> 經과 삼사三史이고, 시에는 『문선』, 이백, 두보, 한유, 유종원
> 등이다. 이 외에도 제가諸家의 문집이 있으나 여기에 의거해
> 서 고사를 인용해서는 마땅하지 않다."라고 하였다.9

유승단은 이규보와 동시대를 산 인물로 학문에 뛰어났으며

---

8 이규보가 이백을 추숭하고 이백 시에 영향을 받은 것에 관한 사항은 이휘교,
「12 · 3 세기 고려의 崇唐詩風」, 『동양학』 6권, 동양학연구소, 1976, 310－312
쪽을 참조할 것.

9 崔滋, 『補閑集』 권중. "文安公常言, 凡爲國朝制作, 引用古事, 於文則六經三史,
詩則文選李杜韓柳, 此外諸家文集, 不宜據引爲用."

「한림별곡翰林別曲」에 "元淳10文, 仁老詩"라는 표현처럼 문장에 매우 능했던 인물이다. 인용문의 육경은 『시경詩經』, 『서경書經』, 『역경易經』, 『예기禮記』, 『악기樂記』, 『춘추春秋』를 말한다. 삼사란 시대마다 조금씩 차이가 있기는 하지만, 일반적으로는 『사기史記』, 『한서漢書』, 『후한서後漢書』를 지칭한다. 이를 정리해보면 육경은 대체로 선진先秦의 글이고, 삼사는 양한兩漢의 글이니 통칭 선진·양한의 고문古文이 여기에 해당한다 하겠다. 시의 경우에는 예로 든 네 명 모두 성당盛唐과 중당中唐의 시인들이다. 따라서 유승단의 주장은 앞에서 언급했던 명나라 전·후칠자나 조선중기 의고론자들의 "문필진한文必秦漢, 시필성당詩必盛唐"의 주장과 같은 맥락임을 알 수 있다.11

한편 이규보와 최자가 이백·두보를 따르는 당풍적인 면모를 보이고 있는 것에 비해, 비슷한 시기 이인로와 임춘은 소동파를 본받는 것은 물론이요 황정견·진사도陳師道가 중심이 된 소위 '강서시파江西詩派'의 시법을 배우는 송풍적인 모습을 나타내고 있었다. 즉 이규보를 중심으로 한 문학 집단과 이인로가 중심이 된 죽림고회가 문학을 바라보는 시관詩觀이나 실제 작시作詩를 하는 시

---

10 '元淳'은 유승단의 초명이다.

11 이로 보면 16세기 명나라 전·후칠자의 주장이나 17세기 조선조 의고론자들의 주장보다 유승단의 주장은 400여 년 앞선 것이다. 물론 논리적 근거나 체계성은 떨어지지만, 어쨌든 이규보, 최자, 유승단 같은 13세기 고려 문인들의 고문관은 연구할 가치가 있어 보인다.

풍에 있어서도 서로 다른 경향을 보이고 있는 것이다. 이러한 사실은 이규보 당대當代의 문학사는 물론이요 그 후로 전개되는 문학사의 이해를 위해서도 매우 중요하다.[12] 이규보나 최자, 유승단과는 달리 좀 더 아름답고 유미적인 시풍을 보인 인물로 진화陳澕가 있다. 진화의 시는 '농염濃艶'하다거나 '유려流麗'하다는 평을 받았는데,[13] 이 같은 시품詩品은 모두 당풍적인 시에서 나타나는 품격이다.

이후로 14세기에 들어서 당시풍을 주도한 시인은 정포·정몽주·이숭인·김구용이다. 물론 이들보다 앞서 시의 대가들로 이제현과 이색이 있었지만, 익재나 목은의 시는 워낙 작품수도 많고, 그만큼 다양하고 다채로운 경향을 갖고 있기에 그들의 시를 한마디로 당풍이라고 규정하기에는 무리가 따른다. 설곡雪谷 정포의 시는 대체로 '섬미纖美'하다는 평가를 받은 것처럼,[14] 매우 아름답고 유려한 시풍을 지닌 것으로 판단된다. 이색은 정포의 시집 서문에서, "내가 설곡의 시를 살펴보니 맑으면서도 고통스럽지는 않고, 아름다우나 지나치지는 않으며 말의 기운이 전아典雅하고도 심원深遠하여 결코 속된 글자는 한 자도 쓰지 않았다. 그 가운데

---

12 이규보, 최자의 당풍과 이인로, 임춘의 송풍에 대한 사항은 이휘교, 앞의 논문, 319−320쪽을 참조.

13 가령 남용익의 『호곡시화』에서는 '流麗'하다고 했고, 조운흘은 '濃艶'하다고 평했다.

14 남용익의 『호곡시화』를 참조할 것.

득의得意의 작품이라고 할 시들 중에는 내가 중국에서 보았넌 재주 있는 대부大夫들의 작품들과 우열을 가리기 힘든 것들도 왕왕 눈에 띄었으며, 당나라 요합姚合이나 설거薛據 등 제공諸公의 사이에 두어도 부끄럽지 않을 것들도 있었다."15라고 하였으니, 목은은 설곡의 시가 만당풍의 시풍을 지녔음을 지적한 것이다.16 이숭인의 경우는 고려말의 시인들 중 정몽주와 더불어 가장 당풍적 색채가 짙은 시를 썼다. 그의 시는 '청신淸新'·'처완悽惋'하며 특히 우수憂愁에 찬 애상감哀傷感이 짙은 것이 한 특징이다.17 김구용은 명나라에 사신으로 갔다가 외교적 절차의 문제로 명 황제에 의해 유배 보내져 머나먼 이국땅에서 생을 마감한 것만큼이나, 그의 시 역시 고단孤單하면서도 한편으로는 매우 아름다운 당풍적 요소가 많다.18 그래서 후대 비평가들은 척약재시를 보통 '청신淸新', '아

---

15 이색, 『牧隱集』 권7, 「雪谷詩稿序」. "予觀雪谷之詩, 淸而不苦, 麗而不淫, 辭氣雅遠, 不肯道俗下一字. 就其得意, 往往與予所見中州才大夫相上下, 置之唐姚薛諸公間不愧也."

16 목은의 시평 중에 "淸而不苦"나 "麗而不淫"은 유미적인 만당풍 시의 전형을 말한 것이며, 또 설곡의 시를 姚合과 비교하였는데, 요합이 만당의 대표적인 시인임을 고려한다면 목은은 설곡의 시를 만당풍으로 보고 있는 것이다.

17 이숭인 시에 나타난 애상감과 당풍적 성격은 하정승, 「이숭인 시에 나타난 당시풍 경향과 미적 특질」(『한문학논집』 39집, 근역한문학회, 2014)을 참조할 것.

18 척약재시의 당풍적 요소에 대한 사항은 유성준, 「고려 김구용과 그 시의 浪漫隱逸的 意識 考」(『중국연구』 29권, 한국외대 중국연구소, 2002)에서 자세히 다루고 있다.

려雅麗', '청섬淸贍', '고형苦敻'등의 시품으로 비평하였다.[19] 본고에서 다루는 정몽주 역시 전술했던 바와 같이 성당의 시풍이라든가 악부체와 흡사하다는 등의 당풍적 색채의 시인으로 인식되어 왔다.[20] 이상에서 살펴본 것처럼 고려시대의 당시풍은 정지상을 중심으로 하는 유미적唯美的 만당풍에서 시작하여 무신란 이후 이규보와 최자를 중심으로 하는 성당풍盛唐風으로, 다시 고려후기의 정포·정몽주·이숭인·김구용 등의 다양화된 당시풍으로 전개되었다.

그렇다면 당시풍이라고 일반적으로 언급되는 시들의 특징은 무엇인가? 이에 대해서는 중국이나 한국의 학계에 이미 많은 선행 연구들이 있기에 따로 자세히 서술하지는 않겠지만, 간단히 정리해보면 다음과 같이 말해 볼 수 있다.

1) 당시는 시인의 감정이 중시되기에 주정적主情的인 성격이 강하다.
2) 함축을 통한 유원함을 추구하기 때문에 시상詩想이 상징적이며 깊은 여운이 있다.

---

19 척약재시에 나타난 淸新, 雅麗, 淸贍, 苦敻 등의 품격에 대한 사항은 하정승, 『고려조 한시의 품격 연구』, 다운샘, 2002, 223−250쪽을 참조할 것.
20 정몽주 시에 나타난 당시풍 성격에 대한 전반적인 논의는 김종서, 「포은 정몽주 시의 당풍적 성격」(『포은학연구』 4집, 포은학회, 2009)에서 다뤄져 있어 참고가 된다.

3) 당시의 표현 기법은 주로 묘사를 통하여 시상을 그려낸다. 따라서 비比와 흥興에 기탁하여 흥취를 그려내는 경우가 많다.

4) 정情과 경景이 융화된 경계, 즉 '정경교융情景交融'의 수법이 많이 나타난다.

5) 시의 구성에서도 시구詩句 사이의 어의語意를 생략하고 함축하고 굴신屈伸시켜 시어의 심기心氣를 조절한다.

6) 심상적心象的이며 상징적 요소가 많아 상상력을 통한 시적 정감의 내적 확충을 기한다.

7) 성률聲律, 또는 음률적音律的 요소가 많아 음악성이 뛰어나고 악부체樂府體 시가 많다.

8) 시가 회화적繪畵的이며 이른바 '시중유화詩中有畵'라고 할 수 있는 작품들이 많다.

9) 쉽고 평범한 시어를 즐겨 쓴다.

10) 가능한 전고典故의 활용을 자제한다.

11) 송시宋詩가 동사를 즐겨 사용하는 것에 비해 당시는 명사를 즐겨 사용한다.

12) 송시가 대상과의 거리를 유지하며 대상을 객체화시키는 것에 비해서 당시는 시적 자아가 대상에 몰입되어 있는 경우가 많다.[21]

---

21 이상 1)에서 12)까지 당시의 특징적 사항에 대해서는 김종서, 앞의 논문,

이상의 논의를 정리하면 당시는 시인의 사상이나 사물의 이치보다는 감정이 중시되어 시인의 감수성에 의지하여 창작되는 경우가 많으며, 묘사가 중심이기에 회화성이 강하고, 상징적이고 함축적인 시어를 통한 시상의 전개가 이뤄진다. 또한 음악성이 높아 시에 리듬감이 있고 따라서 악부체 시가 많으며, 시어의 품사는 명사를 즐겨 쓰고, 시적 자아가 시적 대상에 몰입이 되는 경우가 많다는 것 등이다. 그럼 이제 이상과 같은 당시에 대한 일반적인 특징들이 포은시에서는 어떻게 구현되는지 살펴보기로 하자.

2. 포은시에 나타난 당풍적唐風的 면모와 표현기법

『포은집』에 전하는 시들은 대체로 당풍적唐風的인 시와 송풍적宋風的인 시로 나눠볼 수 있다.[22] 하지만 아무래도 문학성이 풍부하고 감성이라는 시의 본연에 더 충실한 면모는 당풍적인 시에

---

139 − 141쪽과 변종현, 「唐 · 宋詩가 고려조 한시에 미친 영향」, 『동방한문학』 27집, 동방한문학회, 2004, 41쪽 및 전송열, 『조선조 초기학당의 변모 양상 연구』, 연세대대학원 박사학위논문, 2000, 20 − 22쪽을 참조하여 정리한 것임을 밝힌다.

22 당풍적인 시는 본고에서 다루고 있고, 송풍적인 시는 가령, 성리학적 사유 체계를 읊은 시들을 그 예로 들 수 있다. 포은시의 송풍적인 면모에 대한 사항은 하정승, 「정몽주 문학에 나타난 성리학적 사유체계와 그 실천 양상」 (『한문학보』 13집, 우리한문학회, 2005)을 참조할 것.

서 훨씬 더 많이 나타나는 것이 사실이다. 이런 관점에서 보자면 포은시의 문학적 매력과 재미는 당풍적 면모에 있다고 할 수 있겠다. 그래서 허균이나 홍만종 등 조선조의 비평가들은 포은시의 매력을 당풍적인 요소에 두고 시를 비평하였다. 당풍적인 면모를 갖고 있는 포은시는 그 내용상 다음 몇 가지로 나눠볼 수 있다.

우선 인생의 절망적 상처와 아픔을 노래한 애수哀愁에 찬 시이다. 이런 종류의 시들에서 나타나는 비감悲感은 당시풍 시의 중요한 특징 중 하나인 애상감哀傷感 또는 비개감悲慨感과 연관된 미학적 특징을 보여준다. 중국 당나라의 시인으로 예를 들면 이상은李商隱의 만당풍에 비할 수 있겠다. 두 번째로는 앞에서 전술한 바처럼 당시의 가장 큰 특징인 시각적이고 청각적인 감각을 사용하여 시인의 섬세한 감정을 다룬 시들이다. 이런 종류의 시들은 감각미를 극대화시키고 있다는 점에 그 문학적 매력이 있다. 세 번째로 변방邊方과 전장戰場의 고즈넉함과 쓸쓸함을 다룬 변새시邊塞詩이다. 당시로 보면 고적高適이나 잠삼岑參과 같은 소위 '변새시파邊塞詩派' 시인들에게서 보이는 시풍이다. 이러한 종류의 시에서는 새외塞外의 쓸쓸함과 애수哀愁가 나타남과 아울러 호방豪放하고 호창豪暢한 품격의 낭만적 기풍의 시들도 보인다. 네 번째로는 여인의 아름다움을 제재로 하여 읊은 시이다. 염정적인 시를 즐겨 쓴 만당의 한악韓偓과 같은 풍의 시라고 할 수 있겠다. 마지막 다섯째로는 음악성을 강조한 악부체樂府體 시인데, 악부체는 당시의 중요한 장르 가운데 하나이지만, 다만 포은시에서는 작품 수가 그리

많지는 않다. 그럼 먼저 애상감과 비개감이 주된 정조인 시들부터 살펴보기로 하자.

(1) 애상감哀傷感과 비개미悲慨美의 시화詩化

애상감과 비개미는 당시, 특히 만당시에서 보이는 주요한 특징이다.[23] 시에 있어서 애상감이란 현대예술비평에서는 보통 '페이소스(Pathos)'라고 불리는데,[24] 작품을 읽는 독자에게 연민, 동정, 슬픔 따위의 감정을 느끼게 하는 것을 일컫는다.[25] 비개미는 만당의 저명한 시인이자 이론가인 사공도司空圖의 「이십사시품二十四詩品」의 제19번째 시품으로, 애원哀怨하고 애상哀傷한 시에서 나오는 미감이다.[26] 현대예술비평에서는 보통 '비장미悲壯美'또는 '비

---

23 만당의 대표적인 시인인 李商隱의 경우 綺麗하고 精麗한 표현, 精緻한 구성과 함께 상실과 상처로 인한 깊은 슬픔, 즉 애상감이 그의 시의 기반을 이루고 있다. 이상은 뿐만 아니라 杜牧, 溫庭筠, 司空圖등 만당의 대표적인 다른 시인들도 이와 비슷한 경향을 보여주고 있다. 애상감, 비개미 등 만당시의 전반적인 현상에 대한 것은 유성준, 『중국 만당시론』(푸른사상, 2003)을 참조할 것.

24 '페이소스'는 다른 말로 '파토스'라고도 하는데, 페이소스는 영어식 표기이고 파토스는 그리스어 표기이다.

25 페이소스의 문학적 의미와 효용에 대해서는 『문학비평용어사전』(한국문학평론가협회, 국학자료원, 2006)을 참조할 것.

26 詩品으로서의 비개미에 대해서는 하정승, 『고려조 한시의 품격 연구』, 다운샘, 2002, 186-187쪽을 참조할 것.

극미悲劇美'로 불린다. 정몽주의 시에는 이 같은 애상감과 비개미가 여러 작품에서 보이는바, 이는 포은시의 주된 정서이자 포은시를 이해하기 위한 단서가 된다. 더구나 애상감과 비개미가 시화詩化된 작품들은 대체로 당풍적 성격을 띠며, 시적 표현기법이 뛰어나고 문학성이 높은 것이 특징이다. 다음 작품을 보자.

4월 14일에 회음수역에서 배에 오르며

봄을 보내며 말 타느라 고달프다가	經春困鞍馬
오늘은 기쁘게도 배에 오른다	今日喜登舟
평안히 누울 자리가 있는 데다가	旣有床褥穩
풍랑의 걱정마저 없어졌구나	又無風浪憂
버들 우거진 역마을엔 옅은 안개가 끼고	淡烟橫柳驛
가랑비는 꽃다운 모래톱을 적셔준다	細雨濕芳洲
저물녘에 울리는 뱃노래 소리에	向晚棹歌發
천리길의 시름이 갑자기 일어난다	忽生千里愁27

---

27 정몽주, 『포은집』 권1, 「四月十四日淮陰水驛登舟」. 본고에서 이용한 『포은집』 저본은 포은학회에서 발간한 『국역 포은선생집』(한국문화사 간행, 2007)의 권말에 수록된 영인본을 시용하였고, 인용하는 한시의 번역 또한 기본적으로는 『국역 포은선생집』을 참조했으나 경우에 따라서는 필자가 시의 번역을 수정하여 보완했음을 밝힌다.

인용시는 포은이 중국 사행 도중에 쓴 사행시使行詩이다. 시제詩題의 회음수역은 현재 중국 강소성江蘇省 북부의 회안시淮安市에 있는 역 이름이다. 이곳은 한漢나라 한신韓信의 고향으로 그가 '회음후淮陰侯'로 봉해졌던 곳이기도 하다. 뿐만 아니라 『서유기西遊記』의 작가 오승은吳承恩과 주은래周恩來의 고향이기도 한 유서 깊은 곳이다. 고려시대의 대 중국 사행로는 시기에 따라 몇 가지가 있는데, 정몽주는 개경을 출발, 평안도 의주를 거쳐 요양遼陽을 지나 요동반도 여순旅順에서 배를 타고 산동반도 등주登州[지금의 산동성 봉래시蓬萊市]에 상륙하여 남경南京으로 들어가는 여정旅程이었다.[28] 위의 인용시는 산동반도에 상륙하여 육로를 통해 남경으로 가는 과정 중 강소성의 회음淮陰을 지나며 쓴 것이다. 포은이 중국에 사행을 떠난 것은 모두 6차례인데, 실제로 입국을 하여 사행의 임무를 완수하고 돌아온 것은 그중 3차례였다.[29] 떠난 날짜를 고려해

---

28 고려초기에 北宋으로 사행 시에는 개경을 출발, 예성강 하구 碧瀾渡에서 배를 타고 산동반도 등주에 상륙하여 육로를 통해 開封으로 들어가는 것이 일반적이었다. 이후 南宋시절에는 개경을 출발, 벽란도에서 배를 타고 한국의 남서 해안을 지나 중국 절강성의 明州[현재의 寧波]에 상륙하여 육로를 통해 남송의 수도 臨安[杭州]까지 들어가는 루트가 즐겨 이용되었다. 그 후 명나라가 개국하여 金陵[지금의 南京]에 도읍을 한 고려말 조선초에는 위의 요양을 거쳐 여순에서 배를 타고 등주로 상륙하여 육로로 들어가는 루트가 이용되었다. 이상의 고려시대 대 중국 사행 루트에 대한 사항은 나종우, 「5대 및 송과의 관계」, 『한국사』 15권, 국사편찬위원회 간행, 2003, 294-296쪽 및 박원호, 「조선초기의 대외관계-명과의 관계」, 『한국사』 22권, 국사편찬위원회 간행, 2003, 298-302쪽을 참조할 것.

볼 때, 4월 14일에 쓴 인용시의 사행은 1386년 2월에 출발한 사행이 유력해 보인다.

1－2구에서는 사행을 떠나 말을 타고 돌아다녀야 하는 고통을 서술하고 있다. 이곳저곳을 다니다 보니 어느새 봄이 다 가고 있다. 그래도 다행인 것은 오늘의 행차는 배를 타고 가는 여정이라는 점이다. 배는 말보다 훨씬 편했을 것이다. 왜냐하면 "평안히 누울 자리가 있기" 때문이다. 시의 후반부인 경련과 미련은 배를 타고 가는 도중에 목격한 아름다운 봄 경치이자 그 경치로 인한 수심愁心이다. 이른바 '선경후정先景後情'인데, 전형적인 당시의 기법이다. 역마을엔 버들이 우거져 있고, 엷은 저녁안개가 가득하다. 때마침 보슬비가 내려 온 대지를 적셔준다. 마을의 전경이 그림처럼 아름답다. 이 시를 읽고 있으면 독자는 자기도 모르게 어느덧 동양화의 화폭 속에 들어와 있음을 깨닫게 된다.

5－6구가 '선경후정'의 '경'이라면, 7－8구는 '정'이 된다. 저물 무렵 어디선가 뱃노래 소리[棹歌]가 들려온다. 예부터 어부가 부르는 뱃노래, 일명 '어부가漁父歌'는 서정의 노래로 유명한데, 우리나라의 경우 조선중기의 문신 농암聾巖 이현보李賢輔의 어부가가 가장 알려져 있다. 위의 인용시처럼 한시의 중간에 뱃노래가 나오는 것은 워낙 많아서 일일이 헤아리기 힘들 정도지만, 대체로 이러한 시의 의경意境은 한가로움과 고즈넉함, 때로는 외로움과 쓸

---

29 본서 50쪽 각주 67 참조.

쓸함, 그리고 수심에 찬 경우가 많다.30 위의 시에서도 역시 저녁의 뱃노래 소리에 시인의 마음은 갑자기 울적하고 쓸쓸하며 시름겨워진다. 하지만 곰곰이 생각해보면 시인을 수심에 차게 만든 근본적인 이유는 뱃노래 소리가 아닌 끝없이 이어지는 멀고 험한 여정 때문이었음을 알 수 있다. 또 한 가지 주목해야 할 점은 인용시에 쓰인 "옅은 안개[淡烟]", "가랑비[細雨]", "저물녘[向晚]", "뱃노래 소리[棹歌]"는 모두 마지막 8구의 "천리길의 시름[千里愁]"을 말하기 위한 보조장치이자 상호보완적 장치라는 점이다.31 이 같은 소위 '정경교융情景交融'의 수법은 당시의 가장 큰 특징이기도 하다. 다음 시에서도 여정으로 인한 근심과 애상감은 그대로 드러난다.

---

30 가령 당나라 시인 柳宗元의 유명한 고시 「漁翁」의 "漁翁夜傍西巖宿, 曉汲清湘然楚竹, 煙銷日出不見人, 欸乃一聲山水綠, 廻看天際下中流, 巖上無心雲相逐."에 나오는 "어영차[欸乃]"하는 어부의 노랫소리는 당시에 등장하는 어부가 중 가장 유명한 노래일 것이다. 유종원의 이 시 또한 한가로움과 고독감이 잘 드러나 있다.

31 예컨대 옅은 안개나 가랑비, 저물녘, 뱃노래 소리는 모두 시인을 수심에 차게 만드는 전제 장치이면서도 동시에 이미 수심에 차있는 시인에게는 평범한 안개나 가랑비도 의미를 갖는 존재로 바뀔 수 있다는 점에서 시인과 경물 사이의 관계는 상호보완적이 된다.

여순역에서 비에 막혀

바닷바람 비를 뿌려 찬기운 솔솔	海風吹雨冷颼颼
오월달 요동의 날씨 가을 같구나	五月遼東也似秋
여기부터 앞길이 아직도 먼데	此去前程尚迢遞
어떻게 며칠 동안 홀로 머물까	那堪數日獨淹留
외로운 등불 깜박이며 고깃배에 나뉘어 있고	孤燈明滅分漁艇
처량한 뿔피리 소리 수루에서 일어나네	畫角悲凉起戍樓
내일 아침 개인 경색 본다 하여도	縱向明朝看霽色
진흙탕 길에 말이 지칠까 근심되네	馬疲泥滑使人愁32

위의 시는 산동으로 배를 타고 가기 위해 여순에 도착해 있는 장면이다. 제2구에서 "오월달 요동의 날씨"라고 한 것을 보아 계절은 음력으로 5월인 여름임을 알 수 있다. 발해만渤海灣에서 불어오는 차가운 바닷바람은 연일 비를 뿌려댔다. 그래서 계절은 여름인데도 날씨는 가을과 같다. 3-4구는 앞날에 대한 불안과 걱정이다. "앞길이 아직도 먼데" 비에 막혀 가지 못하고 있다. 시인은 며칠 동안 홀로 머물 생각에 걱정이 앞선다. 5-6구는 시인의 앞날에 대한 걱정과 불안감, 그리고 외로움이 경물 묘사를 통해

---

32 정몽주, 『포은집』 권1, 「旅順驛阻雨」.

잘 그려져 있다. 고깃배에는 저녁의 어두움을 비추는 등불이 저마다 깜박이고 있고, 수루戍樓에서는 누군가 불어대는 뿔피리[畫角] 소리가 들려온다. 여기서 주목해야 할 표현은 "깜박이다[明滅]"라는 말과 "처량한悲凉"이라는 수식어이다. 어두운 밤에 등불은 생명과 같은 존재이다. 그런데 시인은 그 등불의 빛이 계속해서 빛난다라고 해도 될 것을, 깜박인다라고 하고 있다. 깜박인다에 해당하는 본문의 시어는 "明滅"이다. 명멸은 말 그대로 켜졌다 꺼졌다를 반복한다는 의미이다. 왜 이같이 표현했을까? 이 말은 시인의 심적 상태를 암묵적으로 드러내고 있는 것이라 해석할 수 있다. 어둠을 몰아내주는 유일한 희망인 등불은 계속해서 켜 있지 않고 그야말로 켜지고 꺼지기를 반복한다. 사행의 여정 또한 어느 날은 희망적이다가 또 어느 날은 절망적인 순간이 찾아온다. 이 시를 쓰고 있는 당시當時는 비에 막혀 기약없이 머물고 있기에 절망적이라 말 할 수 있다. 또한 6구의 뿔피리에 대한 수식어인 "처량한"이라는 말도 이 같은 시인의 절망적 상태를 표현하는 것이라 볼 수 있다.

이처럼 경물묘사 속에 시인의 감정을 융합하는 수법은 전술한 바 '정경교융'으로 당시唐詩의 전형적인 수법 가운데 하나이다. 한 번 걱정이 밀려드니 그 수심은 쉽게 없어지지 않고 오히려 꼬리에 꼬리를 물고 더욱 커져만 간다. 마지막 7-8구는 혹시 내일 아침 운이 좋게 날이 개인다 해도 비에 젖어버린 진흙탕 길을 갈 것이 걱정이 된다는 말이다. 이와 같이 시인의 심적 상태는 온갖 근심과 걱정, 수심과 두려움에 가득차 있다. 3구의 "먼데", 5구의 "외로운 등불", "깜박이며", 6구의 "처량한", 8구의 "진흙탕 길", "근심되네"는 모두 이 같은 시인의 상태를 반영하고 있는 시어들이다. 인용시는 암담하고 암울한 시인의 심리와 경물의 묘사를 통해 이 같은 심리를 드러내는 수법이라는 면에서 당시적 면모가 드러나 있다고 할 수 있겠다.

석교포에서 도포사에게

정원의 접시꽃 해를 향해 붉은 꽃망울 터뜨리고   園葵向日紅房析

마당의 나무는 바람 안고 푸른 가지 흔드네   庭樹含風翠蓋搖

백발의 늙은 포병은 아무 할일 없어서   白髮鋪兵無一事

녹음 지고 해 긴 날에 혼자서 소요하네   綠陰長日獨逍遙33

위의 시는 중국 산동성 석교포石橋鋪에서 지은 것인데, 석교포는 아마도 지금의 산동성 청도靑島 인근 지역으로 보인다.34 시제에 있는 포사鋪司란 옛날 중국에서 각 고을에 두었던 문서의 체송遞送에 관한 일을 맡아보게 한 벼슬을 가리키니, 도포사는 도씨 성

---

33 정몽주, 『포은집』 권1, 「石橋鋪示陶鋪司」.

34 『포은집』에서 인용한 시의 앞뒤로 있는 지역이 '卽墨縣'과 '田橫島'인데, 즉 묵현은 청도시 바로 위에 있는 지금의 卽墨市이고, 전횡도는 청도시 앞바다에 있는 섬이므로 석교포 역시 청도 근처의 지역으로 보아야 할 것이다.

을 가진 포사를 말한다. 시인은 지금 석교포의 어느 집에 머물러 있다. 1−2구는 정원에 있는 나무와 꽃에 대한 묘사이다. 정원에 심겨 있는 접시꽃은 붉은 꽃망울을 활짝 핀 채 해를 향하고 있고, 마당의 나무는 바람을 맞아 푸르른 가지를 계속 흔들어댄다. 3−4구는 정원 속을 홀로 거니는 포병鋪兵에 대한 묘사이다. 3구의 "백발의 늙은 포병"은 일차적으로는 도포사를 말하는 것이다. 시골 마을의 포사에겐 별로 할 일이 없었던 것 같다. 그래서 한평생 포사로 늙어버린 도포사는 오늘도 할 일 없이 녹음이 잔뜩 우거진 어느 여름날에 정원을 홀로 거닐고 있다.

그런데 시를 여러 차례 읽어보면 3−4구의 "늙은 포병"은 반드시 도포사만을 지칭하는 것이 아니라는 느낌을 받게 된다. 이는 도포사가 정원을 거닐고 있을 때, 시인은 무엇을 하고 있었는지를 생각해 보면 알 수 있다. 시인도 도포사와 함께 정원을 거닐고 있었든지, 아니면 최소한 정원을 거닐고 있는 도포사를 옆에서 계속 지켜보고 있었을 것이다. 그렇다면 "늙은 포병"은 도포사를 가리키는 말이기도 하지만, 동시에 시인 자신을 지칭하는 말로 보아야 한다. 이 같은 각도에서 다시 시를 읽으면, 인용시는 매우 고즈넉하고 한가로운 가운데에서도 무엇인가 말로 다할 수 없는 애잔한 우수憂愁와 슬픔 같은 것이 느껴진다.[35] 이 같은 우수의 정서와

---

35 이 시에 나타나 있는 한가로운 맛을 한시 품격에서는 일반적으로 '閑適'이라고 부른다. 한적은 다른 말로 '閑美淸適'이라고도 하는데, 16세기의 학자 栗

애상감은 사실 "백발", "늙은", "혼자서", "소요하네" 등과 같은 시어를 통해 독자들에게 매우 효과적으로 전달되고 있다.[36] 인용시는 전체적으로 사경寫景으로만 구성되어 있고, 그 어디에도 시인 자신이 개입되어 있거나 혹은 시인의 감정이 직접적으로 노출되어 있지 않다. 하지만 그 사경 속에는 이처럼 시인의 감정이 녹아 있는 것이다. 바로 이 같은 고도의 시적 기법이 후대 비평가들로 부터 포은시가 뛰어나다는 평가를 받게 된 주된 이유이고, 또 포은시가 갖고 있는 당풍적 면모의 핵심이기도 한 것이다. 다음 시에서도 시인의 애상감과 비개미는 잘 드러나 있다.

윤주를 바라보며

침울한 마음을 위로해 보려고	欲以慰幽抱
하늘가에 이 걸음을 마련하였네	天涯作此行

---

36 谷 李珥는 그의 시선집 『精言妙選』에서 이와 같은 부류의 시들을 모아서 '한미청적'이라고 부르고 있다. 율곡의 『정언묘선』과 그 품격에 대한 사항은 이민홍, 『조선조 시가의 이념과 미의식』(성균관대 출판부, 2000)을 참조할 것. 위의 인용시 외에도 『포은집』에는 고요하고 한적한 분위기 속에서 시인 홀로 소요하는 시가 더 보인다. 가령, 「重登明遠樓」(『포은집』 권2)라는 시에서는 "판상에 남긴 이름 아직도 또렷하고/ 누 앞에 흐르는 물 또한 유유한데/ 이 몸은 거듭하여 어려운 일 당하여/ 혼자서 모래톱의 갈매기와 다시 노네(板上留名今的的, 樓前流水亦悠悠, 此生重面固難事, 獨伴沙鷗又再遊)"라고 하여 한가로움 속에서 홀로 소요하는 시인의 고독과 애상감을 잘 드러내고 있다.

넓은 바다 위에선 시를 읊고	哦詩浮海闊
맑은 강물 길어다 차를 다리네	煮茗汲江清
냇물은 금산사를 둘러 흐르고	水遶金山寺
꽃나무는 철옹성을 감추었구나	花藏鐵甕城
잇달아 보이는 것 그림 같아서	相望似圖畫
너 때문에 가는 길 멈추었도다	爲汝駐歸程**37**

이 시는 중국 강소성江蘇省 진강현鎭江縣에 속해 있던 윤주潤州를 향해 가며 쓴 것이다. 진강은 남경 바로 옆에 위치한 도시이므로 최종 목적지인 남경이 얼마 남지 않은 시점에 쓴 시이다. 목적지는 다 와 가지만, 시인의 마음은 편치 않다. 마음이 편치 않은 정확한 이유가 인용한 시에는 나타나 있지 않지만, 『포은집』에 인용시의 앞뒤로 배열된 다른 시들로 보아 사행길의 험난함과 사행의 임무에 대한 막중한 책임감, 오랜 여행으로 인한 가족에 대한 그리움, 여행의 외로움, 육체적·정신적 피로 등 여러 가지 요소가 겹쳐진 복합적인 원인이었다고 판단된다. 어쨌든 지금 시인의 마음은 침울하다. 그 침울한 마음을 달래는 방법은 시를 읊조리거나 맛있는 차를 달여 먹는 것 외엔 별다른 수가 없다. 5구의 금산사金山寺는 진강 서북쪽에 있는 절로 예부터 강남의 명승지로 유명한 곳이다. 6구의 철옹성鐵甕城은 진강을 둘러싸고 있는 성으

---

37 정몽주, 『포은집』 권1, 「望潤州」.

로 삼국시대 오나라의 손권孫權이 만든 것으로 널리 알려져 있다. 금산사와 철옹성 모두 강소성의 절경絶景으로 시인은 아름다운 경치를 보며 침울한 마음을 해소하고자 한다. 7-8구의 "잇달아 보이는 것 그림 같아서/너 때문에 가는 길 멈추었도다"라는 말은 이를 표현한 것이다. 경치가 너무나 그림 같아서 일부러 멈추어서서 바라다본다. 이쯤 되면 경치를 바라보는 것이 아니라 그 경치 속에 들어가 있는 것이다. 이 같은 물아일체物我一體의 경지는 여행객의 침울한 마음과 쓸쓸함을 없애주는, 아니 다 없애주지는 못하더라도 적어도 완화시켜주는 유일한 방법이었다. 하지만 역설적으로 아름다운 경치에 대한 강조는 그만큼 지금 시인의 정서가 우수에 차 있음을 반증하는 것이기도 하다. 시인이 느끼는 애상감과 비감悲感은 이미 깊을 대로 깊어서 치유하기가 힘든 상황이었는지도 모르겠다.

(2) 섬세한 감성과 감각미感覺美의 발현

포은시가 지니고 있는 당풍적 면모의 또 다른 점은 섬세한 감수성과 이를 시를 통해 극대화시킨 감각미이다. 사실 이러한 감각미는 당시가 갖고 있는 가장 큰 특징이기도 하다. 특히 이러한 종류의 시들 가운데에는 시각적이고 청각적인 감각을 사용하여 시인의 섬세한 감정을 다룬 시들이 많다. 다음에 살펴볼 시도 그 가운데 하나이다.

두 번째 이 절에 가서

돌을 두른 시냇물은 푸른빛이 머물고	溪流遶石綠徘徊
지팡이 짚고 시내 따라 골짜기에 들어간다	策杖沿溪入洞來
문 닫힌 옛 절에 스님은 보이지 않고	古寺閉門僧不見
지는 꽃만 눈처럼 연못가의 대 위에 덮여 있구나	落花如雪覆池臺**38**

　위의 시는 포은이 일본으로 사행을 갔을 때 관음사觀音寺를 방문하고 지은 것이다. 관음사는 규슈九州의 태재부太宰府에 있는 질로 지금은 관세음사觀世音寺로 불린다. 포은은 1377년(우왕 3) 9월에 일본으로 사행을 가서 그 이듬해인 1378년 7월에 귀국하였다. 관음사와 관련된 시는 현재 두 수가 남아 있는데, 위의 인용시는 두 번째 방문했을 때 쓴 것이다. 시의 내용으로 보아 1378년 봄이 끝나가는 어느 날 포은은 관음사를 찾은 것 같다. 푸르른 시냇물을 따라서 지팡이를 짚고 골짜기 속으로 들어간다. 막상 절에 도착해보니 문은 닫혀 있고 스님은 보이지 않는다. 마침 봄날이라 눈처럼 하얀 꽃들이 바람에 날려 연못가 대臺 위에 덮여 있다. 이 시를 읽을 때 눈여겨봐야 할 몇 가지 사항이 있다. 먼저 색깔이다. 1구의 "푸른빛", 4구의 "눈처럼"에 드러난 바와 같이 전체적

---

38 정몽주, 『포은집』 권1, 「再遊是寺」.

으로 푸른색과 흰색이 두드러진다. 둘째로 소리이다. 1구의 돌을 둘러서 흘러가는 시냇물 소리, 2구의 지팡이 짚는 소리는 독자의 청각을 자극한다. 재미있는 점은 이러한 소리에도 불구하고 전체적인 시의 의상意象은 매우 조용하고 고요하다는 것이다. 다시 말해 이 시 전체를 하나의 그림 작품으로 보았을 때, 시냇물 소리와 지팡이 짚는 소리는 각각의 개별적 소리로 따로 존재하는 것이 아니라, 전체적인 그림과 조화를 이루는 풍경화의 한 요소로 작용하고 있는 것이다. 사실은 그렇기 때문에 그 소리가 더욱 크게 들릴 수 있고, 단순한 소음이 아닌 의미있는 소리가 될 수 있는 것이다. 이와 같이 감각적인 이미지를 통해 시적 효과를 극대화시키는 것은 포은시의 당풍적 요소 중 빼놓을 수 없는 시적 기법이다.

승방의 일본 스님 영무에게

바다 건너 동쪽으로 고향을 바라보며	故園東望隔滄波
봄이 끝나갈 때 높은 집에서 홀로 결가했네	春盡高齋獨結跏
한낮에 남풍 부니 문이 절로 열리고	日午南風自開戶
꽃잎이 날아 와서 가사 위에 붙는다	飛來花片點袈裟39

위의 시는 일본 승려 영무永茂에게 준 것인데, 칠언절구 형식

---

39 정몽주, 『포은집』 권2, 「贈岊房日本僧永茂 二絶」.

으로 된 두 수 중 그 두 번째 작품이다. 시의 내용으로 보아 영무는 우리나라에 와서 수행 중인 것으로 보인다. 1구는 동해안 어디쯤에선가 바다 건너 일본을 바라보며 좌선坐禪하고 있는 영무의 모습이다. 그런데 계절이 마침 봄의 끝자락이라, 한낮에 불어오는 바람에 승방僧房의 문이 열리고 꽃잎 하나가 날아와 참선 중인 영무의 옷 위에 달라붙는다. 시의 내용은 매우 단순하여 무슨 특별한 의미가 있거나 심오한 사상이 담겨 있는 것은 아니다. 마치 한 장의 스냅사진처럼 순간적인 찰나의 장면을 담고 있을 뿐이다. 하지만 이것은 매우 의도적인 것이다. 시인은 처음부터 하나의 장면을 그릴 목적을 가지고 시를 썼기 때문이다. 이러한 찰나적인 장년은 낭시에서 흔히 접할 수 있다. 가령 왕유의 유명한 「녹채鹿柴」를 보자. "빈산에 사람 보이지 않고/ 다만 말소리만 들려온다/ 저녁의 햇빛은 깊은 숲속으로 들어와/ 다시 푸른 이끼를 비춰준다."[40] 왕유의 시 역시 위의 포은시와 별반 다르지 않다. 아무도 보이지 않는 빈산, 숲속을 비추는 저녁의 햇빛, 푸른 이끼 등 저물녘의 숲속을 찍은 스냅사진과 같다. 그런데 이 시가 당나라를 대표하는 명시로 꼽히는 것은 무엇 때문인가?

이 문제에 답하려면 시란 무엇이고, 어떤 시가 좋은 시인가라는 근본적인 질문을 다시 해야 한다. 이 문제가 본고의 주제는 아니기 때문에 여기에서 상술할 수는 없지만, 간단히 답해 보자면,

---

[40] 시의 원문은 다음과 같다. "空山不見人, 但聞人語響, 返景入深林, 復照靑苔上."

필자의 견해로는 시는 매우 다양한 모습을 갖고 있어서 다양한 경향이 공존한다는 것이다. 따라서 반드시 어떤 심오한 사상과 철학을 내포해야만 좋은 시가 되는 것은 아니다. 무거운 주제를 지닌 시도 있고, 마치 스케치하거나 스냅사진을 찍듯이 가벼운 주제를 다루고 있는 시들도 있다. 중요한 것은 시인이 원래 의도한 대로 시적 형상화가 잘 이뤄졌느냐이다. 예컨대 위의 왕유의 시는 저물 무렵 시인이 느끼는 감수성을 저녁 햇빛과 푸른 이끼라는 자연물을 통해 극적으로 표출해내고 있다는 점에서 매우 성공적인 명시가 된다. 이와 같은 좋은 시에 대한 정의는 한시를 포함한 모든 시에도 적용할 수 있겠지만, 특히 당시唐詩에는 이러한 다양한 경향이 더욱 두드러지게 나타나고 있다. 위에서 인용한 포은시도 이같은 관점에서 보면 순간의 감각을 잘 살려낸 명시라고 해도 좋을 것이다. 특히나 3-4구의 한낮에 부는 바람에 승방의 문이 저절로 열리고, 어디선가 날아온 꽃잎이 참선하는 승려의 가사에 내려 앉는다는 표현과 이미지는 왕유의 작품과 비교해도 전혀 손색이 없는 뛰어난 당풍唐風의 시라고 생각된다. 다음 시에서는 시인의 감수성이 절정에 달해 있다.

늦봄

가을바람 불고 나니 또다시 봄바람	秋風過了又春風
한평생 세월이 한바탕 꿈이구나	百歲光陰一夢中
슬프도다 간밤에 처마 밑에 내린 비에	惆悵簷前夜來雨
성안 가득히 붉은 꽃 수없이 떨어졌네	滿城多少落花紅[41]

이 시의 주제는 봄이 지는 것에 대한 안타까움이다. 예부터 봄날의 애수와 또 떠나가는 봄을 노래한 시는 너무도 많았다. 그만큼 봄은 시인에겐 상심의 계절이자 동시에 노래하기 좋은 계절이다. 위의 인용시 역시 마찬가지이다. 가을바람이 불어오는가 싶더니 어느덧 봄이다. 1구에서 주목할 표현은 "또[又]"다. 가을에서 봄으로, 봄에서 가을로의 빠른 계절의 변화가 시인에게는 처음이 아닌 것이다. 이미 이 같은 계절 앓이를 여러 번 겪어왔지만, 이번 봄에도 속수무책으로 봄앓이를 하고 있다. 그래서 시인은 2구에서 "한평생의 세월이 한 바탕의 꿈이로다"라고 자탄한다. 계절이 바뀔 때마다 몇 번 앓고 나니, 인생이 어느덧 한바탕 꿈을 꾼 것처럼 다 지나가 버렸다. 그것은 마치 봄이 온 것을 채 느낄 새도 없이 꽃이 다 져버리는 것과 닮아 있다. 그러므로 시인에겐,

---

41 정몽주, 『포은집』 권2, 「暮春」.

늦봄에 봄날이 가는 것을 아파하는 것은 인생이 다 흘러가버린 것을 슬퍼하는 것과도 같은 의미이다. 3−4구에서 간밤에 내린 비에 떨어졌을 꽃을 근심하고 서글퍼하는 것도 이와 같은 맥락이다.

　특히 3−4구는 시인의 감수성이 절정에 달했음을 보여준다. 지난밤 내린 비에 길이 막힐까, 또는 논밭에 심어 놓은 작물이 피해가 없을까 등을 걱정한다면 이는 지극히 평범한 걱정이 된다. 하지만 시인은 일반인과는 다르다. 그는 밤새 내린 비에 떨어진 꽃을 걱정하고 있다. 간밤에 비바람이 얼마나 거셌던지 떨어진 꽃으로 성안이 가득하다. 특히 4구에서 떨어진 꽃을 "붉구나"라고 표현한 것은 실제로 낙화가 붉은 색일수도 있겠지만, 또 한편으론 전장에서 피를 흘리고 장렬히 전사한 시체처럼 꽃의 죽음을 표현한 것이기도 하다. 장렬히 전사한 꽃의 죽음 앞에서 시인은 "서글프다"고 말할 수밖에 없는 것이다. 사실 지는 봄, 내린 비에 떨어지는 꽃을 걱정한 것은 포은이 처음은 아니다. 성당盛唐의 저명한 시인 맹호연孟浩然 역시 "봄날 잠을 자느라 새벽이 온 줄도 몰랐는데/ 곳곳에서 새소리가 들려온다/ 지난밤 비바람 소리 들렸으니/ 꽃은 얼마나 떨어졌을까"[42]라고 하여 간밤에 내린 비에 떨어졌을 꽃을 걱정하고 있다. 얼핏 보면 시의 발상과 표현기법이 유사하여 포은이 맹호연의 작품을 모작模作한 것이라고 할 수도 있겠지만,

---

42 詩題는 「春曉」로 원시는 다음과 같다. "春眠不覺曉, 處處聞啼鳥, 夜來風雨聲, 花落知多少."

좀 더 자세히 읽어보면 봄날의 낙화라는 제재만 동일하지 시상의 전개방식이 다르고, 무엇보다 시인의 상심의 정도가 포은시가 훨씬 더 심하다는 것을 알 수 있다. 위의 포은시야말로 포은이 당풍唐風에 얼마나 정통해 있는지를 유감없이 보여주는 사례라고 생각된다.

(3) 변방邊方과 전장戰場의 쓸쓸함과 애수哀愁

중국시사에서 변새시邊塞詩는 성당시盛唐詩를 특징짓는 주요한 현상 가운데 하나로 꼽힌다. 변새시를 대표하는 시인은 고적高適, 잠삼岑參, 왕창령王昌齡이다. 변새시파邊塞詩派는 대체로 옛 악부의 자유로운 형식과 정열적이고 호방豪放한 기풍을 계승한 한편, 전쟁이 잦은 새외塞外의 쓸쓸한 심정과 처절함을 변방의 거센 바람, 무더위, 혹독한 추위, 끝없는 사막 등의 이국적인 풍광을 통해 표출해 내는 것이 일반적인 특징이다.[43] 포은의 시에도 성당의 변새시파와 같은 시들이 자주 보인다. 이는 아마도 평생을 종군從軍과 사행使行으로 보낸 그의 삶과 무관치 않아 보인다. 다음 시를 보자.

---

[43] 김학주, 『중국문학사』, 신아사, 1994, 259-264쪽 참조.

의순관에서 잠을 자며 공부에게 주다

말을 몰아 패강까지 멀리 왔으니	驅馬悠悠到浿江
배신陪臣은 곧바로 관광하고 싶구나	陪臣直欲且觀光
집 떠나매 천리가 점점 멀리 느껴지나	去家漸覺遙千里
술을 들면 세상이 좁은 줄 알겠구나	擧酒須知阨八荒
말갈의 물가에는 산이 겹겹이고	靺鞨水邊山疊疊
요양성 아래에는 길이 아득하다	遼陽城下路茫茫
밤 깊어도 나그네는 잠 못 이루는데	夜深逆旅不成寐
한 곡조 어부가 소리 짧고 길구나	一曲漁歌聲短長44

위의 시는 고려에서 명나라로 사행使行 가는 도중에 중국으로 들어가는 최북단인 의순관義順館에서 지은 것이다.45 의순관은 평안도 의주義州의 압록강 가에 있는 객관客館으로, 주로 중국으로 오고가는 사신들이 머물렀던 곳이다. 시제의 공부孔俯는 고려말에

---

44 정몽주, 『포은집』 권2, 「宿義順館寄孔俯」.
45 이 시가 중국으로 사행 가는 도중에 지은 것이라는 사실은 제2구의 "陪臣"이라는 시어를 통해 알 수 있다. 배신이라는 말은 고려나 조선조의 사신이 중국의 천자에게 자기를 지칭하는 말로 흔하게 사용되었던 용어이다. 또한 사신들이 주로 머물던 의순관에서 머물고 있다는 점도 이 시가 사행 도중에 쓴 것임을 짐작케 해준다.

서 조선초에 활동했던 문인으로, 자는 백공伯恭이고 호는 어촌漁村이며 본관은 창원이다. 1376년(우왕 2)에 문과에 급제하였고 명필로 이름을 날리기도 하였다. 시를 쓰던 당시에 공부가 의주에 머물고 있었는지, 혹은 포은과 동행을 하고 있었는지는 확실치 않다. 수련은 서울을 떠나 멀리 의주까지 왔으니, 문물과 풍광을 자유롭게 유람하고 싶다는 말이다. 1구의 "패강浿江"은 압록강의 이칭이다. 함련은 여행을 하다 보니 천리 길이 갈수록 멀게 느껴지기도 하지만, 이상하게도 술잔만 들면 세상이 좁게 느껴진다는 것이다. 이는 물론 취한 후에 호기豪氣가 발동했기 때문이다. 경련에서는 첩첩산중으로 둘러싸인 말갈의 물가와 가도 가도 끝이 없는 요양의 들판을 묘사하고 있으니, 국경 지대에서 바라보는 이국적 풍광이다. 전술한 바처럼 이국적인 풍광을 묘사하는 것 역시 변새시의 주요한 특징 가운데 하나이다. 미련은 변방의 객관에서 잠을 못 이루는 나그네의 고독과 객창감客窓感을 표현한 것이다. 변방의 밤은 깊어가도 나그네는 잠을 이루지 못한다. 무슨 이유일까? 시에 직접적으로 나타나 있지는 않지만, 사행의 어려움과 임무에 대한 걱정, 장거리 여행으로 인한 고단함, 가족에 대한 그리움, 기타 여행 도중에 느끼는 고독감과 애수 등이 그 원인이었을 것이다. 때마침 어디에선가 어부가漁夫歌 한 곡조가 구슬프게 들려온다. 이시의 절정은 마지막 8구의 어부가이다. 시인이 변방에서 느끼는 객창감을 마지막 구에서 어부가로 나타내면서 그 쓸쓸함을 최고조로 강조하며 마무리 짓고 있는 것이다. 애수와 객창감이 잘 그려진 변새시의 전형적인 작품이다. 다음 시에서는 애수와 객창감이 비분강개悲憤慷慨한 모습으로 좀 더 강조되어 나타난다.

정주에서 중구일에 한상이 지으라 하여

중구일에 정주에서 높은 곳에 오르니	定州重九登高處
예전처럼 국화가 눈에 밝게 비치네	依舊黃花照眼明
개펄은 남쪽으로 선덕진에 이어지고	浦淑南連宣德鎭
봉우리는 북으로 여진성에 닿아 있네	峰巒北倚女眞城
백 년 동안 전쟁으로 흥하고 망한 일들	百年戰國興亡事
만 리 밖 정벌 나간 장부의 강개한 뜻	萬里征夫慷慨情
술자리 파하고서 원수를 말에 태우니	酒罷元戎扶上馬
얕은 산에 비낀 해가 깃발 붉게 비추네	淺山斜日照紅旌46

시제詩題의 한상韓相은 한방신韓邦信을 가리키니, 한방신은 동북면도지휘사東北面都指揮使로 여진女眞을 토벌하는 장군이었고, 포은은 종사관으로 이 전쟁에 참여하고 있었다. 『포은집』의 「연보고이年譜攷異」에 의하면, 이때는 1363년(공민왕 12)이고 포은 나이 27세 때였다. 시제의 정주定州는 지금의 함경도 정평定平의 옛 이름이다. 중구일重九日에 지었다고 했으니 한참 가을이 깊어갈 때였

---

46 정몽주, 『포은집』 권2, 「定州重九韓相命賦」.

음을 알 수 있다. 주지하다시피 중구일에는 등고登高하여 친지들과 즐거운 명절을 보내는 것이 옛 풍속이다. 포은도 중구일을 맞아 높은 곳에 올랐고, 그곳에서 보니 눈부시게 핀 국화꽃이 한창이었다. 하지만 이곳은 여진과의 전쟁이 벌어지는 최전선이다. 등고를 하고 국화꽃을 보는 것은 여느 중양절重陽節과 다름이 없지만, 삶과 죽음의 경계를 넘나드는 전쟁터에서 맞이하는 중양절은 결코 아름답지도 않고 축제도 아니었다. 3－4구는 높은 곳에 올라 내려다본 경관이다. 개펄은 남쪽으로 선덕진까지 연결되고 산봉우리는 북쪽으로 여진의 성읍까지 이어져 있는 최북단의 변방이다. 5－6구는 시인의 감회이다. 이곳에 오르니 그간 여기에서 치러졌을 수많은 전쟁들이 떠오르며 그 전쟁에 참여했던 수많은 이름모를 병사들의 비분강개가 느껴진다는 시인의 독백이다.

　마지막 7－8구에서는 여러 가지 복잡한 감정을 매우 서정적인 필치로 마무리 짓고 있다. 술자리를 파했다는 말은 아마도 병사들끼리 국화주菊花酒를 돌려 마신 것을 의미하는 듯하다. 중양절에 등고한 뒤 국화주를 마시는 것은 오랜 풍속이기도 하다. 한방신은 술에 취했고, 종사관인 포은은 장군을 부축하여 말에 태운다. 그때 서산으로 지는 해가 대장군의 깃발을 붉게 물들인다. 7－8구는 시각적 이미지가 매우 두드러지게 나타나 있다. 특히 붉은 색이 강조되어 있는데, "비낀 해", "붉게 비추네"처럼 직접적으로 드러난 붉은 색 외에도 술에 취해 말에 오르는 장군의 불그스름한 얼굴까지 7-8구 전체가 붉은 색이라고 해도 과언이 아니다. 또한 묘사가 너무나 핍진逼眞하여 영화의 한 장면처럼 회화적이다. 이 같은 회화적 이미지의 구사 역시 당시풍 시가 가지는 한 특징이다.

허균은 『성수시화』에서 이 시를 거론하며 "음절이 질탕跌宕하여 성당盛唐의 풍격이 있다."47라고 하였는데, 사실 이것은 악부체의 자유로운 형식과 정열적이고 호방한 기풍을 계승한 성당盛唐의 변새시의 또 다른 특징이기도 하다.48 고전장古戰場이나 북풍北風이 몰아치는 변새邊塞를 배경으로 하는 시들은 대개 시어가 거칠고 품격 역시 웅혼하거나 호방한 경우가 많은데, 위 시 역시 이 같은 경향을 보이고 있다고 생각된다. 포은시의 특징을 얘기할 때 빼놓지 않고 거론되는 것이 포은시의 호방성豪放性이다. 포은시를 비평한 대부분의 평자들이 포은시의 가장 두드러진 특징으로 '호방'한 품격을 거론하고 있다.49 주목할 점은 포은시의 대표적인 품격인 '호방'은 대체로 위의 인용시와 같은 변새시나 머나먼 이국땅을 다니며 쓴 사행시使行詩에서 주로 나타나는 시품詩品이라는 것이다. 이 점은 역대 시화집 등에서 호방하다고 평가받은 포은시의 면면을 살펴보면 분명해진다. 가령 『동인시화』, 『소문쇄록』,

---

47 원문은 앞의 주 2 참조.

48 김학주, 앞의 책, 259쪽.

49 포은시에 나타나는 豪放한 품격에 대해서는 앞의 주 4에서 소개한 많은 논문들에서 다루고 있기에 본고에서는 생략한다.

『성수시화』, 『소화시평』 등에서 호방하다고 비평된 대부분의 시들은 변새시이거나 사행시이다.50 이것은 아마도 전술한 바와 같이 고적, 잠삼 등 성당의 변새시파에서부터 비롯된 전통으로 변방의 이국적인 풍광을 자유롭고 낭만적인 호쾌豪快한 기상에 담아 시화詩化했기 때문인 것으로 보인다. 위에서 허균이 말한 음절이 질탕한 것, 즉 포은시가 갖고 있는 악부체 시의 음악성에 대해서는 다음 (5)절에서 상술하기로 하겠다.

(4) 사랑과 염정艶情의 시적 표현

사랑을 제재로 하는 소위 염정시艶情詩 역시 당시의 중요한 한 갈래이다. 특히 만당의 이상은李商隱, 온정균溫庭筠, 한악韓偓은 모두 이 장르를 대표하는 시인들이다. 포은집에도 염정풍艶情風의 시가 보이는데, 이 또한 포은시에 나타나는 당시풍 경향의 한 모습이라 할 것이다. 다음 시를 보자.

---

50 변새시, 사행시와 포은시의 호방한 품격에 대해서는 하정승, 「역대 시화집에 나타난 정몽주 시에 대한 비평과 그 의미」, 『포은학연구』 7집, 포은학회, 2011, 74-84쪽 참조.

배 안의 미인

목란주에 미인 태우고 가볍게 떠다니니	美人輕漾木蘭舟
등에 꽂은 꽃가지가 푸른 강에 비친다	背插花枝照碧流
남북으로 가는 배의 많은 길손들	北楫南檣多少客
한꺼번에 애태우며 문득 머리 돌리네	一時腸斷忽回頭[51]

위의 시는 『포은집』의 권1에 실려 있는데, 앞·뒤의 시들이 모두 중국 사행시임을 볼 때, 인용시 역시 중국으로 사행가는 도중에 지은 것으로 판단된다. 포은 일행은 배를 타고 가고 있었는데, 그 배에는 포은뿐만 아니라 많은 사람이 함께 타고 있었다. 그런데 수많은 승객들 중에 마치 군계일학群鷄一鶴처럼 돋보이는 한 미녀가 있다. 1구의 "목란주木蘭舟"는 그림처럼 아름다운 배를 의미하니 미인이 타고 있는 배에 대한 시인의 미화이다. 2구는 미인의 모습을 묘사한 것이다. 등에는 꽃을 꽂고 있는데, 그 꽃가지가 푸른 강물에 비치고 있다. 등에 꽃을 꽂고 있다는 표현으로 보아 어쩌면 이 여인은 일반 여염閭閻집 규수가 아닐 지도 모르겠다. 이 시에 미인의 아름다운 얼굴이나 자태를 직접적으로 표현한 곳은 어디에도 없다. 2구에서 물에 비친 모습을 형용한 것이 전부

---

51 정몽주, 『포은집』 권1, 「舟中美人」.

다. 그것도 미인의 얼굴이 아니라 꽃을 꽂은 등이다. 그런데도 그 어떤 미인의 형용보다 아름답게 느껴지는 것은 그만큼 포은의 시적 기교가 뛰어나다는 것을 입증한다.

　3-4구는 이렇게 아름다운 여인의 자태에 매혹을 당한 뭇 남성들의 안타까운 모습을 시인이 희화적戱畵的으로 그린 것이다. "남북으로 가는"이라고 했으니 달리 표현하면 이곳을 가고 오는 모든 여행객을 말하는 것이다. 모든 사람들이, 동시에, 애태우며 한 여자만을 바라보고 있다. 그리고 또 동시에 머리를 돌린다. 머리를 돌리는 이유는 너무도 뻔하다. 어떻게 해볼 도리가 없기 때문에 단념한다는 의미이다. 시인은 배 안에서 한 여자를 두고 벌어진 우스운 사건을 재미있게 그려내고 있다. 이 시가 생생하게 읽히는 것은 남자와 여자, 그리고 남자와 남자들 사이의 미묘한 감정의 흐름들을 매우 세밀하게 묘사하고 있기 때문이다. 포은의 시인으로서의 솜씨가 잘 나타나 있다고 하겠다. 다음 시에서는 좀더 적극적인 여인에 대한 묘사가 나타난다.

안동서기가 되어 가는 이수재李秀才를 보내며

태백산은 높은데 봄에 눈이 녹으면	太白山高春雪消
영가에 강이 불어 푸른 물결 아득하리	永嘉江漲綠迢迢
난주 타고 즐기는 것은 뒷날로 기약하고	蘭舟行樂期他日
술병 앞에 춤추는 버들 허리 보아라	看舞尊前楊柳腰52

위의 시는 같은 제목의 칠언절구 연작시 5수 중 두 번째 작품이다. 시제의 이수재라는 인물이 누구인지는 자세히 알 수 없으나, 서기書記가 그리 높지 않은 관료임을 생각할 때 포은보다는 훨씬 후배로 보인다. 1－2구는 이수재가 부임해 가는 안동安東에 대한 묘사이다. 백두대간白頭大幹의 태백산 자락 너머로 있는 안동은 아름다운 곳이다. 봄이 되어 태백산 정상의 눈이 녹으면 낙동강洛東江 상류에 자리한 안동은 푸른 물결로 넘실거린다. 아름다운 봄날의 경치를 뱃놀이를 하며 즐겨야겠지만, 그보다 더 급한 것이 있다. 포은은 멀리 떠나는 이수재를 환송하기 위해 아마도 친우親友들과 모여서 전별餞別의 모임을 갖고 있었던 것 같다. 술자리가 벌어지고 모임의 흥을 돋우기 위해서 함께한 기녀妓女가 춤을 춘다. 그런데 춤추는 무희舞姬가 얼마나 아름답고 요염하였던지 "술병 앞에 춤추는 버들 허리"라고 하였다. 시인은 뱃놀이를 가는 것도 좋지만, 지금 당장은 아름다운 여인을 바라보는 것이 더 급선무라고 말한다. 그만큼 여인의 아름다움을 강조한 표현이다. 이같은 여인의 아름다움에 대한 관심은 다음 시에서는 남녀간의 애틋한 정으로 나타난다.

---

52 정몽주, 『포은집』 권2, 「送李秀才就赴安東書記 五絶」.

야은의 운에 화답하여

나는 어느 때에나 반가운 것 보려나	此生何日眼還靑
옛날에 남긴 소리는 그 뜻이 명백하도다	太古遺音意自明
십년 뒤에 옥인이며 바다에 뜬 달과 함께	十載玉人滄海月
다시 놀게 되니 어찌 옛정이 일어나지 않겠는가	重遊胡得獨無情53

위의 시는 야은埜隱 전녹생田祿生의 시에 차운한 것이다. 시제에 부기된 세주細註에는 이 시가 지어진 배경을 다음과 같이 자세하게 설명해 주고 있다.

예전에 재상 야은 전선생이 계림의 판관이었을 때 김해의 기녀 옥섬섬에게 준 시에 "바닷가에 신선 사는 칠점산이 푸르고/ 거문고엔 하얀 달 한 바퀴가 밝도다/ 세상에 옥섬섬이 손이 없었더라면/ 누가 능히 태고의 정을 타 보겠는가"라고 하였는데, 십여 년 뒤에 야은이 합포에 와서 진수할 때 옥섬섬이 이미 늙었으나 불러다가 가까이 두고 거문고를 타게 하였다고 한다. 내가 이 말을 듣고 그 운에 화운和韻하여 벽에 썼다.54

---

53 정몽주, 『포은집』 권2, 「答埜隱韻」.
54 "昔宰相埜隱田先生, 爲鷄林判官時, 有贈金海妓玉纖纖云, '海上仙山七點靑, 琴

이를 정리해보면 고려말에 재상을 지낸 전녹생이 김해의 판관判官으로 있을 때에 그 지역의 기녀인 옥섬섬玉纖纖을 가까이하며 시까지 지어줬다. 그 뒤 10여 년의 세월이 흐른 뒤 다시 합포合浦[지금의 마산]를 지키는 관리로 오게 되었는데, 옛정을 생각하여 이미 늙어버린 옥섬섬을 불러다가 항상 가까이 옆에 두고 거문고를 타게 하였다는 것이다. 말하자면 사대부 관리와 기생간의 애틋한 사랑과 의리이다. 젊은 시절 가까이했던 기생과의 정을 잊지 못하고 세월이 흐른 뒤에 이제는 늙어버린 기생을 다시 찾은 전녹생의 경우도 보기 드문 일이지만, 이들의 애틋한 사랑 이야기에 감동을 받아 시를 남긴 포은도 낭만적이다.

　　인용시의 1구는 전녹생이 10여 년 뒤에 옛 정인情人을 다시 만난 것처럼, 시인 역시도 반가운 얼굴을 다시 보고 싶다는 바람이다. 3−4구는 오랜 세월이 지난 뒤 다시 만난 옛 정인은 바다 위에 뜬 달처럼 조금도 변함이 없고, 그녀와 노니는 공간 역시 옛날 그대로이니, 옛날의 사랑했던 정이 또다시 일어나는 것은 당연하다는 말이다. 하지만 포은의 이 말은 다분히 과장된 말이다. 10여 년의 세월이 지난 뒤 다시 만난 기생의 모습이 옛날 그대로일 리가 없다. 세주에서도 옥섬섬이 이미 늙어버렸지만, 개의치 않고 다시 불렀다고 되어 있다. 이것은 옛사랑에 대한 정과 변함없는

　　中素月一輪明, 世間不有纖纖兮, 雖肯能彈太古情'. 後十餘年, 楚隱來鎭合浦, 時纖纖己老矣, 呼置左右, 日使之彈琴. 予聞之, 追和其韻, 題于壁上. 四絶.”

의리를 지킨 전녹생과 옥섬섬의 사랑을 미화시키기 위한 시인의 의도된 과장이라고 보면 된다. 이상에서 살펴본 사랑을 다룬 염정 풍의 시들은 포은시가 갖고 있는 다양한 모습 중의 하나로, 그만큼 포은시가 폭이 넓고 문학적인 다채로움을 지녔음을 보여주는 것이다.

(5) 시의 음악성과 악부체樂府體

앞에서 살펴본 것처럼 허균은 포은시가 음절이 질탕跌宕하다고 하였고, 또 시가 악부와 비슷하다고 하였다.[55] 이는 포은시에 악부체적인 시가 많다는 것과 음악성이 발달했음을 말해주는 것이다. 앞에서 밝힌 것처럼 악부체시와 높은 음악성은 당시의 중요한 특징이기도 하다. 그렇다면 구체적으로 포은시의 어떤 점이 음악성이 뛰어나고 악부체와 비슷하다는 것인가? 먼저 허균이 악부체와 매우 비슷하다고 한 다음 시를 보자.

강남곡

강남의 여자아이 머리에 꽃을 꽂고　　　　江南女兒花插頭
웃으며 짝을 불러 방주에서 노는구나　　　　笑呼伴侶游芳洲

노를 저어 돌아올 때 해는 기울어 가고　　　　　　蕩槳歸來日欲暮

원앙새 짝지어 나니 한없이 슬프구나　　　　　　鴛鴦雙飛無限愁56

　이 시는 「강남곡」이라는 제목에도 나타나 있는 것처럼 악부체 시다.57 원래 '강남곡江南曲'은 악부樂府의 하나인 청상곡清商曲의 이름으로 '채련곡採蓮曲'을 의미한다. "강남은 연을 취할 만하여라, 연잎이 어이 그리 늘어서 있는가.[江南可採蓮, 蓮葉何田田]"라는 한대漢代의 강남곡江南曲에서 비롯되었다.58 일반적으로 '곡曲'이라 하면 기본적으로 곡조曲調가 있는 노래이면서 때로는 악곡樂曲의 가사를 의미하기도 한다. 따라서 위의 시도 정확히는 알 수 없으나 노래로 불렸을 가능성이 높다. 그 내용을 보면 남녀 간의 사랑을 읊은 노래가 대다수이다. 중국문학사에서는 양 무제梁武帝를 비롯하여 수많은 문인들이 채련곡을 지었고, 우리나라에서도 많은 시인들이 '강남곡[사랑의 노래]'과 '채련곡[연밥따기 노래]'을 지었다.59 가령 포은과 동시대인 고려후기부터 이미 지어졌으니 목

---

56 정몽주, 『포은집』권1, 「江南曲」.

57 대체로 詩題에 歌, 行, 吟, 弄, 曲, 調, 謠, 辭, 引, 操, 難, 艷, 思, 篇, 唱, 怨 자를 사용한 詩體는 악부체인 경우가 많다. 이에 대한 사항은 구섭우, 『신역 당시삼백수』, 대만 삼민서국, 중화민국 77년, 49－50쪽 참조.

58 김종서, 「포은 정몽주 시의 당풍적 성격」, 『포은학연구』4집, 포은학회, 2009, 142쪽 참조.

59 예컨대 唐詩중에서는 李益의 「江南曲」이 유명한데, 강남지역의 낭만적인 풍광과 섬세한 民歌들로부터 영향을 받은 노래로 널리 알려져 있다.

은 이색의 「채련곡」을 비롯하여 조선조에서는 이달李達과 허난설헌許蘭雪軒의 작품이 유명한데, '강남곡'이 주로 이달이나 허난설헌 같은 당시풍을 추구하는 작가들에 의해 창작되었다는 사실은 매우 의미있는 일이다. 이를 통해 유추해보면 '강남곡'과 같이 음악성이 강한 악부체 시는 당시풍 한시의 주요 장르라고 말할 수 있다. 그래서 허균도 한시의 당풍적 면모를 이야기하면서 악부체 시를 거론하였던 것이다.

인용시의 1－2구는 머리에 꽃을 꽂고 한창 멋을 부린 강남의 여자아이들이 친구들을 부르며 강가에서 노는 장면이다. 3－4구는 저물녘이 되어 배를 타고 돌아오는 장면이다. 특히 마지막 4구에서는 짝지어 나는 원앙을 등장시켜 시인의 "한없는 슬픔[無限悲]"과 고독을 상대적으로 극대화 시키고 있다. 또한 이를 통해 이 '강남곡'이 사랑을 찾아 갈망하고 회구希求하는 '사랑의 노래'임을 다시 한번 확인할 수 있다.

이 시의 형식은 칠언절구 악부체이고, 평기식平起式이다. 평측平仄을 조사해보면 근체시인 칠언절구 평기식의 평측과는 완전히 다르다는 알 수 있다. 예컨대 칠언절구 평기식의 평측은 일반적으로 ○○●●○○/ ●●○○○○/ ●●○○○●●/ ○○●●○○ (○－평성, ●－측성)으로 구성되어 있는데, 위의 시는, ○○●○○●○/ ●○●●○○○/ ●●○○●●●/ ○○○○○●○으로 되어 있다. 압운押韻은 수구입운首句入韻을 하여 하평성下平聲 11번째 '우尤'운을 사용하고 있다. 이를 보면 운자韻字만 평성운을 사용해서 근체

시의 형식을 지키고 있지, 평측의 규칙은 근체시인 칠언절구와는 완전히 달라져 있다. 가령 제2구의 2자는 '고평孤平'이며, 5·6·7자는 '하삼평下三平'이고, 심지어 제4구에서는 평성운 글자만 5개를 연달아 사용하고 있어서 근체시의 평측 규칙에서 가장 금기시하는 '고평'이나 '하삼평' 불가의 규칙을 어기고 있다.60 그러면 어째서 이렇게 평측의 규칙을 어기고 있는가? 간단히 답하면 위의 시는 칠언절구 근체시가 아니라 악부체 시이기 때문이다. 악부체 시는, 특히 그중에서도 직접 노래로 불려졌던 시들은 평측의 규칙에서 자유로울 수밖에 없다. 그래야 가사에 알맞은 곡조를 입혀서 노래로 부르기 좋기 때문이다. 결론적으로 위의 '강남곡'은 음악성이 풍부한 전형적인 악부체 형식으로 이루어졌으며, 평측까지도 가장 노래로 부르기에 알맞게 맞춰져 있음을 알 수 있다.

정부의 원한

헤어진 뒤 여러 해 동안 소식 드무니	一別年多消息稀
변방의 님 소식을 그 누가 알리요	塞垣存歿有誰知
오늘 아침 비로소 겨울옷을 부쳐 보내는데	今朝始寄寒衣去
울며 님 보내고 돌아올 때 뱃속에 있던 아이라네	泣送歸時在腹兒61

---

60 한시의 평측과 '孤平', '孤仄', '下三平'등에 대한 사항은 왕력 저, 송용준 역, 『중국시율학』(소명출판, 2005)에 자세히 설명되어 있어서 참고가 된다.

위의 시의 제목은 「정부원征婦怨」이다. 앞에서도 서술한 바처럼 시제에 '怨'자가 들어가면 악부체인 경우가 많은데,62 이 시 역시도 악부체다. 시의 내용은 매우 애절하다. '정부征婦'란 군대나 혹은 다른 어떤 일로 집을 멀리 떠난 남자의 부인을 의미한다. 그러므로 이 시는 부인이 오랜 기간 동안 집을 나간 남편을 기다리는 노래이다. 1−2구는 남편이 떠난 지 여러 해가 지났는데도 돌아오기는커녕 소식조차 없음을 말하고 있다. 심지어 생사조차 확인할 길이 없다는 것이다. 이 시의 절정은 3−4구이다. 날씨가 추워지자 변방의 남편이 걱정되는 부인은 따뜻한 겨울옷을 마련하여 아이 편에 보낸다. 그런데 그 아이는, 남편이 떠나던 날 울면서 전송할 때, 아내의 뱃속에 있었던 아이라는 것이다. 아직 태어나지도 않았던 아이가 어느덧 커서 이제는 심부름까지 하고 있는 것이다. 이 짧은 시구에는 참으로 많은 의미가 담겨 있다. 남편이 가고 난 뒤 오랜 세월 동안 아내 홀로 겪었을 삶의 무게는 결코 가볍지 않았을 것이다. 우선 혼자서 아이를 키우며 생계를 위해 수많은 고생을 감당했을 것이고, 이러한 육체적 고통과 더불어 남편 없이 살아야 하는 정신적 고통과 외로움 등 아내가 겪었을 그간의 지난䠞難한 세월은 충분히 상상할 수 있다. 아내뿐만 아

---

61 정몽주, 『포은집』 권1, 「征婦怨 二絶」.

62 예컨대 李白의 「玉階怨」이나 王昌齡의 「長信怨」은 모두 노래로 불렸던 '楚調曲'에 속하는 악부시들이다.

니라 그 아이는 또 어떠한가? 아이는 아이대로 아버지의 얼굴 한 번 보지도 못한 채, 평생을 마치 유복자遺腹子처럼 아비 없는 자식으로 살았을 것이니 그가 겪었을 내면적 아픔 역시 미루어 짐작할 수 있다. 이런 관점에서 보면 위의 시는 아내만이 아니라 모자母子가 함께 부르는 슬픔의 노래라고 하겠다.

이처럼 포은은 사랑과 고통, 아픔과 기쁨 등 백성들의 다양한 삶의 모습에 주목하여 많은 시를 남기고 있는데, 이들 시 중 상당수는 당나라 때 성행하였던 악부체의 노래 형식으로 창작되었다. 이는 아마도 사행을 통해 중국에 여러 차례 왕래하면서 직접 노래로 들은 많은 악부체 시들의 영향을 받았던 것이라고 추정해 본다. 또한 노래로 부를 수 있는 악부체 시는 그만큼 생생한 현장감과 함께 내용의 애절함까지 더해진다는 것도 포은을 비롯한 시인들이 악부체 시를 짓는 중요한 이유일 것이다. 후대에 허균 등의 비평가들이 포은시의 음악성과 악부체 형식을 높게 평가한 것도 모두 이와 같은 맥락이었을 것으로 생각한다.

한국의 한시사에서 고려후기는 당시풍과 송시풍이 공존하던 시기였다. 이 시기 송시풍은 당대當代 중국 문단의 영향을 받은 결과인데, 특히 소동파蘇東坡와 황정견黃庭堅의 시가 가장 큰 영향을 주었다. 또한 성리학이 수용된 이후에는 학문적, 사상적인 흐름과 궤를 같이하여 염락풍濂洛風의 한시도 많이 지어졌다. 한편 당시의 경우에는 신라하대新羅下代 이후로 이미 국초國初부터 이어져온 만당풍晩唐風의 유미적唯美的인 시풍에 더하여 이백李白과 두보杜甫를 중심으로 하는 성당시盛唐詩와 왕유王維·맹호연孟浩然 같은 자연시自然詩 계열의 시풍도 혼재되어 있었던 것으로 보인다. 이 시기에 당시풍 경향을 보인 대표적인 시인으로는 정포鄭誧, 정몽주鄭夢周, 이숭인李崇仁, 김구용金九容 등을 꼽을 수 있다.

포은 정몽주 시에 나타나는 많은 특징 중 가장 두드러진 측면을 들라고 하면, 당풍적唐風的인 요소를 이야기하지 않을 수 없다. 주지하다시피 당시는 시인의 감정과 감수성을 강조하기에 시가 매우 감각적이며 문학성이 뛰어난 것이 일반적인 특징이다. 포은시 역시 이 같은 요소를 그대로 가지고 있다. 특히 계절적 배경을 가지고 지어진 시들에서는 섬세한 감성을 드러내는 당풍적인 시가 유난히 많은 것도 한 가지 특징이다. 대체로 이 같은 시들에서는 시어詩語의 선택과 그 시어들과 시의詩意를 운용하는 의상적意象的인 측면에서 당시풍의 면모가 나타난다. 표현기법적인 면에서 볼 때는 시각·청각 등 감각적 이미지를 구사하여 시의詩意를 드러내는 경우가 많다. 또한 '호방豪放'·'호탕豪宕'하고 '표일飄逸'하다고 평가되는 포은시의 품격品格도 그 내면을 자세히 살펴보면 당풍적인 면모와 밀접하게 연관되어 있음을 알 수 있다.

문학사적인 측면에서 보면 포은과 동시대를 살았던 시인들 중에 도은陶隱 이숭인과 척약재惕若齋 김구용의 시에도 이와 비슷한 경향이 나타난다. 특히 이들이 포은과 밀접한 교유관계를 맺고 서로 많은 시를 주고받았음을 생각할 때, 이들의 시에서 나타나는 당풍적 성격은 단순한 개인적 취향이 아니라 문단의 하나의 흐름이요 유행이었음을 알 수 있다. 이처럼 14세기 고려 시단에서 포은, 도은, 척약재가 주도했던 당시풍 시의 창작 경향은 그 후 조선조의 시인들에게 계승되었고, 결과적으로 우리 한시사에서 당풍 한시 창작의 전개와 흐름에도 상당한 영향을 주었던 것으로 판단된다.

5장

포은시와 만시挽詩

포은시와 만시挽詩

죽음은 인생의 마지막 단계로 인간의 삶에 있어 가장 중요한 과정 중 하나일 것이다. 망자 본인에게는 그동안 살아왔던 삶을 마무리한다는 의미에서, 망자의 가족과 친지들에게는 그의 죽음을 슬퍼하고 추억한다는 의미에서 죽음과 관련된 시는 한시사에서 꾸준히 창작되어왔다. '죽음'은 아마도 '사랑'과 더불어 한시의 가장 중요하고도 보편적인 주제라고 보아도 될 것이다.

중국이나 한국의 한시사에서는 망자의 죽음을 다룬 시들을 따로 구별하여 '만시挽詩'라고 불러왔다. 만시는 일반적으로 다른 이의 죽음을 다룬 것이 많지만, 간혹 시인 자신의 죽음을 미리 예측하거나 애도하는 의미로 쓴 경우도 있는데, 이를 특별히 '자만시自挽詩'라고 부른다. 고려시대에도 초창기부터 만시는 꾸준히 지어졌는데, 전반기의 대표적인 시인으로는 김부식을 들 수 있다.[1]

---

1 김부식의 시에 睿宗과 그의 비 敬和王后, 그리고 金純과 친구 權適의 죽음을

고려중기 이후로 시인의 수가 많아지고 다양한 경향의 시들이 창작되면서 만시는 더욱더 많은 시인에 의해 다뤄지게 되었으니, 문학사에 등장하는 저명한 시인치고 만시를 짓지 않은 사람이 없을 정도로 만시 창작은 시인에게 있어서 보편적인 일이 되어 버렸다.

만시는 그 대상이 되는 망자의 성격에 따라 다음 몇 가지로 분류된다. 즉 아내의 죽음을 다룬 '도망시悼亡詩', 친구의 죽음을 다룬 '도붕시悼朋詩', 자식의 죽음을 다룬 '곡자시哭子詩', 자신의 죽음을 다룬 '자만시自挽詩' 등이다. 이 중에서도 친구나 선후배의 죽음을 다룬 '도붕시'가 가장 많은 양을 차지한다.[2]

고려후기에 만시를 가장 활발하게 지은 시인들로는 목은 이색, 포은 정몽주, 도은 이숭인, 척약재 김구용 등을 꼽을 수 있다. 사실 포은, 도은, 척약재 등은 모두 목은과 선후배로서 관계를 맺고 있었으며, 그들 스스로도 깊은 교유관계를 가지며 시를 주고받았다. 고려 문단에서 목은이 가장 많이 만시를 창작하였는데,[3] 이러한 시작 태도가 포은과 도은, 척약재 등에게도 일정한 영향을 미쳤으리라 생각할 수 있다. 본고에서는 이 중에서 우선 포은시에 나

맞아 쓴 것 등 네 수가 보인다.

2 이에 대한 사항은 하정승, 「고려후기 挽詩에 나타난 죽음의 형상화와 미적 특질」(『동방한문학』 50집, 동방한문학회, 2012)을 참조할 것.

3 이 중 목은 이색의 만시에 대해서는 이미 필자가 그 전반적인 특징에 대해 고찰한 바 있다. 본고는 목은에 이어 포은시를 검토해 봄으로써 향후 고려시대 죽음을 다룬 시 및 만시의 문학적 특질에 대한 연구의 출발점으로 삼고자 한다.

타난 죽음의 문학적 특질을 고찰해 보고자 한다.

포은 정몽주는 평생을 국가를 위해 외교와 사행의 현장에서 일하였고 또 종군의 현장에서 활동하기도 하였다. 특히 중국과 일본으로의 사행은 너무도 위험하여 죽을 고비를 수차례 넘기기도 하였다. 그렇기 때문에 포은시에는 고독한 시인의 모습이 자주 그려지고 때로는 죽음의 위험과 두려움이 나타나기도 한다. 또한 포은은 평생을 정계와 학계, 문단에서 활발하게 활동하였기 때문에 교유한 인물들이 많고 그들의 죽음을 애도하기 위한 만시도 창작하였다.

본고에서 본인의 죽음을 다룬 시와 다른 이의 죽음을 다룬 만시를 함께 묶어서 살펴보는 것은 본인의 죽음을 다룬 시들도 '자만시'의 범위에 포함시킬 수 있다고 여겨지기 때문이다. 물론 일반적으로 '자만시'라 함은 시제詩題에 '자만自挽'이라는 말을 포함하고 있는 시를 지칭하는 경우가 많다. 하지만 광의적인 범위에서 보면 '자만'이라는 용어를 쓰지 않았다 하더라도 그 내용이 죽음을 예감하거나 죽음에 대한 의식을 가지고 썼다고 한다면, 필자는 이 또한 넓은 의미에서의 자만시의 범주에 포함시켜야 한다고 생각한다.4 이렇게 본인의 죽음과 다른 이의 죽음을 다룬 시들을

---

4 자만시의 개념과 그 범주에 있어서 임준철은 '자만'이란 시제를 갖고 있는 것만 인정하고 시인이 단순히 자신의 죽음을 염두에 두고 쓴 것은 자만시의 범주에서 제외시키는 것이 좋겠다는 의견을 피력했다.(임준철, 「조선시대 자만시의 유형적 특성」, 『어문연구』 38집, 어문학회, 2010, 378−379쪽 참조)

함께 고찰해 보는 것이 포은시 전반에 나타난 죽음의 모습, 죽음에 대한 인식, 죽음의 시적 형상화의 특질을 규명하는 데에 있어서 좀 더 타당할 것이라 여겨진다. 더구나 포은시는 그간의 선행 연구들을 통해 문학적 우수성이 입증되었을 뿐만 아니라, 죽음을 다루고 있는 시 작품 또한 적지 않은 양을 남겼기에 고려후기 죽음을 제재로 한 시들의 일반적인 창작 경향과 전반적인 특징을 살펴보는 데에 적합하다고 여겨진다. 이번 연구를 바탕으로 향후 고려시대 죽음을 제재로 한 시들 및 만시 작가와 주요 작품, 표현 기법, 내용상의 특징 등을 아우르는 만시 문학 연구의 초석으로 삼고자 한다.

1. 『포은집』소재 죽음을 형상화한 시의 작품 개황

인생의 시작과 끝은 출생과 죽음이다. 특히나 죽음은 본인에게는 삶의 마무리라는 의미에서, 이 땅에 살아남아 그를 기억하는 자들에게는 영원한 이별이라는 의미에서 큰 의미를 갖는다. 중국이나 한국의 한시사의 전통에서는 죽음을 제재로 한 작품들이 끊

필자의 생각은 이와 좀 다르다. 시제에 군이 '자만'이라는 말이 없어도 그 내용이 스스로의 죽음을 분명히 예감하고 있거나 죽음에 대한 인식을 가지고 쓴 시라면, 자만시의 범주에 집어넣는 것이 시인의 작시행위를 존중하는 비평가의 태도요 또 한시 연구의 다양성을 위해서도 필요하리라 본다.

임없이 창작되어 왔다. 특히 다른 이의 죽음을 애도하는 만시는
조선시대로 접어들면서 비약적으로 그 양이 증가하는데, 이것은
유교식 상례 절차의 보편화와 연관이 있는 것으로 보인다.[5] 그러
나 후대로 갈수록 만시의 창작 편수가 늘어나면서 너무나 의례적
이고 상투적인 칭송조의 작품이 쏟아져 나온 것도 사실이다. 하지
만 자만시와 같은 종류의 시는 자신의 죽음을 가정하고 일생을 돌
아보는 형식을 취하기 때문에 삶과 죽음의 경계에 선 시인의 결연
한 자의식이 드러나기 마련이다.[6] 이런 의미에서 자신의 죽음을
예감하거나 대비하고, 또는 스스로 애도하는 시는 그 내용의 진정
성과 절실함이라는 면에서 매우 뛰어난 문학성을 보여 준다고 하
겠다.

　　포은시의 경우에는 자기에 대한 것이든, 남의 죽음을 애도하
는 시든 상투적이고 의례적으로 쓴 것은 거의 없다. 그것은 본인
에 대한 시들은 대체로 너무나 힘들고 고통스러운 삶의 현장에서
쓴 것이고, 남에 대한 시 역시 망자와의 깊은 교유 내지는 절절한
사연이 있기 때문이다. 대체로 『포은집』에 보이는 정몽주의 시들
중에서 죽음과 관련된 시는 크게 두 가지 경우로 나눠볼 수 있다.
첫째는 육체적·정신적으로 어렵고 힘든 상황에서 죽음과도 같은

---

5 안대회, 「한국 한시의 죽음 소재」, 『한국 한시의 분석과 시각』, 연세대출판
　부, 2000, 51쪽 참조.
6 임준철, 「자만시의 시적 계보와 조선전기의 자만시」, 『고전문학연구』 31집,
　한국고전문학회, 2007, 322쪽 참조.

본인의 고통을 토로하며 쓴 시늘, 즉 죽음의 의식이 드러난 것,
둘째는 평소 친분이 있던 인물의 죽음을 당하여 그들의 죽음을 애
도하고 슬퍼하며 쓴 것 등이다. 전자의 경우에 해당하는 것들로는
중국과 일본으로의 사행의 현장에서 쓴 것, 여진이나 일본과의 전
쟁터에서 쓴 것, 기타 유배지에서 쓴 것 등이 있다. 후자의 경우
에는 대부분의 만시가 이에 해당한다. 다음 표는 『포은집』에 실
린 시들 중에서 죽음을 형상화한 시만을 골라 정리해 본 것이다.

▌ 『포은집』 소재 만시 일람표

번호	시제	형식	권수	비고(대상 인물)
(1)	三月十九日過海宿登州公館	오언고시	권1	본인
(2)	客中自遣	오언율시	권1	본인
(3)	楊子渡望北固山悼金若齋	칠언절구(만시)	권1	김구용
(4)	李蘭店路上	오언율시	권1	본인
(5)	姑蘇臺	칠언절구	권1	본인
(6)	洪武丁巳奉使日本作(其二, 其十)	칠언율시(其二), 오언율시(其十)	권1	본인
(7)	甲辰中秋有懷	칠언고시	권2	본인(어머니)
(8)	中秋	칠언절구	권2	본인
(9)	次李侍中安邊樓詩韻	칠언율시(만시)	권2	이자송
(10)	寄密陽朴中書	칠언절구	권2	본인
(11)	送李秀才就赴安東書記 五絶(其一)	칠언절구(만시)	권2	공민왕
(12)	登全州望景臺	칠언율시	권2	본인

(13)	答埜隱韻	칠언절구(만시)	권2	전녹생
(14)	丁巳三月雨中登義城北樓	육언고시	권2	본인
(15)	次榮州板上韻 三首	칠언절구	권2	본인
(16)	重登明遠樓	칠언절구	권2	본인
(17)	哭李浩然 三首	칠언절구(만시)	권2	이집
(18)	祭金元帥得培	칠언절구(만시)	권2	김득배
(19)	哭李密直種德	칠언절구(만시)	권2	이종덕
(20)	李陶隱妻氏挽詞	칠언절구(만시)	권2	이숭인 부인
(21)	權密直夫人挽詞	오언율시(만시)	권2	권근 부인
(22)	許判書夫人挽詞	칠언절구(만시)	권2	허판서 부인
(23)	暮春	칠언절구	권2	본인
(24)	記夢	칠언고시(만시)	권2	전조생
(25)	彦陽九日有懷次柳宗元韻	칠언율시	권2	본인
(26)	次牧隱先生九日韻 三首(其二)	칠언율시	권2	본인

위 표를 통해 알 수 있다시피 대략 26제 정도의 분량이므로 많은 양이라고 하기에는 무리가 있다. 가령 고려후기에 만시 창작을 가장 활발하게 했던 목은 이색과 비교해보면, 목은의 만시가 56제 76수[7]가량 되므로 그 차이가 적지 않다. 하지만 기타 다른 시인들에 비해서는 적다고 할 수 없고, 더욱 중요한 것은 시적 긴장감과 절심함에 있어서만큼은 포은시가 매우 뛰어나다는 것이다.

---

7 목은의 만시에 대한 사항은 하정승, 앞의 논문 참조.

포은시의 미학적 완성도가 그만큼 높은 것이다. 그리고 그것은 그가 살아왔던 평생의 발자취가 열정과 헌신이었음을 보여주는 것이기도 하다. 그의 시는, 특히 본고에서 소개하고자 하는 죽음과 관련된 시들은, 그의 지난한 삶의 열매이기도 하다.

　위의 표에 소개된 시를 분류해보면 본인에 대해 쓴 것과 다른 이에 대해 쓴 것이 대략 비슷한 비율이다. 먼저 본인에 대해 쓴 시로는 중국 사행 도중에 쓴 것이 (1), (2), (4), (5)번 등 4제, 일본 사행이 (6)번 1제, 여진과의 변방이나 일본과의 전쟁터에서 쓴 것이 (7), (8), (12)번 등 3제, 언양의 유배지 또는 해배 후 서울로 돌아가는 길에 쓴 것이 (14), (15), (16), (25)번 등 4제, 기타 창작 시점을 정확히 알 수 없는 것이 (10), (23), (26)번 등 3제 등으로 모두 15제이다. 다른 이에 대한 만시는 공민왕, 김구용, 이자송, 전녹생, 이집, 김득배, 이종덕, 전조생에 대한 것과 이숭인·권근·허판서의 부인에 대한 것 등의 11제이다. 여기에서 보다시피 공민왕과 과거 급제할 때 좌주였던 김득배에 대한 것 이외에는 모두가 본인이 평생에 깊은 교유를 나눴던 친우 및 선후배, 그리고 그들의 부인에 대한 것들이다. 부탁을 받고 의례적으로 쓴 시는 단 한 수도 보이지 않는다. 이것은 포은이 그만큼 함부로 시를 쓰지 않았다는 것을 의미하며, 또한 그렇기에 그 시들의 내용이 시인의 진정성을 담아 애절하고 간절한 것이다.

　또한 대상이 된 인물들의 면면을 보면 김구용, 이자송, 전녹생, 김득배, 이종덕 등은 모두 정치적·외교적 사건과 직접적으로 연관된 안타까운 죽음을 맞이한 사람들이다. 특히 김득배는 역적으로 몰려 그 시체조차 수습하지 못한 상황에서 포은이 왕에게 주청하여 장례를 치르고 제사를 지낸 경우이며, 이집과 전조생 역시 정치적 사건으로 인해 귀향과 은둔을 택했다가 죽었기에 같은 범주로 묶을 수 있다. 공민왕에 대한 추억 역시 개혁군주로서의 그에 대한 기대가 컸지만 큰 뜻을 더 펼쳐보지 못하고 죽은 것에 대한 안타까움이기에 마찬가지라고 할 수 있겠다. 따라서 포은이 만시를 지을 때에는 본인과 친분이 있던 인사들 중에서도 일차적으로 억울하고 비참한 죽음을 그 대상으로 하였음을 알 수 있다.

또 한 가지 특이한 점은 전녹생·전조생 형제에 대한 만시이다. 아은埜隱 전녹생田祿生이 큰 형이며 뇌은耒隱 전귀생田貴生이 둘째, 경은耕隱 전조생田祖生이 막내이다. 세 명 모두 출사해서 명성을 떨쳤기에 당시 다른 이들의 부러움을 한 몸에 받았다. 포은은 삼형제와 모두 매우 친했던 것으로 보인다. 특히 큰 형인 전녹생은 1375년 북원의 사신을 맞이하지 말자고 주장하며 당시의 권신인 이인임을 논죄한 일로 정몽주, 김구용, 박상충 등과 상소하다가 유배 도중에 매를 맞은 몸이 악화되어 장독杖毒으로 죽었기 때문에 포은과는 정치적 동지라고 할 수 있다. 그러기에 그의 죽음을 대하는 포은의 심정이 남달랐을 것이다. 그 동생 전조생 역시 장래가 촉망되던 젊은 선비였지만 뜻을 다 펼쳐보지 못하고 죽었기에 포은은 이들 형제의 죽음에 깊은 슬픔을 보이고 있다. 이들의 시에 대한 자세한 분석은 다음 장에서 서술하기로 한다.

2. 포은 만시의 미적 특질과 문학성

정몽주의 시는 문집에 남겨진 그 분량에 비해 매우 다양한 경향을 보여준다. 이는 아마도 그가 한평생 매우 지난하고 격변의 삶을 살았기 때문일 것이다. 본고에서 살펴보고 있는 죽음과 관련된 시들 역시, 포은의 그러한 삶의 모습을 반영하고 있다. 포은의 삶은 우선 수차례의 중국과 일본으로의 사행을 겪으면서 죽을 고비를 여러 번 넘겼다. 그의 인생은 역경과 고난의 연속이었다. 포은시에는 그가 겪은 육체적·정신적 고통이 고스란히 담겨 있다. 먼저 중국으로 사행을 떠나는 길에 겪었던 고난을 쓴 시를 보자.

3월 19일에 바다를 건너 등주 공관에서 잤는데 곽통사와 김압마의 배가 풍랑에 막혀 도착하지 않았기에 머물러 기다리다

…(전략)…

어제 바다 북쪽에서 눈을 보았는데	昨日海北雪
오늘 아침 남쪽엔 꽃이 피었네	今朝海南花
어찌하여 날씨가 이리 다를까	夫何氣候異
길이 험하고도 먼 것 증명이 되네	可驗道路賒
나그네 회포는 슬퍼지기 쉽고	客懷易悽楚

세상일은 어긋나기 잘 하는구나	世事喜蹉跎
함께 가던 일행 두세 사람이	偕行二三子
풍파에 길을 잃었으니	相失迷風波
밤새도록 그 생각에 괴로워하고	終夜苦憶念
뒤척이다가 때를 알리는 북소리 듣네	耿耿聞鼓撾
새벽녘에 봉래각 올라가 보니	晨登蓬萊閣
파도가 높고 험한 산처럼 솟는데	浪湧山嵯峨
돌아와 외로운 객관에 들어	歸來就孤館
베개에 기대 부질없이 읊조리노라	欹枕空吟哦8

위 인용시는 중국으로 사행을 떠나면서 겪는 고난의 장면을
잘 보여주고 있다. 이때의 사행은 시제에 부기된 주를 통해서 병
인년, 즉 1386년(우왕 12)의 사행임을 확인할 수 있다. 『포은선생
집』의 「연보고이」에 의하면, 포은 일행은 이 해 2월에 중국으로
출발했으며 3월 19일에 바다를 건너 등주에 도착했음을 알 수 있
다. 시의 내용으로 보아 정몽주가 탄 배는 이미 도착했지만, 역관
을 비롯한 뒤따르던 사행단의 배들은 큰 풍랑을 만나 포은은 공관
에 머물면서 이들을 기다리고 있었던 것으로 보인다. 중국으로의
사행길은 멀고도 험난한 여정이다. 바다 북쪽에는 눈이 아직도 쌓

---

8 『포은선생집』권1, 「三月十九日過海宿登州公館, 郭通事金押馬船阻風未至, 因
留待」.

여 있지만 남쪽으로 오니 꽃이 피었다. 이런 길을 가다보니 일행 중에 일부는 험한 풍파에 방향을 잃고 사라지게 된다. 포은은 이 사행단을 이끌고 가는 대표로서9 크나큰 근심에 사로잡힌다. 공관 에서 잠을 청해보지만 밤새도록 고민하고 괴로워하며 뒤척이느라 잠을 이루지 못한다. 새벽을 알리는 북소리를 듣고 인근의 봉래각 에 올라 바다를 바라보니 산 같이 크고 높은 파도가 거세게 몰아 치고 있다. 이를 본 포은은 근심과 걱정이 더욱 심해진다. 그가 할 수 있는 일이라고는 공관으로 돌아와 부질없이 시를 읊조리는 것밖에는 없다.

실제로 포은은 위의 사행에 앞서서 14년 전인 1372년(공민왕 21) 홍사범의 종사관으로 중국에 사행을 갔다가 돌아오는 길에 바다 에서 큰 태풍을 만나 거의 죽음 직전에까지 갔던 경험이 있었다.10 이처럼 중국으로의 사행은 일단 오고가는 여정이 너무나 험난하 고 죽음의 위험이 도처에 가득한 고난의 길이었다. 포은은 커다란 파도 앞에서 14년 전의 죽음의 기억을 다시 한번 떠올렸을 것이

---

9 『고려사절요』에 "정당문학 정몽주를 남경에 보내어 왕의 便服과 陪臣의 조복 과 편복을 청하고, 이어서 세공을 감하여 주기를 청하였다."(『고려사절요』 권 32, 신우3)는 기록이 보이는 바, 포은이 사행단의 대표였음을 알 수 있다.

10 태풍을 바다에서 만나 배는 산산조각으로 깨어지고 일행은 표류하다가 어느 섬에 도달하게 되었다. 이 일로 정사 홍사범은 물에 빠져 순직하고 일행 중 대부분의 사람이 익사하게 되었으며, 포은 또한 말다래를 베어 먹으며 버 티기를 13일 동안이나 하다가 겨우 구조되었다. 이상은 『포은선생집』 권4, 「본전」 참조.

다. "나그네 회포는 슬퍼지기 쉽고/ 세상일은 어긋나기 잘 하는구나"라는 말은 이 같은 반복적인 죽음의 위험 앞에서도 또 다시 사행을 떠나야 하는 자신의 삶을 돌아보며 토로한 고백이다. 이 같은 사행의 고난은 비단 중국뿐만이 아니라 일본의 경우도 마찬가지였다. 포은은 1377년(우왕 3)에 일본으로 사행을 가게 되었는데, 이때의 사행은 조정의 신하들이 모두 다 가기를 두려워하던 매우 위험한 행차였다.[11] 결국 정몽주는 그 해 9월에 사행을 떠나 다음 해 7월 귀국할 때까지 약 10개월을 일본에 머무르게 된다. 다음 시를 보자.

홍무 정사년에 사명을 받들고 일본에 가서 지은 시

타향살이 적막하게 세월 보내니   僑居寂寞閱年華
창살에 해 그림자 덧없이 지나가네   苒苒窓櫳日影過

---

11 정몽주가 일본으로 사행을 가게 된 것은 그 전에 조정에서 왜구의 침범을 걱정하여 羅興儒를 覇家臺에 사신으로 보내 화친하도록 타이른 적이 있었다. 그런데 일본의 主將이 나흥유를 가두었으므로 거의 굶어 죽게 되었다가 겨우 살아 돌아왔고, 일본에는 尹明과 安遇世 등 수백 명의 사람들이 잡혀 있는 상태였다. 고려조정에서는 일본과의 협상을 통해 이 일을 해결하기 위해 외교에 능한 관리를 보내야 했지만, 사행의 어려움과 또 볼모로 잡힐지도 모르는 위험 때문에 당시 조정의 신하들 중에는 선뜻 나서서 가려고 하는 자가 없었다. 이때 포은과 관계가 좋지 않았던 조정의 한 권신이 원한을 품고 포은을 천거하여 報聘하게 하니, 이 사행을 사람들이 다 위태하게 여겼다. 그러나 포은은 어려워하는 기색이 조금도 없이 일본으로 사행을 떠나게 된다(이상에 대한 사항은 「연보고이」와 「본전」을 참조).

봄바람 맞을 때마다 멀리 떠난 나그네 되었으니	每向春風爲客遠
호기가 사람 그르침을 비로소 알겠네	始知豪氣誤人多
붉은 복사 흰 오얏꽃 시름 속에 고우니	桃紅李白愁中艶
하늘 높고 땅 낮음을 취중에 노래하네	地下天高醉裏歌
보국한 공로도 없이 몸에 병만 났으니	報國無功身已病
돌아가 강호에서 늙는 것만 못하리라	不如歸去老烟波12

1378년 어느 봄날에 쓴 모두 11수의 연작 중 두 번째 시다. 이때는 포은이 일본에 온 지도 벌써 수개월 지난 뒤였다. 어느덧 해가 바뀌어 새해의 봄을 머나먼 이국에서 맞이하고 있다. 일본에서의 나날은 매우 무료한 일상이었던 것으로 보인다. 별일 없이 그저 적막하게 세월을 보내는 시인의 눈에는 창밖으로 지는 해의 그림자가 덧없이 느껴질 뿐이다. 지나온 인생을 돌아보니 이렇듯 이국 땅에서 홀로 떨어져 보낸 세월이 한두 해가 아니었다. 어찌 보면 포은의 삶은 나그네 인생이었다. 중국과 일본으로 이어진 수차례의 사행, 여진과 왜와의 전쟁에 종군한 일, 북원의 사신을 맞이하지 말 것을 건의하다 유배를 당한 일 등이 그의 삶을 말해준다. 그렇다면 제3구 "봄바람 맞을 때마다 멀리 떠난 나그네 되었"다는 말은 결코 과장이 아니다. 시인은 자신의 나그네 삶이 "호기" 때문이었다고 4구에서 고백하고 있다. 또한 그 호기로 인해

---

12 정몽주, 『포은선생집』 권1, 「洪武丁巳奉使日本作」.

인생이 그르치게 되었다고 자탄한다. 온 천지는 붉은 복숭아꽃과 흰 오얏꽃으로 뒤덮여 있는데, 시인은 술을 마시고 시를 읊조릴 일밖에 달리 할 일이 없다. 돌아보니 이렇듯 바쁘게 살아왔지만 나라에 보국한 공로도 특별히 없이 병만 든 채 늙어가는 것 같다. 생각이 여기에 미치자 차라리 자연으로 돌아가는 것이 더 낫겠다고 토로한다.

　물론 시인의 이 같은 발언을 글자 그대로 받아들여서는 곤란하다. 우선 일본 사행에서 인질로 잡혀 있던 수백 명의 사람들을 무사히 데리고 왔으니 보국한 공로가 없다는 것은 사실이 아니다. 이는 중국 사행의 경우도 마찬가지로 포은은 사행을 통해 그 누구도 하기 힘들었던 많은 일을 해내었던 것이다. 하지만 포은이 심정적으로는 적어도 수차례의 종군과 사행으로 인해 나그네와 같은 자신의 삶이 견디기 힘들만큼 심신이 지쳐있었던 것은 분명해 보인다. 더구나 그의 사행과 종군은 예외없이 모두 다 죽음의 위험이 도사리는 목숨을 건 사역이었음을 상기해 볼 때, 위 시에 보이는 포은의 자탄은 충분히 납득할 만하다. 나라와 임금을 위해 개인의 평생을 희생한 것은 다음 시를 통해서도 확인할 수 있다.

여행 중의 자신에게

하늘과 땅은 우리들을 용납하지만	天地容吾輩
세월은 이 노부를 저버렸네	光陰負老夫
머리에 꽂은 꽃은 짧은 머리 꺼려하지만	簪花羞短髮
환약은 쇠약한 몸을 도와준다	丸藥養殘軀
비바람에 돌아오는 배는 드물고	風雨歸舟小
강호의 나그네 베갯머리 외롭다네	江湖客枕孤
결국은 임금을 위하는 일이니	終然爲君父
처자 위한 염려는 할 수 없다네	不得念妻孥13

　　인용시는 여행 중에 쓴 것이다. 『포은선생집』 문집 배열상 중국 사행시들 속에 섞여 있는 것으로 보아 아마도 포은이 했던 수차례의 중국 사행 중의 하나였을 가능성이 높다. 시인은 이 세상은 나를 살도록 용납해 주었지만 세월이 자기를 저버렸다고 자탄하고 있다. 어느덧 세월이 덧없이 흘러 꽃도 꽂지 못할 정도로 머리칼은 다 빠져버렸고, 쇠약해진 몸은 환약에 의지하며 살아갈 뿐이다. 비바람이 불어대 오고가는 사람도 드물고 강호의 나그네 신세인 시인은 지금 홀로이다. 생각해보니 외롭게 떠돌았던 한평

---

13 정몽주, 『포은선생집』 권1, 「客中自遣」.

생, 남은 것은 고독과 병든 몸뿐이다. 오직 나라와 임금만을 위해 달려온 삶, 그 속에서 처자식을 위한 염려는 할 수 없었다. 하지만 오늘도 시인은 나라를 대표하여 사행 중에 있고, 아마도 이러한 삶은 앞으로도 계속될 것이다. 포은이 시제를 "여행 중의 자신에게"라고 쓴 것은 상당히 의미심장하다. 얼핏 보면 본인의 고독하게 떠돌았던 평생을 푸념하는 넋두리처럼 보이기도 하지만, 실은 앞으로 죽을 때까지 국가를 위해 헌신하겠다는 스스로의 결심과 다짐이기도 한 것이다. 이렇게 보면 포은은 고려를 위해 죽을 수밖에 없었던 운명을 타고 태어난 것이라고 봐도 좋을 정도로 그의 인생은 나라에 바쳐진 삶이었다. 국가를 위해 헌신한 삶의 모습은 사행뿐만 아니라 종군의 현장을 다룬 다음 시에서 더욱 처절하게 나타난다.

전주 망경대에 올라

○ 경신년에 왜적이 경상도, 전라도의 여러 고을을 함몰하고 지리산에 둔쳤는데, 이 원수를 따라 운봉에서 싸워 이겨 노래하며 돌아올 때에 길이 완산을 지나게 되므로 이 대에 올랐다. (歲在庚申, 倭賊陷慶尙全羅諸州, 屯于智異山, 從李元帥戰于雲峰, 凱歌而還, 道經完山, 登此臺)

천 길 언덕 머리에 돌길 비껴 있는데   千仞岡頭石徑橫
올라가니 나로 무한한 감정을 일으키게 하네   登臨使我不勝情

청산은 부여국에 보일락말락	青山隱約扶餘國
황엽은 백제성에 어지럽도다	黃葉繽紛百濟城
구월의 고풍은 나그네 슬프게 하고	九月高風愁客子
백년의 호기는 서생을 그르친다	百年豪氣誤書生
하늘가에 해가 지고 뜬구름이 모이니	天涯日沒浮雲合
서글퍼 이유 없이 하늘만 바라보네	惆悵無由望玉京14

위 인용시는 1380년(우왕 6) 포은이 이성계와 함께 전라도 운
봉에서 왜를 크게 물리치고 귀로에 전주 망경대에 올라 쓴 것이
다. 당시 고려 조정은 빈번한 왜구의 침입으로 인해 골머리를 앓
고 있었다. 이성계는 여진과의 싸움에서 승리를 거둬 이미 명성을
얻고 있었기에 조정에서는 그를 왜구를 물리칠 적임자로 판단하
여 운봉 전투에 원수로 참여케 한 것이다. 이때 포은은 조전원수
助戰元帥로 종전하였는데, 이성계와는 이미 16년 전인 1364년(공민
왕 13) 여진과의 싸움에 함께 참전한 경험이 있었다. 왜와의 전쟁
은 다행히 크게 승리하여 돌아오는 길에 전주 망경대에 오르는 여
유가 있었던 것으로 보인다. 천 길 벼랑을 따라 산으로 오르니 주
체 못할 정도로 무수한 감정이 일어난다. 때는 음력 9월, 바야흐
로 가을의 절정이요 만추의 계절이다. 시인은 이 가을의 한복판에
서 "구월의 고풍은 나그네 슬프게 하고/ 백년의 호기는 서생을 그

---

14 정몽주, 『포은선생집』 권2, 「登全州望景臺」.

르친다"라고 독백한다. 아무리 감상적인 가을철이었음을 감안한다 하더라도, 적군과의 전투에서 대승을 거둔 개선장군의 시 치고는 너무나 슬픔에 차있어 독자로 하여금 당혹감을 줄 정도다. 포은은 왜 이렇게 시를 쓰고 있는 것일까?

당시 포은의 나이는 44세였는데, 전술했던 일본으로의 사행에서 돌아온 지 불과 2년 후였다. 포은은 1360년(공민왕 9) 24세의 나이로 과거에 급제하여 환로에 오른 뒤 20여 년을 단 한 번도 충분한 휴식을 가져보지 못했다. 그 사이 중국과 일본 사행을 통해 죽을 고비도 몇 차례 넘겼고 여진과 일본과의 전쟁에도 참여하였다. 가족과는 계속해서 떨어져 항상 홀로였다. 아마도 전투 중에는 긴장감 속에 느끼지 못했던 갖가지 상념들이 전쟁이 끝난 뒤 평화와 안도감 속에 찾아온 것 같다. 어쨌든 시인은 지금 자신의 인생을 돌아보며 깊은 슬픔에 빠져 있다. 심지어 그는 자신의 호기가 평생을 그르쳤다라고 심각할 정도로 자탄한다. 전쟁에서 죽음의 고비를 겨우 넘기자 이번에는 전쟁보다 더 위험해 보이는 허무와 절망의 인식이 그를 옥죄고 있다. 이처럼 포은은 한평생을 죽음의 위험과 죽음의 고비를 넘긴 뒤에 찾아오는 허무와 절망의 인식에서 괴로워했다. 이 같은 허무감은 다음 시에서 극대화되어 나타난다.

늦봄

가을바람 불고 나니 또다시 봄바람	秋風過了又春風
한평생 세월이 한 바탕의 꿈이구나	百歲光陰一夢中
슬프도다 간밤에 처마 밑에 내린 비에	惆悵簷前夜來雨
성안 가득히 붉은 꽃 수없이 떨어졌네	滿城多少落花紅[15]

　가을바람이 불고 나더니 또 다시 봄바람이 불어온다. 돌아보니 한평생 살아온 인생이 어쩌면 한바탕의 봄날의 꿈처럼 덧없게 느껴진다. 어느덧 꽃도 다 져가는 늦봄이다. 게다가 간밤에 밤새도록 봄비가 내렸다. 여기까지 얘기하던 시인은 돌연 화제를 바꾸어 "꽃이 얼마나 떨어졌을까"라고 다소 엉뚱한 언급으로 시를 끝맺고 있다. 하지만 이 짧은 한마디에는 무수한 감정과 갖가지 상념이 혼재돼 있다. 간밤에 내린 비를 인생의 고통, 시련, 죽음의 상황이라고 가정한다면 땅바닥에 떨어진 꽃잎은 시인 자신이요, 시인의 죽음을 의미한다고 볼 수 있다. 일장춘몽의 꿈같은 인생이 떨어진 꽃잎으로 죽음을 맞이한다. 허무의식의 극치를 아름다운 상징으로 시화詩化하였다. 이처럼 포은시에는 앞으로의 삶이 얼마 남지 않았을 것이라는 인식이 곳곳에 드러나 있다. 하지만 이러한

---

15 정몽주, 『포은선생집』 권2, 「暮春」.

인식은 죽음에 대한 구체적 생각이나 징후, 예감 등 직접적으로 드러나는 것은 아니다. 이것은 아마도 포은이 와병 등의 상황으로 죽음에 직접 직면했던 것은 아니기 때문이었을 것이다. 그럼에도 불구하고 막연하게나마 죽음에 대한 생각은 그의 시 전반에 걸쳐 꾸준하게 나타난다.16 이는 물론 전술한 포은의 험난했던 인생에 바탕한 것이다.

뿐만 아니라 포은은 때로 자신을 "절뚝거리는 나귀[寒驢]"라고 표현함으로써 세상살이에 적응하지 못하고 상처받은 영혼의 모습을 드러내기도 한다. 이런 표현은 대체로 유배의 과정을 다룬 시들에서 나타난다. 가령, 포은은 1375년 북원의 사신을 맞이하지 말 것을 상소하다가 권신 이인임에 의해 경상도 언양으로 유배를 당하였고 1377년 3월에 해배되어 서울로 돌아오게 되었는데, 이때 돌아오는 길에 의성루에 올라 쓴 시17에서 "문소 고을 누각이 아름다운 곳/ 비 피해 올라오니 해 기우는데/ 풀빛은 역말 길에 푸름을 잇고/ 복사꽃은 인가를 따듯이 덮네/ 봄 시름은 정말로 술처럼 짙고/ 세상 맛은 깁처럼 얇아 가는데/ 애가 타며 강남의 길

---

16 가령, 어느 해 한가위에 쓴 「中秋」(『포은선생집』 권2)시에서는 "예전에도 한가위에 함주 땅의 나그네였는데/ 이제 손을 꼽아 보니 스무 해가 지났구나/ 흰 머리로 다시 와 밝은 달을 대하자니/ 남은 여생에 몇 번이나 둥근 달을 볼는지(中秋昔作咸州客, 屈指今經二十年, 白首重來對明月, 餘生看得幾回圓)"라고 함으로써 죽음에 대한 생각이 간접적으로 그려져 있다.

17 정몽주, 『포은선생집』 권2, 「丁巳三月雨中登義城北樓」.

가던 손이/ 절뚝거리는 나귀로 또다시 시울을 향해 가네(閒韶郡樓佳

處, 避雨來登日斜, 草色靑連驛路, 桃花暖覆人家, 春愁正濃似酒, 世味漸薄如紗,

腸斷江南行客, 寒驢又向京華)"라고 노래하고 있다. "절뚝거리는 나귀

로 또다시 서울을 향해 가네"라는 마지막 구절은 세계에서 소외

된 상처받은 자아의 비극성을 보여준다. 그런데 이 구절이 더욱

비극적인 것은 시인 자신을 "절뚝거리는 나귀"18라고 인식하고

있어서이기도 하지만, 그보다 "또다시 서울을 향해 가네"라는 상

황 때문이다. 절뚝거리면서도 또다시 유배의 출발지였던 서울로

갈 수밖에 없는 삶이야말로 비극성의 절정을 보여준다. 다음 시는

포은이 만년에 떠나간 벗들을 그리워하며 쓴 작품으로 죽음의 모

습이 좀 더 잘 나타나있다.

밀양 박중서에게

평생 친구들이 새벽의 별처럼 드물어져   平生親舊曉星疏

늙은 내가 이제 와서 은거의 아쉬움을 한탄하네   老圃如今嘆索居

도은은 서쪽으로 가고 약재는 죽었으니   陶隱西遊若齋死

---

18 예컨대 해배되어 서울로 올라가며 영주에 들러 쓴 시 「次榮州板上韻 三首」
(『포은선생집』권2)에서도 "오얏꽃 피는 철에 서울 가는데/ 곳곳의 강산 모
두 이름났도다/ 천천히 좋은 경치 구경하려니/ 그대들! 절뚝거리며 가는 나
귀를 비웃지 마오(杏花時節向都城, 處處江山摠有名, 自是遲遲貪勝景, 傍人莫
笑寒驢行)"라고 하여 본인을 "절뚝거리는 나귀"로 표현하고 있다.

　시제의 박중서란 박의중朴宜中(1337-1403)을 가리킨다. 그는
도은 이숭인, 척약재 김구용, 그리고 포은과 함께 1367년 공민왕
이 성균관을 개창하였을 때에 학관學官을 지냈던 인물이다. 이때
성균관 대사성은 목은 이색이었고, 이를 계기로 이들의 교유는 평
생을 지속하게 된다. 위 시에서 "도은은 서쪽으로 가고 약재는 죽
었다"고 하였는데, 김구용은 명明에 사신으로 갔다가 가지고 간
표문이 문제가 되어 중국 황제에 의해 사천성으로 유배 도중 죽었
으니 이때가 1384년(우왕 10)의 일이고, 이숭인의 서유西遊는 우왕
12년의 일이었다. 당시 박의중은 중서문하성의 문하사인을 지내
고 있었다. 따라서 인용시는 적어도 1386년 이후에 지어진 것임
을 알 수 있다. 평생을 함께 보낸 친구들이 하나둘씩 세상을 떠나
가서 새벽별처럼 보기 힘들어졌다. 이제 남은 이는 몇 명 되지 않
는다. 그나마 도은은 외유 중이다. 마음 편하게 찾을 수 있는 친
구는 박의중뿐이다. 더구나 우왕 이후로는 중앙정계에서 포은의
활동영역이 점점 넓어졌기 때문에 부담 없이 만나서 회포를 풀 수
있는 이가 그리웠을 것이다. 친구들이 다 떠나고 홀로 남은 외로
움, 본인도 언제 세상을 뜰지 모르는 만년의 쓸쓸함과 허전함이
잘 그려져 있다. 다음은 평소 친분이 있던 인사들의 죽음을 애도

---

19 정몽주, 『포은선생집』권2, 「寄密陽朴中書」.

하는 만시로 포은의 죽음에 대한 인식을 엿볼 수 있다.

원수 김득배를 제사하여

서생은 글을 토론하기에 합당하건만	自是書生合討文
어찌하여 휘우로 삼군을 거느렸나	迺何麾羽將三軍
충성되고 씩씩한 넋 이제 어디 있는지	忠魂壯魄今安在
청산을 돌아보니 흰 구름만 떠 있네	回首青山空白雲20

김득배金得培(1312-1362)는 호는 난계蘭溪, 본관은 상주로 1360
년 포은이 과거에 급제했을 때 지공거知貢擧로 시험을 주시하였으
니, 포은과는 이른바 좌주와 문생과의 관계였다. 그는 1362년(공
민왕 11) 홍건적을 토벌하기 위해 서북면도병마사로 참전하여 개
경을 수복하는 전공을 세웠으나 김용金鏞에게 모함을 당하여 상주
에서 효수 당하였다. 김득배가 죽임을 당하자 사람들은 모두 두려
워하면서 행동을 움츠렸지만, 포은은 이제 갓 과거에 급제한 신진
관리의 신분으로 임금에게 스스로를 김득배의 문생이라 밝히고
그 시체를 거두어 장사 지냈다.21 이 시는 스승을 제사지내며 추

---

20 정몽주, 『포은선생집』 권2, 「祭金元帥得培」.
21 「연보고이」(『포은선생집』 권4) 1362년(공민왕 11) 조에는 김득배의 죽음과
   포은이 그 시체를 거두어 장사지낸 일에 대해 상세히 기록되어 있다. 이를
   살펴보면 다음과 같다. "김득배의 주검을 거두어 장사하신 일은, 고려사를

모의 정을 담아 쓴 것으로 스승의 죽음에 대한 안타까움이 담겨
있다. 제1구와 2구는 문신이자 서생인 사람이 어찌하여 장군이 되
어 전쟁에 참여했는지를 아쉬워하고 있다. 김득배가 만약 전쟁에
참전하지 않았더라면 억울하게 죽음을 당하지도 않았을 것이기
때문이다. 마지막 4구에서는 "청산을 돌아보니 흰 구름만 떠 있
다"라고 함으로써 스승을 잃은 아픔과 견디기 힘든 허전함을 시
적으로 표현한 것이다. 다음 시는 고려후기의 개혁군주로 목은,
포은을 비롯한 신진사대부들이 중앙으로 진출할 수 있는 계기를
열어준 공민왕의 죽음에 대한 것이다.

안동서기가 되어 가는 이수재를 보내며

선왕께서 갑자기 남순하신 옛날에도   先王昔日忽南巡
행궁의 시종신이 되어서 갔거니와   也忝行宮侍從臣
지난해 영호루 아래를 지날 때   去歲映湖樓下過
대궐 바라보니 눈물이 수건을 적셨도다   仰瞻宸翰涕沾巾22

보면 '그때 임금이 위에서 어두우므로 간사한 신하들이 나라 일을 전횡하여
궁문에서 공신을 마음대로 죽이니, 사람들이 모두 두려워하여 행동을 움츠렸
다.' 하였는데, 공이 신진의 까마득한 몸으로 홀로 청하여 주검을 거두셨으니
또한 공의 높은 의리를 볼 만한데 구본에 실지 않았으므로, 이를 드러내 기
록한다."

22 정몽주, 『포은선생집』 권2, 「送李秀才就赴安東書記 五絶」.

인용시는 안동의 서기가 되어 떠나는 이수재李秀才를 진송하며 쓴 칠언절구의 연작시 다섯 수 중 첫 번째 작품이다. 이수재가 어떠한 인물인지는 확실치 않다. 제1구와 2구에서는 공민왕이 홍건적의 침입을 받아 상주와 안동으로 피신했던 사실을 추억하고 있다. 당시의 정황을 좀 더 구체적으로 살펴보면, 1361년(공민왕 10) 11월에 홍건적의 침입을 받고 공민왕은 남쪽으로 피신하여 12월에 안동에 도착하였으며 이때 영호루에 올라간 것으로 보인다. 그리고 그 다음 해 3월에는 상주로 옮겼는데 포은은 계속해서 왕을 호종했던 것 같다. 포은은 당시 관직에 오른 지 얼마되지 않은 신진관료로서 한림학사의 지위에 있었다. 인용시가 지어진 연대는 정확히 알 수 없지만, 포은은 아마도 이 시를 짓기 한 해 전에 무슨 일로 안동의 영호루를 지났던 것으로 보인다. 그리고 젊은 시절 공민왕을 호종했던 일을 기억하며 눈물을 흘렸다는 것이 3-4구의 내용이다. 공민왕은 포은에게 있어서 여러 가지로 잊을 수 없는 왕이었다. 우선 포은이 과거 급제하여 환로에 처음 오른 것이 공민왕 때였고, 외적의 침입으로 국가의 위기를 맞아 멀리 남쪽지방까지 피신하여 목숨 걸고 호종했던 것도 공민왕 때였다. 뿐만 아니라 공민왕은 개혁군주로 이때 많은 신진사대부들이 등용되기도 하였다. 따라서 고려말 백척간두와 같은 나라의 혼란과 위기를 맞아 젊은 시절 섬기던 공민왕이 그리웠음은 말할 나위가 없었을 것이다. 다음에 살펴볼 시는 평생의 벗 척약재를 추도하는 것으로 그 슬픔이 절정에 다다른다.

양자도에서 북고산을 바라보고 김약재를 추도하며

선생의 호기는 남주를 덮었지	先生豪氣蓋南州
다경루에 함께 올랐던 옛 생각 나네	億昔同登多景樓
오늘 다시 왔으나 그대는 보이지 않으니	今日重遊君不見
촉강 어느 곳에서 외로운 넋이 노니는가	蜀江何處獨魂遊23

　　포은이 중국으로 사행을 가서 양자도楊子渡에서 북고산北固山을 바라보며 쓴 시이다. 북고산은 강소성江蘇省 진강鎮江 교외에 있는 명승지로 양자강 연안에 위치해 있으며 감로사甘露寺 등 유명한 사찰이 있는 곳이기도 하다. 시제에 딸린 세주에 "홍무 계축년에 선생과 함께 북고산의 다경루에 올랐다(洪武癸丑 與先生同登北固山多景樓)"라는 기록으로 보아 1373년에 포은은 척약재와 동행하여 다경루를 방문했던 것 같다. 다경루는 중국 강소성 진강시 감로사 뒤편의 북고산 자락에 있는 누대인데, 이름에서도 알 수 있다시피 일찍부터 악양루岳陽樓, 황학루黃鶴樓와 함께 중국의 3대 명루名樓로 꼽힐 정도로 풍광이 빼어나 구양수, 소동파와 같은 수많은 시인 묵객들이 즐겨 찾았던 곳이다.
　　제1구와 2구는 포은이 북고산에 도착해서 다경루에 함께 올

---

23 정몽주, 『포은선생집』 권1, 「楊子渡望北固山悼金若齋」.

랐던 척약재와의 추억을 회상하는 장면이다. 3－4구에서는 죽은 척약재를 그리워하며 추모한다. 1373년 이후 포은이 중국에 들어간 것은 1384년(우왕 10)과 1386년의 사행 두 차례이다. 그런데 척약재가 중국 사행 도중 운남성으로 유배를 당하여 죽은 것이 1384년 7월 11일이고, 포은의 1384년 사행은 하성절사賀聖節使로 7월 이후에 떠난 것이니, 그렇다면 위의 인용시는 1386년 사행에서 지어진 것임이 밝혀진다.24

　　1373년 이후 13년만에 다시 찾은 북고산의 다경루는 풍광은 옛날과 같이 변함없이 아름답지만, 포은에게는 이 멋진 경치들이 더 이상 아무 의미가 없다. 왜냐하면 함께 구경할 친구가 이 땅에 없기 때문이다. 그는 불과 2년 전에 머나먼 이역의 땅에서 쓸쓸하게 죽어갔다. 그의 억울하고 외로운 넋은 지금도 촉강蜀江의 어느 곳에서 떠돌고 있을 것 같은 생각이 든다. 포은이 촉강을 언급하고 있는 것은 김구용이 사천성四川省 노주瀘州에서 객사했기 때문이다. 1367년(공민왕 16) 목은 이색이 성균관 대사성으로 있을 때 성균관 교수로 함께 근무하며 깊은 우정을 맺어온 지 20여 년, 이제는 그 친구를 더 이상 볼 수 없다는 생각이 들자 포은은 무척이나 견디기 힘들었을 것이다. 더구나 척약재는 1375년 북원의 사신이 올 때 포은과 더불어 강력한 반대의 상소를 하다가 함께 유배를 가기도 한, 포은의 둘도 없는 정치적 동지였다. 그 친구가

---

24 이상의 연도와 관련된 사항은 『포은선생집』 권4의 「연보고이」를 참조할 것.

중국 사행 도중 한 많은 죽음을 당했으니 포은은 시를 통해서라도
벗의 영혼을 위로하고 자기의 슬픈 마음을 달래고 싶었던 것이다.
다음 시는 둔촌遁村 이집李集에 대한 만시이다.

이호연을 곡하며

손꼽아 헤어보니 교유 맺은 지 삼십년　　　屈指論交三十年
등불 앞에서 고담준론 몇 번이나 논했던가　　清談幾度共燈前
백발 되어 마음 아는 벗 잃었으니　　　　　　白頭失此知心友
까닭없이 눈물 흘린다 그 누가 말하랴　　　誰謂無從涕泣然25

시제의 이호연李浩然은 둔촌 이집의 자이다. 둔촌 이집은 포은
이 가장 깊은 교분을 나눴던 친구 중의 한 명이다. 이집은 1368년
(공민왕 17) 신돈을 논죄하여 중앙 정계에서 은퇴하고, 다시 1380
년(우왕 6) 무렵 경기도 여주 천녕川寧으로 은거하여 1387년(우왕
13) 세상을 떠날 때까지 여주에 파묻혀 지냈던 인물이다. 포은은
이집이 여주에 은거하고 있을 때 그를 찾아 우정을 나누고 시를
주고받기도 했으며, 또 그에게 여러 통의 편지를 보내어 속마음을
털어놓기도 할 정도로 둔촌과는 막역한 사이였다. 제1구와 2구는
둔촌과의 우정이 30여 년이나 되었을 정도로 유래가 깊다는 것을

25 정몽주, 『포은선생집』 권2, 「哭李浩然 三首」.

말하고 있다. 20대 젊은 시절 처음 만났으니 정치, 사회, 문학 등 다방면의 수많은 토론을 나누었을 것이고 시 또한 여러 수를 주고받았다. 그러나 이제는 그 벗이 죽고 없다. 1387년이면 포은 나이 51세이다. 그는 친구의 죽음을 "백발 되어 마음 아는 벗 잃었다"고 슬퍼한다. 평생의 지우 중 척약재는 몇 년 전에 죽었고, 이제 둔촌이 세상을 하직했다. 남은 사람은 이숭인과 박의중 정도다. 그러니 눈물이 나오는 것은 당연하다. 사실 이들의 교유는 친구 이상이었다. 포은이 둔촌에게 준 다음 편지글에서 이들의 우정을 확인할 수 있다.

> 헤어진 뒤로 궁금한 마음이 많습니다. 요즈음은 동정이 어떠하십니까? 이 몸은 또한 탈이 없으니 염려하지 마십시오. 제가 이 달 19일 명에 특별히 밀직제학에 제배除拜되매, 높은 지위가 매우 두려워 밤낮으로 불안한데, 선생은 이 뜻을 알 것입니다. 끝으로 부디 몸조심하시기 바라며 이만 줄입니다. 11월 24일 정몽주 재배再拜.26

이 편지글은 1380년 7월부터 11월 사이에 포은과 둔촌 사이

---

26 정몽주, 『포은선생집』권3, 「答遁村書」. "別後懸渴多也, 卽辰動止何如? 區區亦無恙, 毋勞念及. 僕於今月十九日, 超拜密直提學, 深懼亢滿, 日夜不安, 惟先生想警此意. 餘冀萬萬珍重只此. 鄭某再拜, 十一月二十四日."

에 오고간 세 통의 편지 중 하나이다.**27** 편지의 내용은 포은이 여주 천녕의 둔촌 은거지를 방문하고 서울로 돌아간 뒤 자신에게 생긴 변화와 아울러 둔촌의 안부를 묻는 것이다. 특히 1380년(우왕 6) 11월에 포은은 밀직제학에 제수되었는데,**28** 그 걱정과 불안감을 둔촌에게 토로하고 있다. 아마도 친구에게 고민을 말함으로써 위로를 얻고자 한 것 같다. 특히나 "선생은 이 뜻을 알 것입니다."라고 함으로써 둔촌에 대한 깊은 의지와 신뢰감을 보여주고 있다.

시중의 안변루시 운을 차하여

누가 누를 세웠는지 물어 보고	試問何人始起樓
올라서 보다가 다시 또 지체하네	登臨聊復爲淹留
십 년을 길에서 떠도느라 심사를 잊었고	十年道路負心事
온갖 전쟁 벌어진 산하에선 눈물 참았네	百戰山河堪淚流
태수의 정치 명성 물처럼 맑은데	太守政聲淸似水

---

27 『포은선생집』에는 「答遁村書」란 제목으로 둔촌에게 준 편지가 네 통인 것처럼 되어 있지만, 이집의 문집인 『둔촌잡영』에는 7월과 8월에 보낸 편지는 「答遁村書」로 두 통으로 되어 있고, 11월의 편지는 「與遁村書」로 한 통으로 되어 있다.

28 「연보고이」(『포은선생집』 권4) 庚申年(1380년) 조에 "11월에 밀직제학 상의회의 도감사 보문각제학 상호군에 제배되셨다."라는 기록이 보인다.

서생의 행색은 가을보다 차갑구나 　　　　書生行色,冷於秋

시중이 이곳을 지나며 지은 시귀를 　　　　侍中過此題詩句

쳐다보며 읊조리기 쉽지 않도다 　　　　仰看沈吟未肯休29

　　인용시는 고려말의 문신 이자송李子松(?–1388)에 대한 추모시
이다. 그는 수원이씨水原李氏의 시조로 1362년 전법판사典法判書로
원나라에 가서 홍건적紅巾賊이 평정되었음을 전해주었다. 이때 원
나라에서 덕흥군德興君을 고려왕으로 책봉하고 이자송에게 호종할
것을 명령했으나 이를 거절하고 숨은 후, 1364년에 돌아와 밀직
부사密直副使가 되고 단성보조공신端誠輔祚功臣의 호를 받았다. 1372
년에는 동북면존무사東北面存撫使로 나갔다가 왜적이 안변安邊 지방
을 약탈하는 바람에 파직되었다. 1382년에는 수문하시중守門下侍中
으로 승진하였다가 우왕의 방탕을 간하여 파직된 뒤, 후에 공산부
원군公山府院君에 봉해졌다. 1388년 최영이 요동 정벌을 주장하자
이에 반대하다가 임견미林堅味 일파로 몰려 죽음을 당하였다. 위
의 인용시는 이자송의 안변安邊 가학루駕鶴樓 시에 차운하여 그의
죽음을 애도하는 형식으로 쓴 것인데, 이자송의 시는 1372년(공민
왕 21) 동북면존무사로 근무했을 때 가학루에 올라 썼을 것으로
짐작된다.

　　가학루는 신라 효성왕 때에 지어진 것인데 학이 많이 모이는

---

29 정몽주, 『포은선생집』 권2, 「次李侍中安邊樓詩韻」.

안변의 벌판을 내다보고 있기 때문에 '가학루'라 이름 지어진 것이다. 시인은 지금 고려의 변방인 이 누대에 올라 온갖 전쟁터를 누비고 다닌 자신의 모습을 바라보고 있다. 문득 나그네처럼 살아가는 자신의 행색이 견딜 수 없이 초라하게 느껴진다. 시인은 이를 "서생의 행색은 가을보다 차갑다"라고 말하고 있다. 누대에 걸린 시를 보니 그 옛날 이자송이 썼던 것이다. 시인은 이자송의 시를 보며 이자송의 모습을 떠올렸을 것이다. "읊조리기를 쉬지 않았다"는 것은 이자송을 추모하는 시인의 정을 표현한 것이다.

밀직 이종덕을 곡하여

한산의 집안에서 선행을 넉넉히 쌓았는데	自是韓山積善餘
어진 이의 천수가 부족함은 어찌된 일인가	賢郎欠壽竟何如
예로부터 이 이치는 끝내 따질 수 없으니	古來此理終難詰
공자 또한 일찍이 백어를 곡했다네	孔聖猶曾哭伯魚30

인용시는 목은 이색의 큰아들인 이종덕의 죽음을 애도한 것이다. 이종덕은 우왕 때 동지밀직사사同知密直司事를 지냈으며 1387년(우왕 13)에는 이구李玖와 함께 정조사正朝使로 명나라에 다녀오기도 하였다. 그러다 1390년(공양왕 2) 11월 김종연金宗衍 역모사건의

---

30 정몽주, 『포은선생집』 권2, 「哭李密直種德」.

연루자로 지목돼 이색을 포함한 _ㄱ의 지지자들이 정치적 숙청을 당할 때 이종학도 중앙정계에서 쫓겨나게 되었다. 이종덕의 몰년은 정확한 기록은 없지만 포은의 위 시를 통해서 적어도 조선조 개국 전에 죽었음을 알 수 있다. 이는 조선 개국 후 이종덕의 아우 이종학李種學, 이종선李種善 등이 목은과 더불어 조선의 개국에 반대한 핵심적인 정치범으로 거론될 때, 그 명단에 빠져있는 것을 통해서도 1392년 이전에 사망했음을 짐작할 수 있다. 포은은 정치적·학문적·인간적으로 가장 가까운 관계였던 목은 이색의 집안이 고려말의 정치적 대격변기를 맞아 크나큰 어려움을 당하는 것을 안타까운 심정으로 바라보고 있다. 가정 이곡에서 전해진 명문의 집안, 많은 학자와 정치가를 배출한 가문에서 아버지와 세 아들은 매우 어려운 형편에 처해 있다. 결국 장자 이종덕이 젊은 나이에 먼저 세상을 하직하였으니 "어진 이의 천수가 부족함은 어찌된 일인가"라고 그의 죽음을 애도하고 있다. 3-4구는 공자보다 일찍 죽은 아들 백어伯魚를 거론하며 아무리 훌륭한 집안의 뛰어난 인재라도 자식을 먼저 보내는 경우가 있으니, 결국 그것은 인간의 힘으로 어쩔 수 없는 하늘의 뜻이 아니겠는가라고 위로하고 있다. 이 시를 쓴 포은과 이종덕의 아우 이종학도 조선조가 개국하는 상황에서 모두 죽게 되었으니, 포은이 시에서 언급한 "어진 이의 천수가 부족함은 어찌된 일인가"라는 말이 더욱 애절하게 들려온다.

꿈을 기억하며

잊지 못할 아름다운 그 사람은	有美一人不可忘
표연히 바람타고 어느 고을에서 노니는가	飄然馭風遊何鄉
하늘이 예장豫章 같은 큰 재목을 낳으니	天生大材如豫章
명당을 도우리라 사람들이 바랐도다	時人有望扶明堂
더구나 선왕에게 부탁을 받았으니	況蒙付託自先王
공명과 곽광 같기를 기대했는데	期以孔明與霍光
아아 상서롭지 못한 때를 문득 만났으니	嗚呼奄遭時不祥
안자의 요절 도척의 장수함 무를 이치랴	顏夭跖壽理杳茫
일생의 마음 곡절 그 누가 알 수 있으랴	百年心曲誰能詳
하늘을 쳐다보니 창창하기만 하네	仰視太空空蒼蒼
위의威儀 있는 모습을 어제 꿈에 문득 보니	忽於昨夢覩儀形
옥같은 낯 금같은 목소리가 완연한데	宛爾玉色與金聲
생전처럼 자상히 옛일 얘기하다가	綢繆話舊若平生
당시에 봉성으로 귀양 간 것 말하게 되니	因說當日峰城行
마음이 상하는 듯 잠잠해져서	嘿然如見傷中情
서로 함께 눈물을 마구 흘렸지	相與涕泣流縱橫
깨어나니 상월霜月만 맑게 보여서	覺來只見霜月清
내 마음을 답답하고 편찮케 하네	使我懷抱鬱不平31

이 시는 고려말의 문신인 경은耕隱 전조생田祖生을 그리는 만
시이다. 전조생은 본관은 담양潭陽이고 자는 계경季耕 호는 경은耕
隱이다. 아버지는 동지밀직사사同知密直司事를 지낸 희경希慶이며,
어머니는 웅신서씨熊神徐氏로 진현관대제학進賢館大提學 서성윤徐成允
의 딸이다. 지금까지 그의 생몰년에 대한 사항은 생년이 1318년
(충숙왕 5)이고, 몰년은 1355년(공민왕 5)이라는 설과 1392년이라는
두 가지 설이 있는데, 확정하기가 쉽지 않다.32 그는 1336년(충숙
왕 복위 5) 문과에 급제하였고, 1341년(충혜왕 복위 2)에 왕이 그를
불러 두 왕자를 한漢나라 곽광霍光과 제갈량諸葛亮 같이 보필하여

---

31 정몽주, 『포은선생집』 권2, 「記夢」.

32 전조생의 몰년에 대해서는 담양전씨 문중에서도 1355년과 1392년 두 가지
   로 결정을 내리지 못하고 있는 것 같다. 하지만 위의 인용시의 내용을 볼 때,
   죽은 이를 그리는 시가 확실한데, 시제에 딸린 주에 "계해년(우왕9, 1383년)
   10월 8일 밤 꿈에 경은 전선생을 보았다.(癸亥十月初八日 夜夢耕隱田先生)"라
   고 하였으므로 이 시는 1383년 작이 된다. 따라서 전조생은 1383년 이전에
   죽은 것으로 보는 것이 타당하다. 뿐만 아니라 포은이 쓴 「경은 전조생 초상
   찬」(『포은선생집 속록』 권1)에서 "덕 있고도 수 없으니 예측 못할 천명이나/
   안자에 비교하면 육년을 더 누렸네(有德無壽難測者天, 稽諸顏子加享六年)"라
   는 표현으로 보면 전조생은 공자의 제자 안연보다 6년을 더 살았으니 1355
   년 38세로 죽은 것이 된다. 하지만 이는 생년이 1318년이라는 것을 전제로
   했을 때의 추정인데, 만약 전조생이 1318년생이라면 여러 가지 전거상 1318
   년생인 것이 확실한 그의 형 전녹생과 동년이 되고, 이는 결국 전녹생·전귀
   생·전조생 3형제가 모두 쌍둥이라는 의미가 된다. 하지만 담양전씨 족보를
   비롯한 어느 책에서도 이들 3형제가 쌍둥이라는 기록이 보이지 않으므로 일
   단 전조생의 생몰년은 미상으로 처리해두기로 하겠다.

줄 것을 부탁하였다. 1346년(충목왕 복위 2) 이제현李齊賢·이곡李穀 등과 『편년강목編年綱目』을 찬정撰定하였고, 우탁禹倬을 따라 정주 程朱의 성리학을 강론하기도 하였다. 1351년 찬성첨의부사에 올랐을 때 왕이 강화도에서 손위遜位하자, 이강李岡·박사신朴思愼·한수韓修 등과 함께 호종扈從하였다가 그길로 운둔하여 출사出仕하지 않은 것으로 전해진다.

전조생뿐만이 아니라 위의 형인 전녹생(1318-1375)·전귀생도 모두 포은과 친밀한 교유를 나눴던 것으로 보인다.33 이들 삼형제는 모두 출사하여 당시 다른 이들의 부러움을 샀다. 포은은 위 시에서 "잊지 못할 아름다운 그 사람"으로 전조생을 그리워하고 있다. 제5-6구 "더구나 선왕에게 부탁을 받았으니/ 공명과 곽광 같기를 기대했는데"는 전술한 바와 같이 충혜왕이 어린 두 왕자를 전조생에게 맡기면서 한나라의 곽광이나 제갈량의 역할을 부탁한 것을 말한다. 하지만 불행히도 전조생은 젊은 나이로 그만 세상을 하직했으니, 예로부터 안회顔回와 같은 이는 요절하고 도척盜跖 같은 이는 장수를 누렸던 것이 세상의 또 다른 이치라고 자탄한다. 허전한 마음에 하늘을 바라보니 창창하기만 하고, 전조생을 더 이상 만날 수는 없다. 그는 이제 이 땅에서는 볼 수 없고 꿈에서야 볼 수 있는 존재이다. 그를 만나기 위해서인지 포은은

---

33 위의 인용시 외에도 포은이 전녹생과 화운한 시가 칠언절구 네 수(「答埜隱韻」)가 보이고, 전조생의 화상찬까지 지은 것을 통해 이를 확인할 수 있다.

전조생의 꿈을 꾼다. 간밤의 꿈에 그는 "옥같은 낯빛, 금같은 목소리"로 나타났다. 비록 꿈이지만 생전의 옛날처럼 서로 이야기를 나누고 눈물을 흘린다. 마지막 17-18구는 꿈에서 깨고 난 뒤의 아쉬움이다. 깨어보니 서리 내린 밤 달빛만 환히 비치고 시인의 마음은 답답하고 불편해진다. 이 장편의 만시는 참으로 간절하고도 애절하다. 이 땅에서 볼 수 없는 친우를 꿈에서라도 만나고자 하는 애틋함이 시에 잘 그려져 있다. 공자가 주공을 꿈에서 보았듯이 시인은 전조생의 꿈을 꾼다. 그만큼 전조생에 대한 포은의 정이 깊다는 것을 말해주는 것이다. 이는 포은이 전조생에 대한 또 다른 글인「전경은조생진찬田耕隱祖生眞贊」을 쓴 것을 통해서도 짐작할 수 있다. 위의 인용시는 필자가 보기에는 고려후기에 지어진 수많은 만시 중의 백미로 생각되는 수작이다.

포은 정몽주의 만시는 도합 26제로 양적인 측면에선 아주 많은 분량이라고 하기에는 무리가 있지만, 그 내용의 애절함과 절실함, 진지함의 측면에선 다른 이들의 만시나 죽음을 다룬 시들과 비교하여 탁월하다고 할 수 있다. 이는 포은시 안에서만 놓고 보더라도 일반적인 다른 포은시들에 비해 문학적 완성도와 미적 성취가 높다고 평가할 수 있겠다.

만시는 시문학의 여러 장르 가운데에서도 가장 애절하고 비통한 시다. 삶을 마감한 망자에 대한 추억과 감흥을 다룬 것이기 때문이다. 죽음이 인생에서 차지하는 중요한 비중만큼이나 중국과 한국의 한시사에서 만시는 시인들의 주된 창작 영역으로 자리매김해왔다. 한국 한시사에서는 일찍이 김부식을 시작으로 만시 창작이 본격적으로 시작되었다. 그 후 이규보, 최해, 이제현, 이곡 등을 거쳐 목은 이색에 이르러 고려시대 만시 창작은 정점에 이른다. 그리고 정몽주, 이숭인, 김구용이 그 뒤를 계승하게 된다.

포은 정몽주는 평생을 종군과 외교의 현장에서 활동하였기에 가족과 떨어져 지낸 경우가 허다하였다. 여진이나 왜와의 긴박한 전장, 중국에 사행갔다가 돌아오는 길에 거센 풍랑을 만나 거의 죽을 뻔했던 일, 일본에 붙잡혀간 사람을 구출하기 위해 떠난 매우 위험했던 일본 사행 등 죽음의 순간을 무수히 많이 경험하였다. 포은시를 정독해보면 이 같은 죽음의 모습이 시에 자주 보인다. 죽음의 위기 앞에서 한 인간이 느끼는 두려움과 외로움, 슬픔 등이 미적으로 잘 승화되어 나타나 있다. 이는 그 시들이 포은의 치열하고 지난한 삶에 바탕하고 있음을 보여주는 것이다. 포은 만시는 다른 시인들의 작품에 비해 매우 서정적이고 슬픔의 정서를 훌륭하게 형상화했다는 특징이 있다. 그리고 이는 포은의 시인으로서의 재주와 수준이 매우 뛰어나다는 것을 반증하는 것이라 하겠다.

만시의 시적 특질은 시인이 다루고 있는 망자의 삶이 극적일수록 미학적 완성도 역시 높아지게 된다. 잘 지어진 만시일수록 슬픔과 비감의 정서가 극적으로 독자를 감동시킨다. 이 같은 '비장미'와 '비개미'는 만시나 죽음을 다룬 시들이 갖는 최대의 미학적 덕목이다. 포은의 시에는 이러한 미적 정서가 잘 드러나 있다고 할 수 있겠다.

6장

포은시와 시화비평詩話批評

포은 정몽주 초상 (자료: 국립중앙박물관)

포은시와 시화비평詩話批評

고려말기의 정치사에서, 특히 공양왕대에는 막강한 군부세력을 대표하는 이성계와 맞설 수 있었던 사람은 오로지 포은 정몽주밖에 없었다. 포은은 실제로 시중이라는 지위와 디불어 익재 → 목은 → 포은으로 이어지는 학맥을 통해 나름대로의 상당한 세력을 구축하고 있었다. 결과적으로는 이성계를 중심으로 하는 세력과의 정치적 투쟁에서 패배하여 고려의 망국과 조선의 개국을 막아내지는 못하였지만, 그는 분명 고려말기 정치 현실에서 가장 중심에 있었던 인물이었다. 사상사에서도 포은은 매우 중요한 위치에 있다. 그는 고려후기 성리학이 수용된 이후에 성리학이 뿌리를 내리고 정착을 하는 과정에서 목은과 더불어 지대한 공헌을 하였다. 가령 오부학당五部學堂과 향교鄕校를 세우는 일에 앞장섰으며, 주자가례朱子家禮를 본떠서 가묘家廟를 세우고 상제喪制를 불교에서 유교식으로 바꾸는 등 성리학의 보급과 토착화에도 큰 업적을 남겼다. 게다가 망국의 현실 앞에서 끝까지 나라와 운명을 함께했다는 점에서 보면, 의리론의 실천자로서의 포은의 모습은 더욱 빛나게 된다. 후세 포은을 '동방 성리학의 조종'이라고 평하는 것도 기실 이와 관련이 있는 것이다.

이처럼 포은은 정치사나 사상사에서 차지하는 비중이 워낙 커서 문학사에서는 상대적으로 조금은 비껴 있는 듯한 인상을 주기도 한다. 하지만 최근 십여 년간 포은 문학에 대한 연구는, 특히 그의 시를 중심으로 하여 매우 다양한 관점에서 다각도로 진행되어 왔고, 이에 따라 포은 문학의 전체적인 모습이 정리되고 있는 상황이다.[1] 역대 시화집에서 포은에 대한 인물평과 포은시의 문학적 평가가 본격적으로 시작된 것은 조선전기 서거정徐居正의 『동인시화東人詩話』이다. 그 후 조신曹伸의 『소문쇄록謏聞瑣錄』, 허균許筠의 『성수시화惺叟詩話』, 홍만종洪萬宗의 『소화시평小華詩評』, 그리고 하겸진河謙鎭의 『동시화東詩話』에 이르기까지 많은 시화집에서 포은 또는 포은문학에 대한 비평을 진행하고 있다. 시화집뿐만 아니라 포은과 직·간접으로 관련된 인물이나 후대에 포은을 추숭했던 인물들의 문집에서도 포은에 대한 언급을 찾을 수 있다. 본고에서는 시화집과 역대 문집에 나타난 포은 및 포은시에 대한 비평을 정리해보고, 이를 통해 포은의 문인 학자로서의 면모와 포은시의 문학적 특징과 그 의미를 되짚어보고자 한다.

일반적으로 포은은 고려 왕조와 운명을 같이한 충신으로서의

---

1 본서 앞의 110-111쪽 주 4 참조.

모습이 부각되어 있지만, 문학사에서도 훌륭한 시인으로서 포은이 차지하는 비중은 매우 크다.[2] 포은은 '동방 성리학의 조'[3]라 불릴 만큼 성리학에 사상적 뿌리를 깊게 두고 있고, 그의 시 세계 또한 이 같은 사상적 배경을 바탕으로 한다. 이것은 물론 포은뿐만이 아니라 여말을 대표하는 문인인 목은牧隱, 도은陶隱, 척약재惕若齋, 둔촌遁村, 삼봉三峯 등 동시대의 사대부들에게 공통으로 나타나는 현상이었다. 특히 이들은 대부분 목은의 직계 제자이거나 또는 교유가 깊은 후배들로서 친분이 매우 깊었고 서로 큰 영향을 주고받았기 때문에, 전체적으로 보았을 때 이들의 시에는 서로 비슷한 경향의 공통분모가 있는 것이 사실이지만, 동시에 각각 개성적인 시품도 지니고 있다. 먼저 시화집에 나타난 제가諸家의 평을 통해 포은시에 대한 품격을 살펴보기로 하자.

① 춘정春亭 변계량卞季良 선생이 일찍이 말하기를, "포은의 호매豪邁하고 준장峻壯하며 거리낌 없는 걸출한 기상은 대개 이 시에서 볼 수 있다."[4]

---

2 徐居正의 『東人詩話』를 비롯하여 조선조의 많은 詩話集에서 麗朝의 시인을 소개할 때면, 圃隱을 항상 거론하고 있다. 근대에 이르러서도 金台俊이 『朝鮮漢文學史』에서 圃隱을 높게 평가한 이래로 圃隱詩의 문학적 성과를 다룬 논문이 다수 보고 되었다.

3 咸傳霖, 『圃隱集』 附錄, 「圃隱行狀」. "牧隱亟稱之曰, '達可論理, 橫說竪說, 無非當理', 推爲東方理學之祖." 참조.

② 호장豪壯한 것으로는 포은의, '청산이 보일듯 말듯한 부여국扶餘國이요/ 누런 잎 우수수 떨어지는 백제성百濟城이라/ 구월 높은 바람은 나그네 시름에 잠기게 하고/ 평생의 호기豪氣는 서생書生의 신세를 그르쳤네', '산하山河를 띠와 숫돌로 맹세한 이는 서승상徐丞相이요/ 천지天地를 경륜經綸한 분은 이태사李太師라네', '옹성甕城의 화각畫角소리 석양 속에 울리고/ 과포瓜浦로 돌아오는 배 가랑비 맞고 있네'5

③ 정포은은 성리학과 절의가 한때의 제일일 뿐만이 아니라 그 문장도 호방豪放 · 걸출傑出하였다.6

④ 포은시에 … (중략) … 풍류가 호탕豪宕하고 광채가 천고에 빛나니 시가 악부와 매우 비슷하다.7

⑤ 고려조의 작가들은 각각 일가一家를 이루어서 일일이 다

---

4 徐居正, 『東人詩話』 권하. "春亭卞先生嘗曰, '圃老豪邁峻壯, 橫放傑出氣象, 槩於是詩見之.'"
5 曺伸, 『謏聞鎖錄』. "豪壯…(中略)…圃隱, '青山隱約扶餘國, 黃葉繽紛百濟城, 九月高風悲客子, 百年豪氣誤書生', '山河帶礪徐丞相, 天地經綸李太師', '甕城畫角斜陽裏, 瓜浦歸帆細雨邊'"
6 許筠, 『惺叟詩話』. "鄭圃隱非徒理學節義冠于一時, 其文章豪放傑出."
7 許筠, 앞의 책. "圃隱詩…(中略)…風流豪宕, 輝映千古, 而詩亦酷似樂府."

들어 열거할 수 없다. 석간石澗 조운흘趙云仡이 고려조의
시인 12명을 평하기를, '포은 정몽주는 호방豪放하다'라고
하였다.**8**

⑥ 내가 억측으로 망령되이 고려와 조선의 시를 논하여 보면
…(중략)… 포은 정몽주의 시는 호창豪暢하다.**9**

⑦ 포은 정몽주의 「황도皇都」시 '산하를 띠와 숫돌로 맹세한
이는 서승상이요 천지를 경륜한 분은 이태사라네'는 굉위
宏偉하고 장건壯健하여 마치 큰 도끼로 하늘을 갈고, 촉산
蜀山으로 가는 길을 개벽開闢하는 듯하다.**10**

⑧ 포은의 「제영천명원루題永川明遠樓」의 한 연聯은 다음과 같
다. '풍류스런 우리 태수 봉록이 이천석이라 친구 만나 술
삼백잔 대접하네' …(중략)… 동악東岳의 시는 맑고 빼어나

---

8 洪萬宗, 『小華詩評』 권상. "麗朝作者, 各自成家, 不可枚擧. 趙石澗云仡, 稱麗朝
詩十二家. 蓋金侍中之典雅, 鄭學士之婉麗, 金老峯之巧妙, 李雙明之淸麗, 梅湖
之濃艶, 洪崖之淸邵, 益齋之精緻, 惕若之淸贍, 圃隱之豪放, 陶隱之醞藉, 各擅其
名, 而白雲之雄贍, 牧隱之雅健, 又傑然者也."

9 南龍翼, 『壺谷詩話』. "余以臆見, 妄論勝國與本朝之詩曰 …(中略)… 鄭圃隱之
豪暢."

10 洪萬宗, 『小華詩評』 권상. "鄭圃隱皇都詩, '山河帶礪徐丞相, 天地經綸李太師',
宏偉壯健, 如磨天巨斧, 開闢蜀山."

지만[清絶], 끝내 포은시의 크고 원대한[宏遠] 기상에는 미치지 못한다.11

⑨ 식암息庵 김석주金錫冑는 일찍이 우리나라의 시인 중 신라 · 고려로부터 조선조에 이르기까지 여러 사람을 뽑아 각각 품제品題하였다. 그 평에 이르기를 …(중략)… 포은 정몽주는 맑은 물에 고기가 뛰고 하늘 높이 새가 나는 듯하다.12

　　이상 전대前代의 평을 종합하여 본고에서는 포은시의 시품詩品을 호방계[豪邁, 豪壯, 豪放, 豪宕, 豪暢], 아건계[雅健, 宏偉, 壯健, 宏遠], 기타[典雅, 工緻] 등으로 나누어 보았다. 본고에서는 이 중에서 포은시를 대표하는 품격으로 호방豪放, 공치工緻, 표일飄逸 · 아건雅健을 들어 그 구체적 면모를 고찰해 보고자 한다. 특별히 이 세 가지 품격을 거론한 이유는 포은시를 평하는 품격으로 가장 많이 등장할 뿐만 아니라, 포은시의 특징적 면모를 대변해주는 시품이라 생각했기 때문이다.

---

11 洪萬宗, 『小華詩評』 권상. "鄭圃隱題明遠樓詩一聯曰, '風流太守二千石, 邂逅故人三百盃' …(中略)… 李詩雖清絶, 然終不逮鄭詩宏遠底氣像."

12 任璟, 『玄湖瑣談』. "息菴金相公錫冑, 嘗取東方詩人, 自羅麗至我朝, 各有品題, 其評曰 …(中略)… 圃隱鄭夢周, 躍鱗淸流, 飛翼天衢."

1. 원대한 기상과 호방豪放한 시

시인으로서의 포은에 대한 작가론 또는 인물론이 처음으로 등장하는 것은 포은집의 각종 서문과 행장, 『고려사』 열전 등이다. 먼저 『고려사』의 「정몽주 열전」을 보자.

몽주는 천품이 지극히 고상하고, 호매하기가 여느 사람보다 뛰어났으며, 충효의 큰 절개가 있고, 젊어서부터 학문을 좋아하여 게을리하지 않았으며, 성리를 연구하여 얻은 것이 매우 많았다. 태조가 평소에 존중하여 대장으로 출정할 때나 반드시 이끌어 함께 갔고, 자주 천거하여 함께 재상에 올랐다. 그때는 국가에 일이 많아서 기무機務가 호번浩繁하였는데, 몽주

『포은집』 (자료: 국립중앙박물관)

는 큰일을 처리하고 큰 의혹을 결단하면서 음성과 안색을 동요하지 않고 좌우로 수답하는 것이 모두 적당하였다. …(중략)… 지은 시문은 호방豪放하고 준결峻潔한데, 『포은집』이 있어 세상에 전해진다.[13]

위의 글을 정리해보면 포은의 기질과 성격은 다음 몇 가지로 요약된다. 첫째, 성격이 호매豪邁하다. 둘째, 충효의 절개가 있다. 셋째, 호학好學하였다. 넷째, 맡은 일을 처리하는 능력이 뛰어나다. 포은의 문학과 관련하여 가장 중요한 점은 첫 번째일 것 같다. 여기에서 성격이 호매하다 함은 인생에서 벌어지는 수많은 일상사의 작은 일들에서 초탈한 것을 지칭하는 말이다. 가령 인간관계에서든 경제적인 측면에서든 작은 이욕에 구애받거나 집착하지 않는 호탕한 면모이다. 사실 이러한 기질은 그의 시문학의 특질과도 매우 깊은 관련성을 갖고 있다. 조선조의 많은 비평가들이 포은시의 가장 큰 특징으로 꼽는 '호방豪放'은 기실 그의 성격과 기질에 기인한 것이라고 보아야 할 것이다.

실제로 포은의 일생 전체를 놓고 보았을 때, 호매하고 호탕한 기질을 알 수 있는 사건들이 많이 등장한다. 그중 가장 대표적인

---

13 『高麗史』卷117, 「列傳」卷30. "夢周, 天分至高, 豪邁絶倫, 有忠孝大節. 少好學不倦, 研窮性理, 深有所得. 太祖素器重, 每分閒, 必引與之偕, 屢加薦擢, 同升爲相, 時國家多故, 機務浩繁, 夢周處大事決大疑, 不動聲色, 左酬右答, 咸適其宜…(中略)…所著詩文, 豪放峻潔, 有圃隱集, 行于世"

것으로 중국과 일본으로의 사행을 들고 싶다. 고려말 당시 대명외교는 우호적인 분위기 속에서 진행된 것이 아니었다. 때로는 고려 사신의 입국이 국경에서 거절당하기도 했고, 또 때로는 명에 입국한 사신이 중국 황제의 노여움을 받아 유배에 처해지는 일도 있었다.14 일본과의 외교 역시 위험하기는 마찬가지였다. 당시 일본 구주九州[규슈] 지방의 해적들은 고려나 중국의 해안을 습격하여 부족한 농민과 쌀을 보충하는 경우가 많았기 때문에 고려 조정에서는 해적 문제의 해결을 위해 1376년(우왕 2) 나흥유羅興儒를 구주九州[규슈]의 패가대霸家臺에게 보내 화친을 맺으려 하였다. 하지만 패가대는 오히려 나흥유를 생포한 뒤 고려 정부에 외교적 해결을 위한 협상과 사신을 요구하였다. 상황이 이와 같다 보니 고려 조정에서는 아무도 위험한 사행을 가려하지 않았다. 이때 포은이 조금의 거리낌도 없이 나서면서 일본 사행을 떠나게 된 것이다.

　위의 『고려사』 글 외에 『포은집』의 여러 서문이나 행장 등의

---

14 예컨대 포은의 경우에도 총 6번 떠난 중국 사행 중 3번은 요동에서 입국이 불허되어 다시 돌아와야만 했다.(이에 대한 사항은 하정승, 「포은시에 나타난 경국의지와 귀향의식」을 참조할 것) 또한 고려말의 김구용은 명에 사행을 떠났다가 명태조에 의해 유배를 당하고 유배지로 가는 도중에 죽게 된다. 이러한 외교적 마찰은 조선초까지도 계속되어 1395년 정총 역시 명에 사행을 떠났다가 김구용과 마찬가지로 명태조에 의해 운남성 유배 도중에 죽음을 맞이하였다(김구용과 정총에 대한 사항은 하정승, 「麗末鮮初 사대부의 雲南 유배와 流配詩의 미적 특질」, 『한국문학연구』 6, 고려대 한국문학연구소, 2005를 참조할 것).

글에도 포은에 대한 인물론·작가론이 기술되어 있는데, 내용은
『고려사』와 맥락을 같이한다. 그러면 이제 문집에 나타난 포은시
에 대한 기술을 정리하고 문학적 특징 및 그 의미를 살펴보기로
하겠다.

앞에서 살펴본 각종 시화집에서 포은시의 가장 큰 특징으로
거론되는 것은 '호방'이다. 17세기의 비평가 홍만종이 지은『소화
시평』에서는 여말선초의 문인 조운흘趙云仡(1332-1404)의 글을 인
용하여 고려조 시인 12명을 평하면서 포은시를 '호방'으로 규정하
고 있다.15 말하자면 조운흘 이후로 조선조의 대부분의 평자들은
그의 비평을 따르고 있는 셈이다. 특히『포은집』서문의 글들은
일반 시화집과는 다르게 특정한 포은시를 거론하는 것이 아니라
포은 문학 전체의 성격을 요약하는 것들이 대부분이어서 매우 유
용한 자료적 가치가 있다.『포은집』중간본 이후의 것을 포함 현
재 전하는 서문은 모두 7편이 있는데,16 그중 포은시에 대해 논설

---

15 『소화시평』의 기술은 다음과 같다. "고려조의 작가들은 각각 일가를 이루어
   서 일일이 다 들어 열거할 수 없다. 石澗 趙云仡이 고려조의 시인 12명을 평
   하기를, '侍中 金富軾은 典雅하고, …(중략)… 圃隱 鄭夢周는 豪放하고, …
   (중략)… 그러나 白雲 李奎報는 雄瞻하고, 牧隱 李穡은 雅健하여 그중에서도
   걸출하였다'라고 하였다." 홍만종과 같이 17세기에 활동한 南龍翼 역시 그의
   비평집『壺谷詩話』에서 고려와 조선조의 역대 시인을 논하면서 "圃隱 鄭夢周
   의 시는 豪暢하다."라고 하고 있다.
16 일곱 편의 서문은 하륜, 변계량, 박신, 권채, 노수신, 송시열, 정도전이 쓴 것
   이다. 이 중 정도전을 제외한 나머지 글들은『포은집』에 실려있고, 정도전의
   글은『삼봉집』에 실려 전한다. 송시열의 서문은 가장 후대의 것으로 주로 포

한 몇 편의 글을 살펴보자.

① 시 302편이 있어 세상에 유행하는데 신이 이제 음미하여
보니 호일豪逸하고 아건雅健하며 웅심雄深하고 화후和厚하
다. 성정性情에 근본하고 세상 사물의 이치에 넓은 것이
많으며 이따금 마음속에서 얻은 것에서 절로 드러나고 밖
으로 구한 것에서는 거짓이 없는 듯하니, 참으로 덕이 있
는 자는 반드시 착한 말이 있는 것이다.17

② 그 마음에 존양存養한 것이 이와 같기 때문에 문장으로 표
현된 것은 웅심雄深하고 아건雅健하며 혼후渾厚하고 화빙和
平하여 임금을 사랑하고 나라에 몸바친 뜻이 언사言詞 밖
에 넘쳐 나와 인륜과 세교에 관계된 것이 아주 크니 어찌
사어辭語의 정밀하고 성률聲律의 공교한 데에만 그치고 말
것이겠는가? 덕이 있고 말이 있어 이름과 실제가 서로 들

은의 성리학과 그 연원에 대해 집중하였기 때문에 포은시에 대한 언급이 없
다. 송시열 스스로도 "이전 사람들의 서문과 발문에 추존하고 칭미한 것이
지극한데 내가 다시 무슨 말로 군소리를 덧붙이겠는가?"라고 하여 앞 사람들
이 서문에서 기술한 시평과 의견을 같이한다는 태도를 취하고 있다. 우암을
제외한 6명의 서문에는 각각 나름의 시평이 전개되어 있다.
17 盧守愼, 『圃隱集』 권수, 「圃隱先生集序」. "至於有詩三百二篇行於世, 臣今味之,
豪逸雅健, 雄深和厚. 多本性情該物理, 往往有若自發於心得, 而無假於外求者, 信
乎有德者必有言也."

이맞고, 문과 도가 아울러 갖추어졌다고 말할만하다.[18]

③ 내가 공경히 받아서 읽어 보니 평일의 호상豪爽하고 탁월
한 기상이 마음과 눈에 방불하니 감탄을 금할 수 없다. 그
시의 호방하고 빼어난 것은 제현의 서문에 서술이 이미
극진하였으니 졸필이 감히 군말을 덧붙일 바가 아니다.[19]

④ 문장이 호방하고 의사意思가 표일飄逸하여 화和해도 류流에
는 이르지 않고, 려麗해도 미靡에는 이르지 않는다. 충후
한 기개가 진퇴에 따라 달라지지 않고 의열義烈의 뜻이 이
험夷險에 따라 달라지지 아니하여 그 존양存養이 바름을 얻
은 것을 알만하고 성률 사이에 나타난 것도 그러하다.[20]

⑤ 그의 시는 방사放肆함으로써 통달하였고 …(중략)… 전아典
雅함으로써 법칙을 삼았으며 …(중략)… 화이和易·평담平淡

---

18 權採, 『圃隱集』 권수, 「圃隱詩卷序」. "唯其存於中者如此, 故發而爲文章者, 雄
深而雅健, 渾厚而和平, 愛君許國之意, 溢於言詞之表, 其有關於人倫世敎爲甚大,
豈止辭語之精聲律之工而已哉. 可謂有德有言, 名與實之相孚, 文與道之兼備矣."
19 朴信, 『圃隱集』 권수, 「圃隱詩卷序」. "敬受而讀之, 平日豪爽卓越之氣象, 彷彿
手心目, 可勝嘆哉. 其詩之豪逸秀發者, 諸賢之序, 鋪叙已盡, 非拙筆所敢贊論也."
20 河崙, 『圃隱集』 권수, 「圃隱詩卷序」. "辭語豪放, 意思飄逸, 和不至於流, 麗不
至於靡. 忠厚之氣不以進退而異, 義烈之志不以夷險而殊, 可見其存養之得其正,
而發見於聲律之間者亦然矣."

하여 원망하고 과격한 사연이 없었다. …(중략)… 수창酬唱하거나 제영題詠한 것이 모두 고상高尚하고 절묘絕妙하여 이루 다 기록하기 어렵다.21

　　인용문 ①은 노수신이 쓴 글이다. 포은시의 특징을 호일·아건·웅심·화후의 네 가지 품격으로 요약하고 있다. ②는 권채의 글인데 노수신의 평과 매우 유사하다. 포은시가 웅심·아건·혼후·화평하다는 것이다. ③은 박신의 글로 포은시의 특징을 호방으로 설명하며 그 배경으로 포은의 호상豪爽한 기질과 연관시키고 있다. ④와 ⑤는 각각 하륜, 정도전이 쓴 것인데, 위의 ①, ②, ③에 비해 훨씬 더 논리적이고 체계적인 비평을 가하고 있다. 우선 하륜은 포은시의 품격을 호방과 표일로 나누어 설명한다. 호방은 시격詩格의 측면을 염두에 둔 것이고, 표일은 시의詩意의 측면을 말한 것으로 보인다. 여기에서 시격이라 함은 문자 그대로 시의 격조로써 시의 율격, 리듬, 이미지, 시어의 구사, 시의 전체적인 느낌 등을 의미하는 것으로 보아야 할 것이다. 그리고 시의란 시인의 생각, 즉 시에 나타나는 주제적인 측면을 지칭하는 말이다. '표일'의 시품은 '표쇄飄洒'·'한일閑逸'의 줄인 말인데, 마치 신선이 바람을 타고 기운을 부리는 것과 같은 것으로 고상한 운치와

---

21 鄭道傳, 『三峯集』 권3, 「圃隱奉使藁序」. "其言肆以達 …(中略)… 其言典以則 …(中略)… 其言和易平淡, 無怨悱過甚之辭. …(中略)…其他酬唱題詠, 又皆高妙, 難可殫記."

높은 정취, 밝은 생각과 기묘한 필치에서 나오는 것이다.22 뒤이어 이어지는 세속의 진퇴에 따라 포은의 기개가 달라지지 않았고, 또 세상일의 평탄하고 어려움에 따라 포은의 의지가 달라지지 않았다는 설명은 포은시가 호방·표일하게 된 근거 또는 이유를 밝힌 것이라고 해도 좋을 것이다. ⑤에서 정도전은 포은시의 특징으로 방사放肆·전아典雅·화이和易·평담平淡의 네 가지를 들고 있다. 여기에서 방사는 시의 전체적인 흐름 또는 시를 써내려가는 과정을 말한 것이고, 전아는 시의 엄정성 또는 이미지를 말한 것이며, 화이와 평담은 원망하거나 과격한 사연이 없다는 배경 설명으로 보았을 때 시의詩意 측면, 즉 시의 내용을 이야기한 것으로 해석된다. 이상의 서문에 나타난 시평을 종합해보면, 포은시는 호방·표일·아건[典雅·勁健]·화후[和平·渾厚] 등으로 나누어진다. 앞에서 시화집에 언급된 포은시의 평을 정리하면서 "화후" 대신 "공치"를 넣었는데, 포은시에는 두 가지 측면이 공존한다고 생각된다. 물론 이 중에서도 포은시를 대표하는 시품으로 가장 많이 언급된 것은 역시 호방이다.

호방豪放은 호매방종豪邁放縱의 줄임말로 "개세불기蓋世不羈"의 정신을 일컫는다. 당나라의 비평가 사공도司空圖는 그의 비평집 『이십사시품二十四詩品』에서 "호豪는 내적內的인 것으로써 말한 것이고, 방放은 외적外的인 것으로써 말한 것이다. 또한 호豪는 내가

---

22 이상 飄逸의 용어에 대한 의미는 하정승, 『고려조 한시의 품격 연구』(다운샘, 2002)를 참조할 것.

세상을 덮을 수 있는 것이고, 방放은 외물이 나를 구속할 수 없는 것을 말한다."라고 하였다.[23] 호방한 품격의 시가 나오기 위해서는 시인에게 호방한 기상이 있어야 한다.[24] 요컨대 호방은 장미壯美에 속하는 것으로,[25] 세상을 덮을 만하고 또 외물이 구속할 수 없는 호기豪氣가 있는 시인에게 나오는 품격이라 할 수 있겠다. 앞에서 살펴보았다시피 포은시는 호창豪暢, 호탕豪宕, 호장豪壯, 호매豪邁, 굉원宏遠, 굉위宏偉, 장건壯健 등의 평을 받았는데, 이들은 모두 넓은 의미에서 호방계의 시품들이다.

조선전기를 대표하는 시평집인 서거정의 『동인시화』에 기술된 다음 글을 보자.

> 홍무 년간 포은 정몽주가 사신으로 중국 조정에 들어갔다가 다경루에 올라 지은 시는 다음과 같다. "평생의 호연지기 펴려거든/ 감로사 다경루 앞에 서봐야 하리/ 옹성의 화각소리 석양 속에 울리고/ 과포로 돌아오는 배 가랑비 맞고 있네/ 옛 가마솥엔 아직도 양梁의 세월이 남아 있고/ 높은 대는 초楚의 산천 누르고 있네/ 누대에 올라 반나절 스님 만나 이야기하다 / 우리나라 팔천리 길 그만 잊어버렸네.[26]" 춘정春亭 변계량卞季良

---

23 司空圖 著, 郭紹虞 集解, 『詩品集解』, 「豪放」, <淺解>. "豪邁放縱. 豪以內言, 放以外言. 豪則我有可蓋乎世, 放則物無可羈乎我."
24 郭紹虞, 앞의 책, 같은 곳, <臆說>. "惟有豪放之氣, 乃有豪放之詩."
25 劉禹昌, 앞의 책, 같은 곳. "豪放一品, 自屬于壯美."

北固山 정상에 있는 多景樓의 모습
(출처: community.snu.ac.kr)

선생이 일찍이 말하기를, "포은의 호매豪邁하고 준장峻壯하며 거리낌 없는 걸출한 기상은 대개 이 시에서 볼 수 있다."라고 하였다.[27]

위의 인용시는 포은이 중국에 사행을 가서 다경루에 올라 본 감회를 시로 쓴 것이다. 『동인시화』에는 포은시 외에도 익재 이제현과 일재 권한공이 함께 다경루에 올라 지었던 시들도 소개하고 있어 다경루 관련 시 세 수가 나란히 등장한다.[28] 위에서 변계량은 호매하고 준장하며 큰 기상이 이 시에 모두 다 드러나 있다고 했지만, 조신曹伸은 특히 이 시의 3-4구를 지적하여 호장豪壯하다고 평하고 있다.[29] 다

26 정몽주, 『圃隱先生集』 권1, 「多景樓贈李潭」.

27 徐居正, 『東人詩話』 권하. "洪武年間, 鄭圃隱入朝, 又登多景樓, 有詩, '欲展平生氣浩然, 須來甘露寺樓前, 甍城畵角斜陽裏, 瓜浦歸帆細雨邊, 古鑪尙留梁歲月, 高軒直壓楚山川, 登臨半日逢僧話, 忘却東韓路八千.', 春亭卞先生嘗曰, '圃老豪邁峻壯, 橫放傑出氣象, 槩於是詩見之.'"

28 『동인시화』에 소개된 이제현의 시제는 「多景樓陪權一齋用古人韻同賦」이고 권한공의 시제는 「甘露寺多景樓」이다. 이제현의 문집인 『益齋集』을 보면 사실 인용된 시 외에도 다경루에 올라서 쓴 시가 한 수 더 있는데 시제는 「多景樓雪後」이다.

경루는 중국 강소성江蘇省 진강시鎭江市 감로사甘露寺 뒤편의 북고산北固山 자락에 있는 누대인데, 일찍부터 악양루岳陽樓, 황학루黃鶴樓와 함께 중국의 3대 명루名樓로 꼽힐 정도로 풍광이 빼어나 구양수, 소동파와 같은 수많은 시인 묵객들이 즐겨 찾았던 곳이다. 특히 누대에 올라 바라보면 멀리 동쪽으로는 출렁이는 강물이 일사천리의 기세로 흐르고, 서쪽에는 산봉우리가 첩첩하게 둘러 있는 가운데 멀리 희미하게 멀어져가는 산봉우리들이 푸른 하늘과 어우러져 혼연일체를 이룬다고 한다.

인용시 1−2구의 "평생의 호연지기 펴려거든/ 감로사 다경루 앞에 서봐야 하리"라는 구절을 통해 포은이 다경루에 올라 느꼈던 가슴이 뻥 뚫리는 것 같은 상쾌한 기분을 독자들도 공유할 수 있다. 수련이 다경루에 오른 전체적인 느낌이라면 함련은 다경루에서 바라보는 경치를 구체적으로 묘사한 것이다. 멀리 들려오는 뿔피리 소리는 석양의 붉은 노을과 어우러지고, 때마침 내리는 가랑비 속에서 작은 배 한 척이 포구로 돌아오고 있다. 그야말로 일망무제의 시원한 경관 속에서 느끼는 자유로움과 호연지기가 잘 나타나 있다고 하겠다. 그렇다면 변계량이 말한 '호매豪邁'와 조신이 언급한 '호장豪壯'은 모두 호연지기와 관련이 있음을 알 수 있다. 호연지기는 포은시에서 때때로 '호기豪氣'로 변형되어 나타나

---

29 조신, 『謏聞瑣錄』, "近代詩豪壯, 圃隱, '甓城畫角斜陽裏, 瓜浦歸帆細雨邊'."

기도 한다. 먼저 다음 시를 보지.

전주 망경대에 올라

천길 산마루에 돌길은 비껴 있는데   千仞岡頭石徑橫

올라서 바라보니 감회가 그지없네   登臨使我不勝情

청산이 보일 듯 말듯한 부여국이요   青山隱黃葉繽紛

누런 잎 우수수 떨어지는 백제성이라 百濟城約扶餘國

구월 높은 바람은 나그네 시름에 잠기게 하고 九月高風愁客子

평생의 호기는 서생의 신세를 그르쳤네 百年豪氣誤書生

하늘가에 해는 져서 뜬 구름과 어울리니 天涯日沒浮雲合

슬프도다, 서울을 바라볼 길 없구나   惆悵無由望玉京30

『포은집』에 부기附記된 세주細註에 의하면, 1380년(우왕 6)에 왜적이 경상도와 전라도 등을 넘보고 지리산에 주둔해 있었는데, 포은은 이원수李元帥(이성계李成桂 - 필자주)를 따라 운봉雲峯(지금의 남원南原 - 필자주)에서 싸워서 승리하고 서울로 돌아오는 길에 완산完山(지금의 전주全州 - 필자주)을 지나면서 이 대臺에 올라 시를 썼다.31

---

30 정몽주, 『圃隱集』 권2, 「登全州望景臺」.
31 정몽주, 『圃隱先生集』 권2, 「登全州望景臺」. "歲在庚申, 倭賊睨慶尙全羅諸州, 屯于智異山, 從李元帥戰于雲峯, 凱歌而還, 道經完山, 登此臺." 및 『高麗史節要』 권31, 辛禑 六年條 참조.

시제의 망경대望景臺는 만경대萬景臺의 오기誤記로 보인다.32 특히 제3−4구 및 5−6구에 대해 조신은 『소문쇄록』에서 '호장豪壯'하다고 평하고 있다.33 시의 전체적인 배경과 이미지, 그리고 느낌은 전술한 다경루 시와 유사해 보인다. 망경대는 누대에 올라 바라보는 풍광이 그림같이 아름다울 뿐만 아니라, 가슴 속이 탁 트이는 일망무제의 절경이라는 점과 높은 산 위에서 호연지기를 느끼는 것이 다경루와도 꼭 닮아 있다.34 이 시에서 필자가 특히 주목하는 부분은 6구의 "평생의 호기는 서생의 신세를 그르쳤네"이다. 포은은 지금 만경대 위에 올라서 자기의 호기가 자기의 평생

---

32 萬景臺는 현재 전주시 동서학동에 자리잡고 있는데, 『新增東國輿地勝覽』에 萬景臺로 소개되어 있고 지금까지 같은 이름으로 불려지고 있다. 『新增東國輿地勝覽』에는 萬景臺에 대한 설명과 함께 鄭夢周의 위 시도 소개하고 있는데, 다음 설명을 보자. "이 臺는 高德山 북쪽 기슭에 있으며 돌 봉우리가 우뚝 솟아 마치 層雲을 이룬 듯이 보이고, 그 위에 수십 명이 앉을 만하다. 사면으로 수목이 울창하며 石壁은 그림같이 아름답다. 서쪽으로 群山島를 바라보고 북으로는 箕準城과 통하며, 동남쪽으로는 太山을 지고 있는데 氣象이 千態萬象이다." (『新增東國輿地勝覽』 권33, 「全州府」 참조)

33 曺伸, 『謏聞瑣錄』. "豪壯…(中略)…圃隱, '靑山隱約扶餘國, 黃葉繽紛百濟城, 九月高風悲客子, 百年豪氣誤書生', '山河帶礪徐丞相, 天地經綸李太師', '甕城畫角斜陽裏, 瓜浦歸帆細雨邊.'"

34 『新增東國輿地勝覽』에는 만경대에 대해 다음과 같이 묘사하고 있다. "이 臺는 高德山 북쪽 기슭에 있으며 돌 봉우리가 우뚝 솟아 마치 層雲을 이룬 듯이 보이고, 그 위에 수십 명이 앉을 만하다. 사면으로 수목이 울창하며 石壁은 그림같이 아름답다. 서쪽으로 群山島를 바라보고 북으로는 箕準城과 통하며, 동남쪽으로는 太山을 지고 있는데 氣象이 千態萬象이다." (『신증동국여지승람』 卷33, 「全州府」 참조)

을 망쳤다고 말하고 있다. 호기는 말 그대로 호방하고 씩씩한 기운이다. 세주에 나와 있는 바와 같이 이 시는 포은이 이성계를 따라 왜적을 물리치고 개가凱歌를 부르며 돌아오는 길에 쓴 것임에도 불구하고, 시의 전반적인 분위기가 어둡고 침울하기까지 하다. 그것은 이 시가 옛 백제 땅에서 지어진 것이기에 망국에 대한 쓸쓸한 감회가 앞섰기 때문이다. 사실 "호기가 서생의 신세를 그르쳤다"는 표현은 그의 시 곳곳에서 자주 등장하는 말이다.

그렇다면 포은이 이렇게 말하고 있는 이유는 무엇인가? 이에 대한 답을 찾기 위해서는 앞에서 언급한 이 시의 창작 배경을 다시 생각해볼 필요가 있다. 이 시는 전쟁에서 승리하고 개선장군으로 돌아오는 길에 산 위의 높은 누대에 올라 경치를 바라보며 쓴 것이다. 보다 중요한 것은 시인에게 호기로움을 새삼 촉발시키고 느끼게 해준 매개체인데, 이는 고덕산 만경루로의 등고登高와 만경루에서 갖게 된 호연지기라고 보아야 할 것이다. 다시 말해 등고를 통해 생성된 '호연지기浩然之氣'가 포은의 기질적 특성인 '호기'를 자극시켰고, 이것이 시의 품격을 '호장'하게 만들어 준 것이다. 또한 "호기가 신세를 그르쳤다"라 함은 한 곳에 안주하며 평안한 삶을 살지 못하고 자꾸만 전쟁터를 떠도는[35] 자신의 삶에

---

35 실제로 포은이 종군한 것은 이때가 처음이 아니다. 이미 27세의 젊은 시절인 1363년(공민왕 12) 8월에 韓邦信의 從事官으로 和州에서 女眞을 정벌하는 전쟁에 참여하였고, 또 다음 해인 1364년 2월에는 한방신·이성계 등과 함께 여진의 三善·三介와 싸워 대승을 거두었던 것이다. 이상은 문집의 「年譜」

대한 한탄이라고 봐야 할 것이다. 그는 왜적의 침입이 빈번할 때
마다 항상 전장을 오가는 나그네 신세였고, 포은은 이것을 자신의
호기 때문으로 여기고 있다. 즉 자신의 호기가 그로 하여금 '보국
광시輔國匡時'하는 유자로서의 삶의 태도를 가지게 하였고, 이 때
문에 평생을 나그네로 떠돌아 다녀야 했다는 것이다. 포은은 자신
의 종군의 원인이 자기의 기질적 특성인 '호기'에 기인한다고 생
각하고 있다. 이처럼 누대에 '등고'하는 시들 속에서 호방한 품격
이 나타나는 점은 포은시의 주요한 특징 가운데 하나라고 생각된
다. 이것은 홍만종의 다음 비평을 통해서도 확인된다.

> 포은의 「제영천명원루題永川明遠樓」의 한 연련聯은 다음과 같다.
> "풍류스런 우리 태수 봉록이 이천석이라/ 친구 만나 술 삼백
> 잔 대접하네" 동악 이안눌이 영천의 명원루에 이르러서 이
> 시구를 보고 감탄하고 화운시를 지으려 했으나 생각이 막혀
> 짓기가 어려웠다. 종일토록 읊조리다가 "이 년 동안 남쪽땅
> 을 헤매며 천 리 밖에 떨어져 있으니/ 인간 만사를 가을바람
> 앞에서 한 잔 술로 마시네"라는 시구를 얻었다. 동악의 시는
> 맑고 빼어나지만[淸絶], 끝내 포은시의 크고 원대한[宏遠] 기상
> 에는 미치지 못한다.36

(圃隱先生集』권4)를 참조할 것.

36 洪萬宗, 『小華詩評』권상. "鄭圃隱題明遠樓詩一聯曰, '風流太守二千石, 邂逅故

위의 인용문은 포은이 경북 영천의 명원루에 올라 지은 시를 이안눌의 차운시와 비교하고 있는 것이다. 명원루는 일명 '영천 조양각永川朝陽閣'이라고도 불리는데 금호강이 굽어보이는 산기슭에 위치해 있다. 원시는 칠언율시인데 홍만종은 그중 제5－6구에 주목하여 동악의 차운시가 비록 맑고 빼어나지만[清絶], 포은시의 기상은 크고 원대하다고[宏遠] 말하고 있다. 요컨대 동악의 시도 잘 지었기는 하지만 시인의 기상만큼은 포은이 훨씬 뛰어나다는 것이다. 여기서 홍만종이 평한 시인의 기상이 굉원하다는 말은 앞에서 살펴본 호방과 매우 유사한 평어이다.

　　17세기의 대표적 비평가인 허균도 위 시의 5－6구를 들어 "시구들이 모두 펄펄 날듯이 호거豪擧하니 시를 지은 사람과 같다."라고 평하고 있다.37 이상의 여러 가지 경우를 통해 포은시에 있어서 호방한 품격이 나타나는 시들은 일차적으로 누대 등과 같이 높은 곳에 오르는 '등고'의 현장에서 많이 보임을 알 수 있다. 이외에도 호방한 품격이 잘 드러나는 시들은 대체로 변방에서 쓴 변새시,38 그리고 중국과 일본의 사행시의 경우가 많다. 역시 홍

人三百盃.', 李東岳嘗到此見此句, 歎賞欲和, 意甚難之. 終日沈吟得'二年南國身千里, 萬事西風酒一盃'之句. 李詩雖清絶, 然終不逮鄭詩宏遠底氣像."

37 許筠,『惺叟詩話』. "皆翩翩豪擧, 類其人焉."

38 허균의『성수시화』를 살펴보면 포은시를 호방하다고 평하면서 함경도 定州에서 쓴 다음 시를 소개하고 있는데, 이 시는 전형적인 변새시이자 앞의 다경루의 시와 마찬가지로 登高의 시이다. 참고로『성수시화』의 해당부분을 인용해본다. "정포은은 성리학뿐만이 아니라 절의도 한 시대에 뛰어났으며

만종의 다음 글을 보자.

> 포은 정몽주의 「황도皇都」 시 '산하를 띠와 숫돌로 맹세한 이
> 는 서승상이요 천지를 경륜한 분은 이태사라네'는 굉위宏偉하
> 고 장건壯健하여 마치 큰 도끼로 하늘을 갈고, 촉산蜀山으로 가
> 는 길을 개벽開闢하는 듯하다.[39]

   인용문은 포은이 중국에 사행을 가서 황도皇都의 화려한 모습
을 쓴 시에 대해 평하고 있는 것이다. 시의 이해를 위하여 전시를
살펴보자.

그 문장도 호방하고 걸출하다. 그가 北關(함경도)에 있으면서 지은 시에, '重
陽節 定州의 登高한 곳에/ 국화꽃 옛날처럼 환하게 눈에 비치네/ 갯벌은 남으
로 宣德鎭에 이어졌고/ 봉우리는 북으로 女眞城에 걸쳐있네/ 백년 동안 전쟁
으로 흥하고 망하던 일들/ 만리 밖 나그네의 慷慨한 情이로다/ 술취한 元戎大
將 부축받아 말에 오르니/ 산에 걸친 석양이 깃발 붉게 물들이네'라고 하였
는데, 音節이 跌宕하여 盛唐의 風이 있다.("鄭圃隱, 非徒理學節義冠于一時, 其
文章, 豪放傑出. 在北關作詩曰, '定州重九登高處, 依舊黃花照眼明, 浦漵南連宣
德鎭, 峯巒北倚女眞城, 百年戰國興亡事, 萬里征夫慷慨情, 酒罷元戎扶上馬, 淺
山斜日照紅旌.' 音節跌宕, 有盛唐風.")"

39 洪萬宗, 『小華詩評』 권상. "鄭圃隱皇都詩, '山河帶礪徐丞相, 天地經綸李太師', 宏偉壯健, 如磨天巨斧, 闢開蜀山."

황도

삼척검 들고 용처럼 날아 천하를 평정하시니	尺劒龍飛定四維
당대의 호걸들이 모두 나와 도왔네	一時豪傑爲扶持
산하를 띠와 숫돌로 맹세한 이는 서승상이요	山河帶礪徐丞相
천지를 경륜한 분은 이태사라네	天地經綸李太師
부마댁 숲속 연못 가엔 봄빛이 난만하고	駙馬林池春爛熳
국공의 누각에는 달빛이 흐드러졌다	國公樓閣月參差
알겠도다, 태평성대 공신의 후손들이	始知盛代功臣後
다 함께 승평昇平을 즐기며 만세토록 기약함을	共享昇平萬世期**40**

　포은이 명의 수도 남경에 도착한 것은 1386년(우왕 12) 4월이
었다. 시의 제1-2구는 명 태조 주원장朱元璋이 원나라를 제압하
고 나라를 개국하는 모습을 묘사한 것이다. "용처럼 날아 천하를
평정"했다는 말은 주원장의 강건한 기상을 극대화시킨 표현이다.
3-4구는 주원장을 도운 개국공신에 대한 것이다. 서승상은 서달
徐達을, 이태사는 이선장李善長을 각각 지칭한다. 서달은 주원장의
심복으로 명나라 군대의 총사령관이다. 그는 황하가 띠가 되도록,
태산이 숫돌이 되도록 온몸을 바쳐 주원장에게 변함없는 충성을

---

40 정몽주, 『圃隱先生集』 권1, 「皇都」.

맹세했다고 한다. 이선장은 명나라의 초대 승상에 오른 인물로 정치와 행정의 경륜가였다. 인용한 제1구에서 4구까지는 명 태조를 보필하는 대표적인 충신들을 등장시켜 새롭게 일어난 신흥국가의 활기찬 기상과 나라와 임금에 대한 뜨거운 충성심을 강조하고 있다. 위 인용문에서 홍만종의 "굉위하고 장건하여 마치 큰 도끼로 하늘을 갈고, 촉산으로 가는 길을 개벽하는 듯하다"는 시평은 이와 같은 호장豪壯하고 박력있는 시의 기상을 지적한 것이다. 다음 시는 일본의 사행에서 쓴 것이다.

홍무정사봉사일본작

섬나라에 봄기운이 생동하지만	水國春光動
하늘가 나그네는 돌아가지 못하네	天涯客未行
풀빛은 천리나 이어져 푸르르고	草連千里綠
달빛은 고향과 타향을 함께 비추네	月共兩鄕明
유세에 황금도 다 바닥나고	遊說黃金盡
고향 생각에 흰머리 생겨나네	思歸白髮生
사나이 사방에 뜻을 둔 것은	男兒四方志
공명만을 위한 것은 아니라네	不獨爲功名41

---

41 정몽주, 『圃隱集』 권1, 「洪武丁巳奉使日本作」.

위 시는 1377년 포은이 일본으로 사행을 가서 쓴 11수의 연작시 「홍무정사봉사일본작洪武丁巳奉使日本作」중 세 번째 수인데, 김종직金宗直은 『청구풍아靑丘風雅』에서 이 시를 두고 "뜻과 절개가 크고 우뚝해서[落落] 노중련魯仲連보다 뛰어나다"[42]라고 평하고 있다. 한말의 비평가 하겸진 역시 『동시화』에서 이때 쓴 11수의 연작시에 대해 "포은의 「봉사일본제작」은 호방하고 청상淸爽하여 그 기상의 큼을 볼 수 있다."[43] 라고 평하고 있다. 포은의 일본 사행은 전술한 바와 같이 매우 위험한 외교적 상황에서 이뤄진 것이기에 일본에 머물던 당시 포은의 심정은 상당히 착잡했을 것이다. 더구나 일본에 억류되어 있는 고려인들을 반드시 석방시켜 함께 돌아가야 하는 막중한 책임감이 그의 어깨를 누르고 있었다. 때문에 온 천지에 봄기운이 가득하지만 시인은 집으로 돌아가지 못한다. 제5-6구는 구주九州의 패가대와 담판하는 자신의 모습을 춘추전국시대의 유세객에게 비기고 있다. 가지고 있는 돈이 바닥날 정도로 오랫동안 머물며 유세하고 있지만 일이 해결될 전망은 보이지 않는다. "흰머리 생겨난다"는 말은 사행의 괴로움을 상징하는 말이다. 사정이 이렇다보니 이렇게 힘든 사신의 역할을 포기하고 싶다는 생각이 들 수도 있었을 것이다. 그리고 혹자의 경우에

---

42 金宗直, 『靑丘風雅』 권3. "志節落落, 可陵魯連."

43 河謙鎭, 『東詩話』 권1(『韓國詩話叢編』 12에 收錄). "圃隱奉使日本諸作, 豪放淸爽, 其氣象大可見." 참조.

는 사신의 속사정은 알지 못한 채 화려한 외교관으로서의 모습을 부러워하는 이도 있을 수 있다. 마지막 7−8구 "사나이 사방에 뜻을 둔 것은/ 공명만을 위한 것이 아니라"는 말은 사신의 길을 감당해내는 데에는 단순한 공명심 또는 자부심 외에 어떤 책임감이 자리하고 있다는 것을 의미한다. 이 같은 사정을 감안했을 때, 김종직의 "뜻과 절개가 크고 우뚝하다"는 평을 이해할 수 있게 된다. 하겸진이 말한 호방과 기상의 큼도 역시 나라를 위해 사행의 온갖 어려움을 극복하려는 포은의 태도와 연관된 평어임을 알 수 있다.

중구일에 익양의 수령 이용의 명원루에서 짓다

푸른 시내 석벽石壁이 모래톱 안고 도는 곳	淸溪石壁抱州回
새로 다락 지었더니 눈이 활짝 열리네	更起新樓眼豁開
남쪽 이랑 황금색 구름에 풍년임을 알겠고	南畝黃雲知歲熟
서산의 상쾌한 기운에 아침 온 줄 알겠네	西山爽氣覺朝來
풍류스런 태수는 봉록이 이천 석이라	風流太守二千石
친구 만나 술 삼백 잔을 마시네	邂逅故人三百盃
밤 깊이 들거든 옥피리 불며	直欲夜深吹玉笛
밝은 달 아래에서 함께 거닐고 싶네	高攀明月共徘徊44

---

44 정몽주, 『圃隱集』권2, 「重九日題益陽守李容明遠樓」.

경북 영천시 소재 영천 조양각永川朝陽閣 (일명 명원루明遠樓) 자료출처: encyber.com

이 시는 중양절重陽節에 명원루明遠樓에 올라 지은 것인데, 허균은 이 시의 경련을 두고, "펄펄 날 듯이 호거豪擧하니 그 사람과 같다."[45]고 하였다. 홍만종도『소화시평』에서 포은의 이 시와 동악東岳 이안눌李安訥의 시를 비교하여, "동악의 시는 맑고 빼어나지만, 끝내 포은시의 크고 원대한 기상에는 미치지 못한다."[46]라고 평하였다. 경련은 이백의「장진주將進酒」에서 따온 것인데,[47] 이백 시에서 볼 수 있는 호방한 기상까지 그대로 닮아 있다.

포은시에 종종 등장하는 호기는 호방한 품격의 그의 시를 이해하는 중요한 단서가 되는데, 우선 포은의 기질적氣質的인 특징을 알 수 있게 하는『고려사』의 다음 글을 살펴보자.

---

45 許筠,『惺叟詩話』. "皆翩翩豪擧, 類其人焉."
46 洪萬宗,『小華詩評』권상. "李詩雖淸絶, 然終不逮鄭詩宏遠底氣像."
47「將進酒」에 "烹羊宰牛且爲樂, 會須一飮三百杯"라는 구절이 있음.

타고난 자질이 지극히 높고 호매豪邁하여 남보다 뛰어났으며 충효의 큰 절개가 있었다. 태조[이성계—필자주]가 평소에 포은의 그릇을 크게 여겨 매번 정벌할 때마다 반드시 그와 같이 갔으며, 여러 번 천거하여 함께 재상이 되었다. 그때에 국가에 사고가 많고 업무가 번잡하였는데, 포은은 큰 일을 처리하고 말이 많은 일을 결정하면서도 성색聲色을 움직이지 않고 좌우에 응답하여 모두 그 적당함을 얻었다.**48**

포은은 타고난 성품이 호매하고 큰 절개가 있었기 때문에 불의를 보면 참지 못하고 모든 일에 자기의 소신대로 처리했을 것이다. 위에서 이성계는 포은의 그릇을 높이 평기해 징빌을 나살 때면 항상 포은을 곁에 두었다고 하였다.

등주에서 바다를 건너며

지부성之罘城 밑에 조각 돛을 펼치니	之罘城下片帆張
어느덧 순식간에 망망대해에 들었구나	便覺須臾入杳茫
구름 저편 봉래蓬萊에 신선 궁궐 먼데	雲接蓬萊仙闕遠

---

48 『高麗史』 권117, 「列傳」 권30. "夢周, 天分至高, 豪邁絶倫, 有忠孝大節…(中略)…太祖素器重, 每分閫, 必引與之偕, 屢加薦擢, 同升爲相, 時國家多故, 機務浩繁, 夢周處大事決大疑, 不動聲色, 左酬右答, 咸適其宜."

달 밝은 요해遼海에 나그네 옷 서늘해라　　　　　　月明遼海客衣凉

천지간 백년 사이 몸은 한낱 좁쌀과 같고　　　　　百年天地身如粟

공명功名 두 자에 얽매여 귀밑머리 세려 하네　　　兩字功名鬢欲霜

어느 날에야 긴 노래로 귀거래사 읊을까　　　　　何日長歌賦歸去

밤새도록 봉창蓬窓 안에서 마음 속이 쓰리네　　　蓬窓終夜寸心傷49

　　이 시는 포은이 중국에 사신으로 가는 도중 발해渤海를 건너
면서 쓴 것이다. 앞에서 살펴보았던 시들이 주로 높은 곳에 올라
탁 트인 경치를 바라보며 호연지기를 펼친 것이라면, 이 시는 끝
없이 펼쳐진 망망대해의 무한한 자연 속에서 한톨 좁쌀과 같은 인
생의 공명에 얽매여 살아서는 안 되겠다는 시인의 다짐을 표현한
것이다. 포은의 일생은 잦은 종군從軍과 빈번한 사행使行으로 인한
나그네 생활의 연속이었고, 그의 시도 객지 생활에서 지어진 것이
대부분이었다. 그는 고향을 간절히 그리워하면서도 돌아와서는
또다시 여행길에 오른다. 전술했다시피 이 같은 나그네 생활은
'보국광시輔國匡時'하려는 그의 호기로 말미암은 것이며, 따라서 호
기는 포은시를 이해하는 중요한 열쇠가 된다.50 앞에서 포은은 타
고난 자질이 호매하여 여기저기서 말이 많이 나는 국가의 큰일을
처리할 때에도 조금도 동요하지 않고 공평하게 처리하였음을 살

---

49 정몽주, 『圃隱集』 권1, 「登州過海」.
50 宋載邵, 앞의 논문, 387쪽 참조.

펴보았다. 이처럼 호탕豪蕩하고 세속의 작은 것에 얽매이지 않는 기질을 바탕으로 '보국광시'하려는 그의 의지가 포은시를 호방하게 만들었던 것으로 생각된다. 따라서 호방한 품격은 포은시의 가장 특징적 면모라 할 수 있겠다.

2. 섬세한 감각미感覺美와 공치工緻한 시

시화집에 전개된 포은시에 대한 시평 중에서 또 하나 주목되는 부분은 섬세한 감수성과 감각미로 쓴 시들에 대한 것이다. 여기에 해당하는 시들은 대체로 시인으로서의 포은의 면모를 유감없이 보여주는 것들로, 전술했던 '호방'과는 또 다른 측면에서 포은시가 지니고 있는 주요 특질이라 보여진다. 먼저 서거정의 언급을 보자.

여흥의 청심루를 두고 고금에 걸쳐 읊은 시가 많다. …(중략)… 문충공 포은 정몽주가 절구 한 수를 지었는데,

가랑비는 아득한 강물 위에 어둑어둑 내리고	烟雨空濛渺一江
누대에서 자는 나그네는 한밤에도 창문을 여네	樓中宿客夜開窓
내일 아침이면 말을 타고 진흙길을 가겠지	明朝上馬衝泥去
고개 돌려 푸른 물결 돌아보니 백조 한 쌍 날아간다	回首滄波白鳥雙51

라고 하였다. 하동사람인 정상국[정인지-필자 주]이 늘 말하
길, "청심루를 두고 지은 여러 시들이 참으로 훌륭하지만 이
시가 나타내고 있는 한가하고 심원한[開遠] 맛만 못하다.52

위에 인용된 시는 포은이 경기도 여주의 청심루에서 하룻밤
묵으며 쓴 것이다. 당시 여주에는 포은의 절친한 벗인 둔촌 이집
이 은거하고 있었는데, 이 시는 아마도 그를 방문하고 난 후에 지
은 것으로 보인다. 청심루는 여주읍에 있었던 누정樓亭으로 조선
시대에는 여주관아의 객사客舍 북쪽에 있는 부속 건물이었다. 누
대에 오르면 신륵사神勒寺가 아득히 보이고, 서쪽으로는 영릉英陵
의 울창한 송림과 남한강 아래로 오고가는 돛단배들이 내려다보
이는 그야말로 그림같은 풍경이 펼쳐지기 때문에 예부터 수많은
시인 묵객들이 즐겨 찾는 곳이다. 포은이 이곳을 방문한 때에는
종일토록 비가 온 것 같다. 저녁이 되자 어둠이 짙게 깔린 강물
위로 내리는 비를 시인은 바라보고 있다. 잠을 청해도 쉽게 잠이
오지 않아 창문을 열어본다. 열린 창문 너머로 비에 젖은 흙길이
들어온다. 내일이면 저 진흙길을 밟고 서울로 돌아갈 생각을 하니
아득해진다. 아마도 포은은 진흙길을 통해 서울의 관직생활을 연

---

51 정몽주, 『圃隱先生集』 권2, 「題驪興樓 二絶」.
52 서거정, 『동인시화』 권하. "驪興淸心樓, 古今題詠者多. …(中略)…圃隱鄭文忠
公一絶云, '烟雨空濛渺一江, 樓中宿客夜開窓, 明朝上馬衝泥去, 回首滄波白鳥
雙.' 河東鄭相國常云, '諸詩固好, 終不若此詩開遠有味.'"

『漢臨江名勝圖卷』 중 "여주목 청심루"부분 (정수영작, 1796년 제작) (자료: 국립중앙박물관)

상했는지도 모르겠다. 그곳은 어세의 석이 오늘의 동지가 되는 진
흙탕 같은 곳이기 때문이다. 마음 같아서는 관직을 다 버리고 이
곳에 은거해 있는 둔촌처럼 남고 싶지만, 당장 실행에 옮길 수도
없는 처지다. 가슴이 답답해지자 진흙길을 바라보던 포은이 고개
를 돌려 강 위를 쳐다본다. 때마침 백조 한 쌍이 유유히 날아가고
있다. 위에서 인용한 『동인시화』에는 청심루를 읊은 시 중에서
이색, 한수, 일본 승려 범령, 포은의 네 수를 소개하고 정인지의
평을 원용하여 다른 시들도 나름 다 좋지만, 포은시의 '한원閒遠'
한 맛에는 미치지 못한다고 말하고 있다. '한원'이란 비평은 모처
럼 서울의 복잡한 일상에서 탈출하여 경치 좋은 청심루에서 느끼
는 한가로움과 여유, 그리고 환로에 대한 고민과 갈등을 심원하게
그려낸 수법에 기인하는 것이라 생각된다. 다음은 정치적 사건에

인루되이 죽은 이를 추모하거나 또는 유배객에 대한 안타까움[53]을 쓴 시이다.

원수 김득배金得培가 홍건적을 토벌하여 그 공적이 온 나라를 뒤덮을 정도였는데, 개선하여 돌아오기도 전에 적신 김용의 모함에 의해 죽음을 당하였다. 포은 정몽주가 지은 제시祭詩에, "당신께선 유생이라 글로 적을 토벌해야 했는데/ 어찌하여 칼을 뽑아 삼군의 장수가 되었소/ 충성스럽고 장렬한 넋은 지금 어디에 있나/ 머리 돌려 청산을 보니 부질없이 흰구름만 떠있네"라고 하였으니 한때의 비통하고 애달픈 마음을 남김없이 잘 나타내고 있다. 옛사람이 이르기를, "장가의 애절함은 통곡보다 더하다"라고 하였는데 믿을만하다.[54]

김득배(1312-1362)는 고려말의 문신으로 1359년(공민왕 8) 이후 계속된 홍건적의 침입을 막아내었다. 특히 1362년에는 총병관

---

53 예컨대 석탄 이존오가 신돈의 횡포를 간언하다 1366년 장사현 감무로 폄직되자 포은은 그를 위로하는 시 「寄李正言」(『포은집』 권2)를 썼는데, 그 중에 "봄바람에 간절히 이장사를 생각한다(春風苦憶李長沙)"라는 시구가 있다.

54 서거정, 『동인시화』 권하. "金元帥得培, 蕩平紅寇, 功盖一國, 未及凱還, 爲賊臣金鏞所害. 鄭圃隱祭詩曰, '君是儒生合討文, 奈何提劍將三軍, 忠魂壯魄今安在, 回首靑山空白雲', 能敍盡一時悲悼之懷. 古人云, '長謌之哀, 過於痛哭', 信哉."

정세운鄭世雲의 지휘로 홍건적 10만여 명을 죽이고 개경을 수복했으나 정세운과 정치적으로 반대편에 있었던 김용의 모함으로 죽음을 당하였다. 정몽주는 1360년 치러진 과거에서 급제하여 정계에 나왔는데 이때의 지공거知貢擧가 김득배였으니, 포은과는 좌주와 문생의 관계인 셈이다. 스승의 억울한 죽음 앞에 포은은 시로써 망자의 영혼을 위로하며 "머리돌려 청산을 보니 부질없이 흰구름만 떠 있네"라고 슬픔을 토로하고 있다. 서거정의 "한때의 비통하고 애달픈 마음을 남김없이 잘 나타내고 있다."는 평은 인용시가 획득한 만시挽詩로서의 미학적 성취를 지적한 것이다. 다음은 시적 완성도 또는 시적 기교가 뛰어난 경우이다.

> 포은 정몽주가 일본에 사신으로 가서 남긴 시가 상당히 많다.
> …(중략)… 근래에 시를 잘하는 일본 중이 우리나라 사신에게
> 다음과 같이 말했다. "포은의 '매화 핀 창가에는 봄빛이 일찍
> 찾아오고/ 판옥 지붕엔 빗소리 요란하다.'는 일본에서 절창이
> 랍니다."55

인용한 글은 홍만종의 『소화시평』이고 인용된 포은시는 일본에 사행을 가서 지은 11수의 연작시 「홍무정사봉사일본작」 중 네

---

55 홍만종, 『소화시평』 권상. "鄭圃隱夢周嘗使日本, 留詩甚多…(中略)…頃歲倭僧能詩者, 語我國使臣曰, 圃隱'梅窓春色早, 板屋雨聲多'之句, 爲日本絕唱云."

번째 시의 경련頸聯이다. 사실 이 연작시들은 여러 시화집에서 많이 거론되었는데, 예컨대 조신의 『소문쇄록』에서는 공치工緻한 시의 예로 들어졌고,56 허균의 『성수시화』에서는 "시구들이 모두 펄펄 날듯이 호거豪擧하다"라는 평을 받았으며,57 홍만종의 『소화시평』에서는 연작시 중 세 번째 수의 "풀은 천 리에 잇달아 푸르르고/ 달은 타향과 고향에 함께 떴구나"를 고려조에 지어진 오언시 중 가장 훌륭한 작품으로 꼽고 있다.58 공치란 '공교工巧'하고 '치밀緻密'한 시품을 일컫는다. 시의詩意를 전개해 나가는 데 있어서 시어의 사용과 시의 전체적인 구성이 공교하고, 시적 기교가 뛰어난 시를 지칭하는 품격이다.59 그렇다면 인용된 시는 어떤 면 때문에 '공치'하다는 평을 받게 된 것일까? 먼저 시를 살펴보자.

---

56 조신, 『소문쇄록』. "工緻如圃隱, 梅窓春色早, 板屋雨聲多."

57 許筠, 『惺叟詩話』. "皆翩翩豪擧, 類其人焉."

58 홍만종, 『소화시평』 권상. "麗朝之詩五字聯佳者, '草連千里綠, 月共兩鄕明', 鄭夢周奉使日本詩也."

59 工緻에 대한 자세한 사항은 하정승의 『고려조 한시의 품격 연구』(다운샘, 2002)를 참조할 것.

홍무정사봉사일본작

평생 동안 남과 북을 다니느라	平生南與北
마음먹은 일이 점점 더 어긋난다	心事轉蹉跎
고국은 바다 서쪽 언덕에 있고	故國海西岸
외로운 배는 하늘 끝 이쪽에 있네	孤舟天一涯
매화 핀 창가에는 봄빛이 일찍 찾아오고	梅窓春色早
판옥 지붕엔 빗소리 요란하다	板屋雨聲多
홀로 앉아 길고 긴 날을 보내자니	獨坐消長日
집 생각의 괴로움 어찌 견딜 수 있으리	那堪苦憶家60

　　포은이 일본 사행을 떠난 것은 1377년 9월이고 귀국한 것은
다음해 7월이다. 인용시의 부제副題에 연작시 모두 봄날에 지은
것이라 하였으므로 이 시는 1378년 작품이다. 제1구의 "평생 동
안 남과 북을 다니느라"는 중국과 일본으로 수차례 사행했던 일
을 가리킨다. 2구의 "마음먹은 일이 점점 더 어긋난다"는 말은 후
반부의 내용으로 보아 아마도 관직을 내려놓고 귀거래하여 가족
과 함께 지내고 싶은 계획이 뜻대로 이뤄지지 않음을 지칭하는 것
으로 보인다. 귀향에 대한 소망은 연작시 11수 전체에 걸쳐 계속

---

60 정몽주, 『圃隱集』 권1, 「洪武丁巳奉使日本作」.

해시 나타나는바, 그만큼 일본 사행은 힘들었고 포은의 심신이 매우 지쳐 있음을 짐작할 수 있다. 다음 5-6구는 전술한 것처럼 많은 시화집에서 뛰어난 표현으로 호평을 받은 구절이다. 일본은 아무래도 고려보다는 봄이 빠르다. 포은이 머물고 있던 집 근처로 매화가 흐드러지게 피었고, 시인은 창문 너머로 꽃을 바라보고 있다. 때마침 내리는 봄비는 지붕을 요란하게 만든다. 이 구절을 천천히 읽어보면 꽃풍경, 꽃내음, 빗소리가 어우러져 봄날의 애상적 정조가 묘하게 일어남을 느끼게 된다. 앞에서 이 시가 일본에서 절창되었다고 하였는데, 과연 포은의 시인으로서의 기량이 유감없이 발휘되었음을 알 수 있다. 『소화시평』의 다른 곳에서 홍만종은 위 연작시의 여섯 번째 작품을 들어 다음과 같이 극찬한다.

만랑漫浪 황호黃床는 시에 능하지만 생경한 것이 흠이다. 「봉사일본」 시에 "동남동녀가 옛날에 신선 찾으러 떠난 땅에/ 대장부가 오늘 사신으로 가는구나."라는 구절은 사람들 사이에 전송되었다. 포은 정몽주의 「봉사일본」 시는 다음과 같다. "장건이 탄 배 위에 하늘은 바다 멀리 뻗어있고/ 서복의 사당 앞에는 풀만 절로 봄빛이구나." 이 두 시를 살펴보면 그 차이는 하늘과 땅의 차이에서 끝나지 않는다.61

---

61 홍만종, 『소화시평』 권하. "黃漫浪床能詩, 而但欠生梗. 如奉使日本詩云, '童男女昔求仙地, 大丈夫今仗節行', 爲人傳誦. 鄭圃隱奉使日本詩云, '張騫槎上天連

인용문은 17세기의 문인 황호黃㦿(1604－1656)가 일본에 사행을 가서 지은 시와 포은시를 비교한 것이다. 황호는 1637년 일본 통신사의 종사관으로 사행을 떠났던 경험이 있다. 인용된 포은시 전체를 살펴보자.

홍무정사봉사일본작

갖옷이 헤어져도 뜻을 이루지 못했으니	弊盡貂裘志未伸
언변으로 소진과 견주기 부끄럽구나	羞將寸舌比蘇秦
장건이 탄 배 위에 하늘은 바다 멀리 뻗어 있고	張騫槎上天連海
서복의 사당 앞엔 풀만 절로 봄빛이구나	徐福祠前草自春
시절을 느끼자니 눈물만 쉽게 흐르고	眼爲感時垂泣易
나라에 바친 몸이라 먼 외유가 빈번하다	身因許國遠遊頻
고향 땅 정원에 손수 심어놓은 버들은	故園手種新楊柳
봄바람 맞으며 주인을 기다리고 있으리라	應向東風待主人62

수련은 평생을 외교관으로 돌아다녔지만 이룬 공적은 하나도 없다는 겸사이다. 전국시대의 저명한 유세객인 소진蘇秦에 비해 부끄럽다고 했지만, 사실 포은은 당시 고려 최고의 외교관이었고

海, 徐福祠前草自春', 觀此兩詩, 不啻霄壤."
62 정몽주, 『圃隱集』 권1, 「洪武丁巳奉使日本作」.

일본 사행에서도 포로로 붙잡혔던 자들을 모두 데리고 올 정도로 뛰어난 언변이 있었다. 함련은 위의 『소화시평』에 인용된 구절로 사실은 포은 자신의 사행의 모습을 장건張騫과 서복徐福에 빗댄 것이다. 주지하다시피 장건은 한나라 때 활동한 외교관으로 그에 의해 동서교통로가 개척되었고, 서복은 진시황제의 신하로 불로초를 구하기 위해 일본에 왔다가 정착했다는 인물이다. 아마도 포은은 자신의 수차례의 중국 사행을 통해 장건을 떠올리고, 이번 일본 사행을 통해서는 서복을 연상했던 것 같다. 사행을 하면서 겪게 되는 어려움이나 또는 사행의 보람을 장건과 서복의 전례를 통해 은근하게 말하는 수법이 돋보인다. 황호의 사행시에 비해 하늘과 땅의 차이가 난다는 홍만종의 앞의 언급은, 전자가 "대장부가 오늘 사신으로 가는구나"라고 직설적으로 표현한 것에 비하여, 후자인 포은시는 고사를 적절히 활용해 시인의 자부심까지 드러내는 차이를 말한 것이다. 마지막 미련에서는 갑자기 고향집 정원의 버드나무를 등장시키는 시상의 전환을 통해 가족과 고향에 대한 그리움을 우회적으로 드러내고 있다. 이 또한 시적 감수성과 기교가 뛰어남을 보여주는 것이라 하겠다. 한편 감수성이 넘치는 시들은 때때로 노래 형태의 악부체 시나 또는 '당시풍唐詩風'의 형태로 나타나기도 한다.

포은이 지은 시 가운데, "강남 아가씨 머리에 꽃을 꽂고서/ 웃음 띠고 짝을 부르며 물가에서 노니네/ 노를 저어 돌아오는데 날은 저물려 하고/ 원앙도 쌍쌍이 나니 시름이 그지없네."

라는 것이 있다. 풍류가 호탕豪宕하여 그 광채가 천고千古에 빛나며 시가 악부와 매우 비슷하다.63

인용시의 시제는 「강남곡江南曲」이다. 문집의 배열상 중국 사행시들 가운데 삽입되어 있으므로 이 시 역시 사행 중에 쓰여진 것으로 보인다. 포은은 아마도 강남의 어느 곳을 배를 타고 지나가고 있었던 것 같다. 문득 머리에 꽃을 꽂은 어떤 아가씨가 강가에서 짝을 찾는 광경을 목격한다. 지금 강남의 아가씨는 아마도 혼자가 아니라 친구들끼리 모여 있는 것으로 짐작된다. 물가에서 짝을 찾고 노는데 혼자 갔을 가능성은 적기 때문이다. 제1구와 2구는 인생에서 가장 활기차고 발랄한 시기의 청춘들이 모여서 서로 웃고 띠드는 모습을 통해서, 시의 분위기가 밝고 명랑하다. 하지만 이에 비해 배를 타고 돌아오는 시인은 때마침 쌍쌍이 날아가는 원앙을 바라보니 "시름이 그지없"다. 1-2구에 나타난 웃음과 밝음의 이미지와 3-4구의 고독과 시름, 어두움의 이미지가 절묘하게 대조를 이룬다. 허균은 이것을 "풍류가 호탕하여 그 광채가 천고에 빛난다"라고 칭송하고 있다. "시가 악부와 비슷하다"는 평은 인용시가 노래 형태의 중국 악부체시를 모방하여 지어졌음을 의미한다. 아마도 시 속에 등장하는 아가씨들이 짝을 찾는 광경은 다분히 노래로 불려졌을 가능성이 높다.

---

63 許筠, 『성수시화』. "圃隱詩, '江南女兒花揷頭, 笑呼伴侶游芳洲, 蕩槳歸來日欲暮, 鴛鴦雙飛無限愁.', 風流豪宕, 輝映千古, 而詩亦酷似樂府."

은은 정몽주기 남경에 사신으로 가서 다음 시를 남겼다. "강
남 땅 빼어난 경치는/ 과연 천고의 석두성이로다/ 푸른 나무
들은 궁궐을 두르고 있고/ 청산은 서울을 병풍처럼 휘감았네/
한 사람이 나라를 여시니/ 만국이 여기에 조회하네/ 나도 배
를 타고 와보니/ 완연히 하늘 위를 걷는듯하네." 포은은 성리
학만 동방의 조종이 아니라 문장 또한 높은 품격을 지닌 당
시唐詩라 하겠다.64

위의 글은 포은이 당시 명나라의 서울이었던 남경에 들어가
면서 쓴 시에 대한 홍만종의 평론이다. 여기에서 주목할 표현은
"문장 또한 높은 품격을 지닌 당시라 하겠다"이다. 사실 위에 거
론한 「입경入京」 시에서 당시풍으로 보이는 것은 제3-4구와 마
지막 8구 정도이다. 3구는 황제가 거하는 궁궐에 대한 묘사이고,
4구는 남경 전체에 대한 조망으로 회화적 묘사가 이루어졌다. 8구
는 사행에서 느끼는 감격과 기쁨을 감각적으로 잘 그려내고 있다.
하지만 시 전체적으로 보면 일반적으로 이야기되는 당시의 특징
이 두드러지게 나타난 것 같지는 않아 보인다. 그렇다면 홍만종의
시평은 포은시 전반에 대한 우수성을 말하고 있는 것으로 보아도

---

64 홍만종, 『소화시평』 권상. "鄭圃隱奉使南京, 有詩曰, '江南形勝地, 千古石頭城,
綠水環金闕, 青山繞玉京, 一人中建極, 萬國此朝正, 我亦乘槎至, 宛如天上行.',
非徒理學爲東方之祖, 其文章亦唐詩中高品."

좋을 것 같다. 그리고 홍만종은 우수한 시의 전형으로 당시를 기준삼고 있음을 알 수 있다. 마지막으로 위에서 살펴본 포은시의 특징 외에 또 다른 한 가지 면을 지적하자면 성리학자로서의 면모가 나타난 시들이다. 포은은 철리哲理와 사상을 시화詩化하는 작업도 게을리하지 않았다. 17세기에 활동한 비평가 식암息庵 김석주金錫胄(1634-1684)는 우리나라의 시인 중 신라 · 고려로부터 조선조에 이르기까지 여러 사람을 뽑아 각각 품제品題하였는데, 포은에 대해서는 "맑은 물에 고기가 뛰고, 하늘 높이 새가 나는 듯하다."[65]라고 하였다. 김석주의 이 평은 포은시에 나타나는 철리적 요소를 간파하고, 『중용』의 '연비어약鳶飛魚躍'을 원용하여 이를 포은시의 주요 특질로 여긴 것이다.

3. 탈속脫俗의 경지, 굳센 정신과 표일飄逸 · 아건雅健한 시

표일飄逸은 사공도의 『이십사시품二十四詩品』 중 22번째 품격이다. 표일은 표쇄飄灑와 한일閒逸로서 표쇄는 가로축이 되고 한일은 세로축이 된다.[66] 『시품집해』 「고해皐解」에서는 다음과 같이

---

65 任璟, 『玄湖瑣談』. "息菴金相公錫胄, 嘗取東方詩人, 自羅麗至我朝, 各有品題, 其評曰…(中略)…圃隱鄭夢周, 躍鱗清流, 飛翼天衢."

66 郭紹虞, 『詩品集解』, 「飄逸」, <淺解>. "飄灑閒逸, 一豎一橫."

표일을 실명히고 있다.

> 표일은 무리짓지 않는 풍치를 말하는데, 그것은 마치 고야산
> 姑射山 신선이 바람을 타고 기운을 부리는 것 같아서 바라볼
> 수는 있으나 다가설 수는 없는 것이다. …(중략)… 고상한 운
> 치韻致와 높은 정취情趣, 맑은 생각과 기묘한 필치筆致가 없다
> 면 어찌 능히 피어오르는 봄 구름과 같은 이런 자태가 있을
> 수 있겠는가.67

　　표일은 무리짓지 않는 풍치風致[모양·자태]로서 마치 신선이
바람을 타고 기운을 부리는 것과 같은 것이다. 따라서 구체적 현
상으로써 표일을 설명하기란 매우 힘들다.68 표일의 가장 중요한
속성은 아운雅韻, 고정高情, 청사清思, 묘필妙筆이다. 이 네 가지 속
성이 없다면 봄 구름과 같은 표일의 자태가 이루어질 수 없다고
하였다. 엄우嚴羽는 『창랑시화滄浪詩話』에서 표일한 품격의 대표적
시인으로서 이백을 꼽고 있다.69 이백의 자유분방한 시정신과 표
일한 품격과는 매우 깊은 관련이 있어 보인다. 포은의 다음 시를
살펴보자.

---

67 郭紹虞, 『詩品集解』, 「飄逸」, <皐解>. "飄逸言不群之致, 如姑射仙人凌風取氣,
　　可望而不可卽.…(中略)…非雅韻高情, 清思妙筆, 安能有此態度靉若春雲也乎."
68 郭紹虞, 앞의 책, 같은 곳. "總言飄逸之狀難以形迹求也." 참조.
69 嚴羽, 『滄浪詩話』, 「詩評」. "子美不能爲太白之飄逸, 太白不能爲子美之沈鬱." 참조.

돌솥에 차를 끓이며

나라에 보답한 것 없는 늙은 서생은 　　　　報國無效老書生
차 마시는 버릇만 들어 세상에 뜻이 없구나 　喫茶成癖無世情
그윽한 서재에서 눈보라 치는 밤에 홀로 누워 　幽齋獨臥風雪夜
돌솥에서 나는 솔바람 소리를 즐겨 듣노라 　　愛聽石鼎松風聲70

　이 시의 제1-2구는 세속世慾에 관심 없이 한가롭게 차를 마
시는 시인의 모습이 잘 그려져 있다. 특히 제3-4구에서는 세상
의 일에 얽매이지 않고 마치 신선이 홀로 바람을 타고 기운을 부
리는 것과 같은 표일한 품격을 느낄 수 있다. 다음 시를 보자.

목은선생의 시의 운을 차운하여 칠석에 안화사에서 놀다

답답한 회포를 무엇으로 넓혀보리 　　　　　悶悶中懷何以寬
술병 차고 차가운 벽계수碧溪水로 달려왔노라 　携壺走踏碧溪寒
마음만 이야기하고 시사時事는 말하지 마오 　論心且莫論時事
시구를 얻는 것 좋은 벼슬과도 같다네 　　　　得句眞同得美官
자동紫洞은 아득한데 저녁 놀 일어나며 　　　紫洞蒼茫生暮靄

70　정몽주, 『圃隱集』 권2, 「石鼎煎茶」.

은하銀河 물결 넘실대는 바람 잔 여울   銀河激灩絶風湍
오작교 놓여지는 좋은 날 다가오니   鵲橋此日佳期迫
하늘의 신선이 옥 안장 닦으리라   天上神仙拂玉鞍71

　　수련에서 시인은 세속의 온갖 일로 답답해진 회포를 씻고자 술병을 차고 푸른 시내로 달려왔다. 그러기에 함련에서 마음[情]만 이야기하고 시사는 논하지 말자고 했다. 경련의 자동紫洞과 은하銀河는 모두 도가적인 취향의 소재인데, 시인이 위치한 한적하고 깊숙한 자하동紫霞洞의 안화사安和寺72를 표현한 것이다. 마지막 미련에서는 이 시를 칠월칠석七月七夕에 지었기 때문에 오작교와 천상 신선을 등장시킨 것이다. 앞에서 표일은 '표쇄한일'이라고 했다. 표쇄는 세속과 단절한 채 신선이 홀로 바람을 타고 노니는 듯한 풍치이고, 한일은 한적하게 소요하는 가운데 느껴지는 흥취이다. 또 아운·고정·청사·묘필의 네 가지 속성이 있어야 표일의 자태가 이루어질 수 있다고 하였다. 이 시에는 세속에 대한 욕심을 버리고 한적하게 소요하는 가운데 느껴지는 고상한 운치가 있다.
　　아건雅健은 전아典雅·경건勁健이다. 포은시에 있어서 전아는 그의 성리학과 관계가 깊다. 즉 포은의 사상적 기반인 성리학에 바탕을 두고 지어진 시의 품격이 전아라는 말이다. 조선 후기의

---

71 정몽주, 『圃隱集』 권2, 「次牧隱先生詩韻七夕遊安和寺」.
72 고려시대 開城 松嶽山 기슭의 紫霞洞에 있던 사찰.

비평가 김석주가 『현호쇄담玄湖瑣談』에서 포은의 시를 평하며, "맑은 물에 고기가 뛰고 하늘 높이 새가 나는 듯하다."[73]라고 한 것도 포은시의 '전아'적인 측면을 두고 말한 것이라 생각된다. 경건은 『이십사시품』의 8번째 품격으로 '세련洗鍊' 다음에 위치한다. 『시품집해』에서는 경건을 다음과 같이 설명하고 있다.

> 그러나 혹 세련洗鍊이 너무 지나치면 골육骨肉이 함께 잠길 것이니, 본체本體가 약해져서 그 문文을 일으킬 수 없다. 그러므로 경건勁健으로 나아가는 것이다.[74]

세련이 지나치면 시문이 쇠약해지므로 경건으로 나아가 보충한다는 것이다. <고해>에서는 "이것은 기체氣體가 미약하고 근력筋力이 부족한 것이 모두 수양을 잘하지 못한 데서 말미암기 때문에, 오직 가슴속에 쌓아 실實하고 강强해진 후에 남은 용기를 내어도 쇠약하거나 다해지지 않을 것이니, 이것은 이백, 두보, 한유 등 삼가三家만이 온전함을 얻었고 나머지 제가諸家들은 각각 조금씩 차이가 있음을 말한 것이다."[75]라고 경건을 설명하고 있다. 경

---

73 앞의 주 12 참조.

74 郭紹虞, 앞의 책, 「勁健」, <楊解>. "然或洗鍊太過, 骨肉並鎖, 則體弱不足起其文, 故進之以勁健."

75 郭紹虞, 앞의 책, 같은 곳, <皐解>. "此言氣體卑靡, 筋力不足, 皆由不善養之故. 惟蓄積於中者旣實而强, 卽賈其餘勇, 猶不衰竭, 此亦止李 · 杜 · 韓三家爲

건한 품격의 시의 미적 효용은 독자들로 하여금 강건剛健, 강경强勁, 웅위雄偉, 호장豪壯, 헌앙軒昂, 고대高大 등 양강지미陽剛之美를 느끼게 해준다는 데에 있다.[76] 따라서 경건은 앞에서 살펴보았던 포은시의 품격인 호방과도 깊은 관련이 있다. 전아하면서도 경건한 품격으로 여겨지는 포은의 다음 시를 보자.

황도

삼척검三尺劍 들고 용처럼 날아 천하를 평정하시니　　尺劍龍飛定四維

당대의 호걸들이 모두 나와 도왔네　　　　　　　一時豪傑爲扶持

산하를 띠와 숫돌로 맹세한 이는 서승상徐丞相이요　山河帶礪徐丞相

천지를 경륜한 분은 이태사李太師라네　　　　　天地經綸李太師

부마댁駙馬宅 숲속 연못 가엔 봄빛이 난만하고　　駙馬林池春爛熳

국공國公의 누각에는 달빛이 흐드러졌다　　　　國公樓閣月參差

알겠도다, 태평성대 공신의 후손들이　　　　　始知盛代功臣後

다 함께 승평昇平을 즐기며 만세토록 기약함을　　共享昇平萬世期[77]

이 시는 1386년 명明의 수도 남경南京에 가서 황제를 알현한

得其全, 其餘諸家, 各有分數之差矣."

76 劉禹昌, 앞의 책, 19쪽. "勁健一品, 屬于壯美. 讀這種詩, 他給人的美感是剛健·强勁·雄偉·豪壯·軒昂·高大, 這一品可以說是純乎陽剛之美." 참조.

77 정몽주, 『圃隱集』 권1, 「皇都」.

뒤 쓴 것으로 총 4수 중 그 하나이다. 수련은 주원장朱元璋과 당대의 호걸들이 명을 개국開國할 때의 상황을 강건剛健한 필치로 그린 것이다. 함련은 명의 개국공신인 서달徐達과 이선장李善長을 노래한 것인데, 홍만종은 『소화시평』에서 이 구절을 "굉위宏偉하고 장건壯健하여 마치 큰 도끼로 하늘을 갈고, 촉산蜀山으로 가는 길을 개벽開闢하는 듯하다78라고 평하고 있다. 황하黃河가 띠와 같이 되도록, 태산泰山이 숫돌과 같이 되도록, 변함없이 나라의 안녕을 위해 목숨을 바쳐 충성을 다하겠다고 맹세하는 서달의 모습과, 온 천하를 경륜하고자 하는 이선장의 포부가 잘 나타나 있다. 경련과 미련에는 태평성대를 기약하는 모습이 그려져 있다. 즉 개국을 하고 그 나라가 영원히 번성하기를 바라는 공신들의 소망을 나타낸 것인데, 유가儒家의 전아한 품격이 느껴진다. 이 시는 개국을 할 때의 용맹한 기상 및 나라의 안녕과 태평성대를 기원하는 유자儒者로서의 소망이 경건勁健하면서도 전아하게 그려져 있는 아건雅健한 품격의 시라 할 수 있겠다. 이상으로 포은시의 품격이 호방·표일·아건함을 살펴보았는데, 이 중에서도 후대 여러 시화집에서 포은시의 가장 대표적인 품격으로 거론되는 것은 호방이다. 다시 말해서 호방은 포은시의 가장 특징적인 면모라 해도 좋을 것이다.

---

78 洪萬宗, 『小華詩評』 권상. "宏偉壯健, 如磨天巨斧, 闢開蜀山."

포은 정몽주는 고려말의 충신이자 성리학자로 우리에게 각인되어 있지만 시인으로서도 뛰어난 작품을 많이 남겼다. 그의 시는 서거정의 『동인시화』에서 "호매하고 준장하며 거리낌 없고 기상이 걸출하다"라고 평을 받은 뒤 조선조의 많은 시화집에서 뛰어난 시로 거론되어 왔다. 특히 남용익이 『호곡시화』에서 한국한시사를 총정리하면서 포은을 '호방'한 시인의 대표자로 자리매김한 데에서도 알 수 있다시피 포은시의 가장 큰 미학적 특징으로 선대의 비평가들은 '호방'을 거론하고 있다. 이에 본고에서는 포은시에서 '호방'이 가지는 시적 특질을 파악하기 위해 비슷한 계열의 포은시를 종합하여 그 미적 범주와 의미를 규명해 보고자 하였는데, 대체로 '등고'의 현장에서 갖게 된 '호연지기'가 '호방'의 품격과 관련이 깊음을 알 수 있었다.

　　또한 포은시에는 호방한 품격 외에도 뛰어난 시적 기교와 섬세한 감각미를 드러내는 공치한 시도 여러 수 보이는데, 이러한 포은시들은 대체로 당시풍唐詩風과 연관되어 있음도 살펴보았다. 또한 포은은 여말의 대표적인 성리학자답게 사상과 철리를 시화詩化하는 작업도 게을리하지 않았다. 여기에 속하는 시의 품격이 표일과 아건이다. 이로 보면 포은의 시세계는 참으로 다양하고 다채로운 면을 지니고 있음을 알 수 있다. 이는 정치가·학자·시인 등의 다양한 면모를 지니고 있었던 포은의 모습을 그대로 보여주는 것이라 하겠다.

포은 정몽주는 고려말이라는 질풍노도같은 시기를 지나며 참으로 파란만장한 삶을 살았던 시인이다. 그리고 그의 굴곡 많은 인생 여정만큼이나 포은시는 다양한 모습을 보여주고 있다. 어쩌면 시인으로서의 그의 자질은 그의 인생의 부침에 비례하여 더욱 빛을 발하게 되었는지도 모르겠다. 그의 개인사를 놓고 보면 안타까운 측면이 있지만, 한국한시사를 두고 볼 때에는 오히려 행운이자 다행이 아닐 수 없다. 그만큼 포은은 시인으로서도 한 시대를 대표할만한 뛰어난 인물이었다. 앞으로 다양한 연구를 통해 포은문학의 온당한 자리매김이 이뤄지길 기대해본다.

색인

서사 약력

하정승河政承

1969년 전라북도 정읍의 내장산 자락에서 태어났다. 성균관대학교와 동대학원에서 한국한문학 전공으로 공부하였고, 『고려후기 한시의 품격 연구』로 박사학위를 받았다. 학위 취득 이후 줄곧 한국 한시의 미적 특질과 미의식, 한시비평, 고려조 작가들에 관심을 가지고 공부해 오고 있다. 현재 한림대학교 교양기초교육대학 한문교육분야 교수로 재직 중이며, 포은학회 부회장으로 활동하고 있다. 그간에 쓴 책으로는 『고려조 한시의 품격 연구』, 『한국 한시의 분석과 해석』, 『고려후기 한시의 미적 특질』, 논문으로는 「고려후기 한시에 나타난 사대부 문인들의 현실 참여의식과 내적 갈등」, 「고려후기 사詞문학의 전개 양상과 미적 특질」 등 여러 편이 있고, 역서로는 『국역 형재시집』이 있다.

포은 정몽주 한시 연구

초판발행   2017년 12월 31일

지은이   하정승
펴낸이   안종만

편 집   문선미
기획/마케팅   송병민
표지디자인   김연서
제 작   우인도·고철민

펴낸곳   (주) **박영사**
                서울특별시 종로구 새문안로3길 36, 1601
                등록 1959. 3. 11. 제300-1959-1호(倫)
전 화   02)733-6771
f a x   02)736-4818
e-mail   pys@pybook.co.kr
homepage www.pybook.co.kr
ISBN   979-11-303-0519-6   93810

정가   20,000원